異世界トリップの脇役だった件

葉月クロル

Chlor Haduki Presents

fairy kiss

この作品はフィクションです。
実際の人物・団体・事件などに一切関係ありません。

異世界トリップの脇役だった件

それは、異世界への鍵

わたしはその日、自分の通う女子大の中にある日当たりの良い喫茶室で、ひとりテーブル席に座っていた。手にはパリパリのワッフルコーンに盛られたイチゴミルク味のジェラート。かわゆいピンク色をしていて、口に入れると濃いミルクの風味と爽やかなイチゴの酸味が広がるという、大変素晴らしいデザートだ。

この学校の喫茶室は女子大だけあって、うら若き女性の心をつかむこのような素晴らしいデザートが数々売られているのだ。しかもアイス屋さんと同じように、カウンターでコーンにジェラートを盛ってくれる。今日はイチゴミルクのシングルにしてみた。

「あーおいしー、イチゴミルクは神アイス！　幸せー」

わたしはにこにこしながら甘酸っぱいジェラートに舌鼓を打って、放課後のひとときを楽しんでいた。

わたしの名前は大沢《おおさわ》ミチル。都内にキャンパスがある、某女子大学の三年生で、国文学を学んでいる。容姿は見苦しくはないとは思うものの、特筆するべき点もなく、要は平々凡々……いや、お年頃でおしゃれに気を使う女子の群れの中ではやや地味であり、むしろ「もうちょっと可愛くしなよ！」と友人に突っ込まれる方向では目を引く存在なのかもしれない。

いや、可愛いものとかキラキラ光るものが嫌いなわけではないのだ。むしろだーい好きなんだけどね、それをアクセサリーとして自分の身につけるよりは、手にとって眺めていたい。だから、自分の部屋にはかなり可愛いグッズが置いてあると思う。壁には手づくりの飾り棚もあり、母が雑貨のセレクトショップをやっているので、お小遣いを貯めて掘り出し物をゲットし、そこに置いて楽しんだりもしている。大好きなストーンを置いてあるコーナーもある。

わたしの髪は真っ黒で肩まであり、ちゃんと美容院でカットしてもらっている（オシャレに言えば、漆黒のストレートミディボブなのだ。天使の輪が小学生並みに出てるといって、笑われる。お前ら笑わずに褒めろよ！　と言いたい）のだけれど、明らかに醤油味が勝《まさ》った日本人顔と合わさると、残念なことに流行りの髪型には見えない。

ううむ、セットの仕方が下手なのかな？

決しておかっぱ頭ではないのにもかかわらず、友人に『大人になった座敷わらし』との感想を言われたこともある。

なんとなく縁起が良さそうなので褒め言葉として受け取っておいたが……よくよく考えるとそれって妖怪じゃないの！

ねえ、酷くない!?

お年頃の女子を妖怪とか、ありえなくない!?

ファッションはTシャツにジーンズがデフォルト。スカートをはいてシャレオツなイタリアンでの合コンに行ったことはあるけれど、居心地が悪いだけでなんの収穫もなかった。居酒屋のカウンターにちょこんと座って飲んでると、なぜか酔っ払ったおじさんがご飯ものを奢《おご》ってくれる。まず間違いなく誰かに奢ってもらえる。

やはりわたしは、座敷わらしに近いのだろうか？

そんな平凡な妖怪……ではなく、女子大生であるわたしが、ある日突然異世界トリップに巻き込まれた話をしようと思う。

この大学には木下麻紀《きのしたまき》という後輩がいる。ひとつ下の学年で、わたしと同じサークルに所属している。地学研究会、略して『ちがけん』別名『石を愛《め》でる会』がそれである。キラキラ輝く貴石から、掘り出されたばかりの原石まで、とにかく石が好きならなんでも良しとする大ざっぱな愛好家が集まり、ストーンショップから博物館まで巡り歩いたり石を肴《さかな》に酒を飲んだりするというこのサークルは、パワーストーンブームのせいもあるのか、なかなか盛況なのだ。近所の共学大学との合同サークルなので男子との交流もたっぷりできる、というのも人気の一端を担っているのかもしれない。おかげで石より異性に興味があるようなメンバーもいるけれど、まあ大学のサークルなんてどこもこんなものなのだろうから、別にいいのだ。

その『ちがけん』の後輩の麻紀ちゃんは、艶《つや》やかにカラーリングされたオレンジブラウンの髪をくるんとカールさせて、顔立ちを生かしたメイクの決まった女子力の高いお嬢さんなのだが、ちゃんと石に興味を持つメンバーで、なぜかわたしに懐いている。彼女曰く『ミチル先輩って面白い！』のだそうだ。わたしは別に面白いことをしている自覚なんてないんだけれど、なぜか行動が彼女のツボなのだという。人さまのご趣味についてどうこう言える身分でもないけれど……モテるくせに男子学生よりもわたしに絡みたがるこの子は、正直変人だと思うよ？

わたしがにこにこしながらイチゴミルクのジェラートを舐めていると、その麻紀ちゃんがわたしを見つけて寄ってきた。

「ミチル先輩見つけた！　またこんなところでひとりアイスして。相変わらず我が道を行ってますね」

「アイス食べるのに、別に我が道もなにもないでしょ。美味いぞー、イチゴミルク大好きー」

濃厚なミルクと爽やかなイチゴのハーモニーを堪能しながら、わたしは顔を緩ませて答える。

「いやいや先輩、女子なら普通つるんで食べに来るところでしょ？　ミチル先輩ってフリーダムな感じでほんとに面白いですよ。ひとりでちょこんと座って真剣にアイスを舐めてるとか、野生の小動物みたいでほんとに面白いわ。そして、ピンク色のアイスが似合いすぎて萌える！」

コロコロ笑う麻紀ちゃんよ、君はなんでも面白がる年頃なのかい。

「あ、そうそう、先輩、これを見てくださいよ。先輩に見てもらおうと思って探していたんです」

麻紀ちゃんは用事があったようだ。立ったままバッグに手を突っ込んで、ごそごそやっている。

「おやおや、それはお手数かけましたね。んで、なんかいいものを見せてくれるの？　石？　それは石のことなの？」

麻紀ちゃんのバッグをじっと見ながら催促する。

「……先輩、いつか石につられて悪い大人に誘拐されないでくださいね。ミチル先輩は童顔なので、結構本気で心配してます」

大人ぶった顔で言う年下の麻紀ちゃんは、ブランドものらしいバッグから茶色い花柄の布袋を取り出してテーブルに載せた。そして、柔らかな素材の（石を傷つけないためね）その袋を開けたので覗き込むと、中には握り拳大の鉱石が入っていた。

「石！　石や！　はよ！　はよ、こっちに！」

アイスのワッフルコーンをバリバリ噛み砕いたわたしは、両手をジーンズでごしごしと拭いてから差し出す。

「どうどう」

明らかに馬に対するかけ声を、事もあろうにサークルで彼女を導く偉大な先輩であるわたし（噓です、すいません）にかけた麻紀ちゃんは、袋から石を取り出してわたしの手に載せた。

「この前、新宿のパワーストーンショップを覗いたら、石占いだかなんだかのイベントをやっていて、そこにいた黒いベールをかぶった謎の人にこれを勧められたんです。千円だし気になったから、即買っちゃったんですけど」

「黒いベールの謎の人！　うわ、それはちょっと見たかったなあ。石屋さんで占いとは、ずいぶんと面白いコスプレイベントをやってたね。って……あれ？　……これは……なかなか状態がいい石じゃない……の……」

わたしはふざけるのをやめて、手の中の石を観察して息を吞んだ。

「ええっ、待ってよ。これは千円の石じゃないでしょうが。桁がひとつ違う……いや、下手したらふたつ、違うかも？　もしくは……みっつ……」

水晶の原石クラスターらしいそれは、ひとつが卵半分くらいの大きさの整った結晶が数個集まってできていて、全体がほんのりと蒼《あお》みがかっている。

スモーク水晶やローズクォーツを別にすると、普通は無色透明なことが多い水晶で、こんな風にほんのり蒼いのは珍しい。確かにブルークリスタルというものもあるが、あれは加工して着色してあるガラス玉に近い石だし、天然ものは存在しない。

これは形も美しいし、結晶の中を覗き込んでも目立つ傷はなく、申し分のない良い状態の石だ。今まで結構な種類の石を見てきたわたしが思うに、これは十万円以上、下手するとその上の桁の値段が付いていてもおかしくない高品質高レベルの石なのだ。

これを千円で買えたなんて、単なる掘り出し物の域を超えていないか？

わたしは、なぜかあまり嬉しそうな顔をしていない麻紀ちゃんを見た。

「麻紀ちゃん、得したね。これはものすごくいい石だわ。麻紀ちゃんの今年の運はもう半分以上使い切ったね、うん、間違いないね」

「やめて先輩！　せめて男性運は残しておいて！　じゃなくってですね、それが不思議な話なんですけど……買った時はこんな石ではなかったんですよ。ちょっとこれを見てください」

麻紀ちゃんは、わたしにスマホを差し出した。

「この石を買った日に撮ったものなんですけど」

受け取ったスマホの画面を見ると、手の中の石と同じらしい、水晶のクラスターが写っていたけれど。

「ちょっと、よく見せて」

わたしはスマホの画面を拡大して、しっかりと手に持った石と見比べた。

「……マジか」

背筋がぞくりとする。

「確かにこの石、なんだよね」

「はい、間違いなくこの石です」

画像の石はこのクラスターと形こそ同じだけれど、色が全然違っている。今と比べたら明らかに彩度が低く、内包物が多いために暗くくすんでいるし、大きなクラック（割れ目）も入っている。

なるほど、これはこれで味わいがあるけど、千円の価値で納得だわ。

しかしそれならば、すっかり雰囲気が違う、今の高品質なこの石はどういうことなのだろう？

麻紀ちゃんは眉をひそめて言った。

「買って一週間になるんですけど、気づいたらこんな風に変わっていて……わたし、石は好きだけど、スピリチュアルとかオカルトとかって興味ないし。こういうのってなんだか気味が悪くて。先輩、物理的にこんなに石の状態が変わることってありえるんですか？」

わたしはふたつの石を見比べながら、首を振った。

「……考えられないと思う。だいたい石に入ったクラックが、温度差とかぶつけたとかの理由で大きくなったり増えたりするならともかく、消えるとかありえないし……麻紀ちゃんはただ持っているだけだったんでしょ？」

「普通に部屋に飾っていただけですよ」

麻紀ちゃんはわたしから問題の石を受け取ると両手で持って、掲げるようにして窓から入る光に当てた。

「買ってから一週間くらい放置して、今朝変化に気づいたんですよ。だから、一週間かけてこうなったのか、一日で変わったのかすらわかりません。ほら、こうして光に当てると、すごくキラキラして綺麗でしょう？　今朝、たまたま朝日が当たっているのを見て、こんな風に光っていたんで驚いて、それで変化に気づきました」

「うわあ、すごいね！　太陽の光を受けて、かなり蒼く光って見えるね」

わたしは麻紀ちゃんの手の中で光る石に見とれた。

「……なんだか、まるで石自体が発光しているみたいに見えるよ。すごく光って綺麗……夢みたいに綺麗……」

キラキラ、キラキラ、石が乱反射して、麻紀ちゃんに光が降り注ぐ。

ありえない角度で光が彼女の周りで踊る。

遠くの方から、誰かの声がする。

『愛しい我が子よ　戻っておいで』

『愛の中に　戻っておいで』

シャワーのように落ちてくる蒼く輝くかけらたちが麻紀ちゃんの周りに落ちてきて、それはどんどん輝きを増して。

うっとりとしながら不思議な声に耳を傾けていたわたしは、はっとして言った。

「麻紀ちゃん、待って！　なんか様子が変だよ」

『光の乙女よ　戻っておいで』

誰かの声が近づいてくる。

麻紀ちゃんの身体はもう、光にすっかり包まれていた。

「麻紀ちゃん、その石をテーブルに置いて、手を離して！　早く！」

麻紀ちゃんは恐怖に引きつった顔でわたしを見た。

「先輩……」

ヤバい。これはヤバい。

「もう手を離して、構わないからそれを落としちゃいなさい！」

「なに、なんなのこれ、取れないの、先輩、石から手が取れないよ、うわ、手が引っ張られる！」

パニックになる麻紀ちゃんの両手が、見えないロープで吊られるように上にぐっと持っていかれた。

「助けて、先輩、怖いよ！」

「やだ、早く手を離すんだよ！　ほら貸して！」

わたしはテーブルの上に土足のまま上がると、かなり上の方にある麻紀ちゃんの手をつかんでこじ開けようとしたが、石は麻紀ちゃんの手から離れようとしない。

「麻紀ちゃん、なんとか手を開いて！　がんばれ！　痛くしたらごめんね！」

「なにこれ……先輩、怖い、怖いよ、助けてミチル先輩、助けて」

瞬間、輝く石から一際強い光が溢れ出し、わたしたちは蒼い輝きに呑み込まれた。

「きゃあああああっ！」

「麻紀ちゃん！　このっ、このっ、石、離れろっつーの！」

麻紀ちゃんが恐怖に顔を強《こわ》ばらせてすがるようにわたしを見つめる。その手からなんとか石を取り除こうと奮闘していると、周りの景色が変わった。

わたしたちは光の渦巻きの真ん中にいた。

「床がない⁉」

『お帰り　我が娘　お帰り　お帰り』

「やば、落ちる⁉　違う、うちら飛んでる⁉」

「先輩いいいいいいいいーっ！」

「麻紀ちゃあああああああん！」

もうどっちが上でどっちが下だかわからない。

そして、わたしと麻紀ちゃんは、光のトンネルをどこまでも突き進んでいったのであった。

トリップしました

気がつくと、麻紀ちゃんとわたしは白っぽい部屋にいた。広めの教室くらいのその部屋は、床も壁も石でできていて、表面がぴかぴかに磨かれている。よく見ると、床にはじかに、黒い不思議な模様が描かれていた。最大直径三メートルほどの何重かの同心円の間に、日本語ではない文字のようなものがびっしりと書かれていて、ええと、これは、まるで……魔法の呪文のように見えるけど？

そして、わたしと麻紀ちゃんは、その円の真ん中に寄り添って立っているのだ。

周りには立派な石の柱も何本か立っているし、祭壇のようなものまであるし、異国風の建築物というか、遊園地のなんとかハウスみたいなアトラクションのようだ。そして、その部屋の中には、これまた白っぽい服装をした人たちが十人以上はいて、わたしたちをじっと見つめている。

この人たち、顔が日本人じゃないっぽいんですけど？

髪の毛の色とか目の色とか、人間のものじゃないんですけど？

もしかするとヅラとカラコンですか？

「……ヅラ？」

ほう、麻紀ちゃんとは思考回路が似ているのだな。

頭の片すみでそんなことを考えていると、あまりに衝撃的な事態にただ立ち尽くしていたわたしたちに声がかけられた。

「おお、救いの神子《みこ》さま、ようこそおいでくださいました」

救いの神子？　なにそれ……ＲＰＧゲームのスタートシーンみたいだけど？　『おお』で始まるセリフなんて、日常生活で聞いたことなんてないよ。

心の中でクエスチョンマークを製造しながら、黒い円の前にひざまずいたまま喋る白いお髭のお爺さんを見る。髭は白いのに、髪の毛はグリーンに黄色のメッシュが入った色で、大変なおしゃれさんである。皺《しわ》は顔だけでなく首や手にもあり、お爺さんに化けた何かではなく本当に年をとっている人のようだ。そして、この部屋にいる他の見知らぬ人たちも、もしも日本で見たならコスプレだと思われそうなファンタジックな格好をしている。そう、ファンタジーＲＰＧゲームの登場人物のような姿なのだ。

いや本当に、何が起きているの？

ここはどこ？

「先輩……？」

謎のおしゃれお爺さんに熱く見つめられて涙目になった麻紀ちゃんが、すがるようにこっちを見たけど、わたしは何の答えも持っていな……。

いや、実はいくつか仮説を立てていた。
１．わたしたちはふたりともヤバい薬を盛られて意識を失い、そのすきにコスプレドッキリをしかけられた
２．これは全部わたしの夢

3．異世界に召喚された

あはは、どれかなー？

夢にしては感覚がリアルすぎるから、2は消滅だろうな。

じゃあ1かな。この部屋とか、本物のお爺さんとか、あっちに立っている明らかに日本人ではないイケメンとか、すごい準備だね！　でもたかがドッキリに、意識を失うほどの薬を盛るだろうか？　……盛らないよね、普通。ドッキリじゃ……なさそうだね。そして、なぜか言葉がわかるのも気になるんだよね。

だって、このお爺さんは日本語をしゃべっていないんだよ？

その時、麻紀ちゃんの持つ石が一際輝き、皆が注目した。

「召喚の魔石が、エステイリアの国を救うためにあなたさまを遣わされたのです、神子さま。どうかお助けください」

大真面目な顔でお爺さんが言い、その他の人が胸に手を当てて祈るように頭を下げる。どうやら、石を持っている麻紀ちゃんが救いの神子とかいうものらしい。うんうん、皆さんとても真剣で、麻紀ちゃんに対する畏敬の念みたいなものがひしひしと伝わってきますね。

麻紀ちゃんが一歩後ずさり、女子にあるまじき引きつった顔で声を漏らした。

「ひいいぃ……」

うん、この状況は、『ひい』ってなるよね。

「ミ、ミチル先輩」

お集まりの皆さんにガチで祈られてしまっている麻紀ちゃんは、情けない顔をしてわたしを見た。

その肩にぽんと手を置き、わたしは言った。

「ねえ、これって、この前貸してあげたラノベの話みたいな展開じゃない？　どうやら麻紀ちゃんとわたしは、この世界を救うために呼ばれて異世界トリップしちゃったみたいだよ。あ、わたしはおまけらしいけど。麻紀ちゃんの役どころは『救いの神子』らしいよ」

「異世界！　異世界トリップ！　救いの神子！　そんなことって、先輩!?」

麻紀ちゃんがあわあわしながら言った。

さっき石から溢れ出した光が麻紀ちゃんを包み込んだ様子を思い出す。黒いベールをかぶった謎の人に勧められたあの石は、麻紀ちゃんをこの世界に引き込むために渡された、いわゆる『世界を超えるための鍵』だったようだ。

そして、わたしはその巻き添えをくらったみたいだね。

あはは……もう笑うしかないや。


女っていうのは、いざという時、意外に度胸が据わるものであるようだ。出産という大きなストレスに耐えられるように、男性よりも強靭な精神力が備わっていると聞いたことがある。

それから十五分くらいかけて、泣きも騒ぎもしないわたしたちはお爺さんにこの状況の説明をされ、顔を見合わせた。

「先輩、本当にまんまラノベですか？　わたし、別に超能力とか持ってませんけど、いいんでしょうか？」

「これから未知の力が見つかるのかもよ。ねえ、ラノベって実はノンフィクションだったのかもね」

「そうですね。読んでおいて良かったですね」

異世界トリップのテンプレを作った人って、もしかすると異世界から戻ってきた体験者だったのかもしれない。それはつまり、わたしたちも日本に戻れる可能性があるということだ！

お爺さんの話によると、予想通り、麻紀ちゃんはこの世界にとても必要な人で、生まれた時からここに来る運命が決まっていたとのことだった。やっぱりあの石は麻紀ちゃんを召喚するために世界を超えて送り込まれたものらしい。黒いベールの謎の人は魔法で作り出された幻なのだそうだ。

そして、本来ならば麻紀ちゃんひとりがこっちに呼ばれるはずだったのだが、どういうわけかわたしというおまけがくっついてきてしまい、あちらさんも当惑しているとのこと。

「先輩、マジありがたいです！　わたしひとりだったらこんなの耐えられないです、お願いだから見捨てないでください！」

涙目でわたしにすがる麻紀ちゃん。

「いや、麻紀ちゃんの性格なら結構『救いの神子』役もいけるんじゃない？　わたしは巻き込まれただけのお邪魔虫みたいだから、このままサクッとうちに帰らせてほしいなあ、なあんて……」

「いやああああああ、センパアアアアアイ！　わたしを捨てないで！」

腕にしがみつく、わたしより体格の良い麻紀ちゃん。片や身長一六七センチ、片や身長一六〇センチ。そして、麻紀ちゃんにはボン、キュ、ボン、というけしからんバディがあり、キュ、キュ、キュの座敷わらしは肉体的パワーでは到底かなわないのだ。がっちり捕獲されて、逃げられそうにありませんね。

「センパイさま、どうか神子姫さまとともにこの世界をお救いください、どうかお力添えを、お願いいたします」

「センパイさま、我々にできる限りのことはどんなことでもいたします故、なにとぞ神子さまと共にありがたきお計らいを」

「センパイさま、これも神のお引き合わせでございましょう、大変申し訳ないとは思いますが、どうかその広い御心《みこころ》でわたくしどもにお慈悲を、お願いいたします」

お爺さんと、その後ろに控えている人たちが、今度はわたしに熱い視線を送りながら訴える。ついでにすがりつく麻紀ちゃんまで目で訴える。

「先輩！　先輩！」

「センパイさま！　どうか、センパイさま！」

「……あーもう……」

はい、この世界の皆さんから、神子の心の支えに認定されました。


「で、これからわたしたちはどうなるんですか？」

わたしたちはこの場の責任者らしいお爺さんに尋ねた。

「まずは、エステイリア王家の方々と謁見していただきたく……」

というわけで、腰の低い、というか、やたらと麻紀ちゃんをありがたがっているお爺さんと、その仲間？　部下？　まあそんな人たちに連れられて、わたしたちは部屋を移動した。

わたしたちが現れた場所は神殿だという石造りの建物で、王族がいる王宮とは渡り廊下のような半屋外の通路でつながっている。外はいい天気で、庭のような場所を突っ切るように伸びる廊下を歩きながら周りを観察すると、花壇には花が植えられて、木々もある、緑の多いなかなか良い環境だった。そして影を見る限り、太陽もたぶんひとつだけだと思う。この世界は地球と似た環境のようだ。大きな違いは、魔法らしいものが存在することだろう。

お城、つまり王宮である建物に入ってしばらく歩くと、警備の兵士らしい人がふたり立っている扉の前に来た。こちらは神殿とは違い、内装外装共に中世のヨーロッパのお城に似た造りだ。

「こちらの部屋は、エステイリアの王族との謁見室でございます。王家の方々は、この中で神子さま方をお待ちかねでございますが、お会いになるということでよろしいですか？」

「選択権は、こっちにあるの？　会いたくなかったら断ってもいいってこと？」

わたしは尋ねた。

「無理強いはいたしません。神が遣わされた神子さまになにかを強制することは、我々には畏れ多くてできないのです。ただ、わたくしどもとしては、王族はエステイリア国の中心となる方々でいらっしゃいますので、ぜひお会いしていただきたいです」

ほほう、神子、最強じゃん！

「……」

麻紀ちゃんが窺うようにこちらを見たので「この国のトップと顔を合わせて、縁をつないでおいても損はないんじゃない？」と囁いた。誰も知り合いのいないこの状況だ。今は神子さまとやらに祀り上げられているが、この立ち位置がどのようなものでいつまで続くのかはわからない。それならば、優遇されているうちに『いい人アピール』をして、好印象を与えておいた方がいいだろう。ここはなるべく力のある人物の心をがっちりとつかんでおきたい。

「わかりました。お会いします」

わたしに向かって頷いてから彼女がお爺さんに言うと、深々と頭を下げるお爺さんの指示で扉が開けられた。

「神子さま方のおでましにございます」

「お出ましとか、大げさな……おわっ」

部屋に入ると、なんだか予想以上にきらびやかな人たちが全員起立してこちらをガン見してきたので、わたしは思わずのけぞってしまった。

これがこの国の王族たちなのだろう。しかし、金髪銀髪はまだしも、オレンジとか赤とかピンクとかペパーミントグリーンとか、髪も目も地球じゃ考えられない華やかな色あいなのだ。そのために、やたらキラキラに見えるというか、目がちかちかする。

いったい彼らの遺伝子はどうなっているのだろう？　もしかしたら、地球の生物のような遺伝子自体が存在しないのかもしれない。

真ん中に立つ年配の男性が国王で、その隣にいるのが王妃なのだろう。口を「おお！」という形に開けて、こっちを見ている。あとは十歳くらいの王女さまがひとりと王子さまらしき人が三人、並んでいる。こちらも皆「おお！」という口になっているけれど、王子さまの中で一番年上らしい人、おそらく次期国王である王太子らしき人物が、麻紀ちゃんのことを食い入るように見つめている。彼の口が「おお！」と言いつつも笑みを浮かべているのが気になるところだ。

そして、皆さん、文句なしの美形でいらっしゃる。やはり王家には美形の血を入れるから、見目の良い家系になっているのだろう。

その中でも一際目立つイケメンさんである、年長の王子さまだが、お爺さんの紹介によると、エステイリアの第一王子でアイズラン王太子というらしい。彼は、申し分のない王子さまであった。そう、まさにお伽話の王子様にふさわしいルックスなのだ。さらさら輝くブロンドヘアーにサファイアのようなブルーの瞳。もちろん顔の造作はばっちり整っている。すらりと背も高く、やはり王族として剣もたしなんでいるのか、その鍛えられた身体には程よく筋肉がついていて、『お姫さま抱っこ』対応になっているようだ。

でもって、異世界トリップのお約束なのだが、麻紀ちゃんがお爺さんに紹介されると、恐ろしく魅力的な王子さまは最高級の宝石のような整った容貌に嬉しそうな笑みをたたえ、ひざまずいて麻紀ちゃんの手に口づけた。

あーあ、麻紀ちゃん顔が真っ赤だよ。

王子さまの青い目も、不自然なくらいキラキラだよ。

まさにフォールインラブの瞬間だな！

ひとり置き去りにされたような寂しさを感じたわたしは、斜め下を見て「ふっ」と笑った。

わたしは視線がみんな麻紀ちゃんたちに行っているのをいいことに、ふたりの対面が行われている場所から離れたところにこそこそと移動して、しっかり傍観者の位置をキープした。救いの神子と国王一家との謁見という一大イベントにもまるで動じず、なるべく目立たないようにしながら、ハリウッド俳優もびっくりの豪華なキラキラメンバーによる事の成り行きを見守る。

だって、わたしは単なるおまけなんだもん。

召喚に巻き込まれただけだもん。

いいんだけどさ。

神子さまの心の支えの『センパイさま』という脇役をもらったしさ。

別にちやほやされなくても寂しくなんてないもんね、ふーんだ。

わたしがちょいとばかりいじけていると、アイズラン王子が麻紀ちゃんの手を握ったまま言った。

「突然召喚して申し訳なかった、美しい姫。しかし、神子姫殿、わたしたちがあなたの帰還を待ち焦がれていたことに偽りはないことを信じてほしい。そして、その優しき御心で我等に力をお貸し願えないだろうか」

「帰還……ということは、わたしはこの世界の人間だというんですか?」

「そうだ。あなたの本当のふるさとはここなのだ、神子姫殿よ。……よければ、あなたの名を教えてもらえないか?」

「……わたしの名は、麻紀、です」

「マキ……なんという美しい響きの名だ。美しき神子姫よ、わたしがその名を呼ぶことを許してもらえるなら、これほどの喜びはないのだが」

「あ……別に構いません、けど」

「ならばマキ、わたしのことはアイズランと?」

じっと見つめ合うふたり。

王子様の目には神子姫に対する憧憬と愛情が、そして麻紀ちゃんの顔には、戸惑いとほのかに芽生えた恋心が見えるような気がする。

やはりこの役は麻紀ちゃんじゃないと無理だったね。

うん、人選は正しいよ。

座敷わらし姫じゃ、イケメンの相手は無理だわ。

「あなたはこのエステイリアに存在するだけで世界の安定をもたらす聖なる乙女、神子姫なのだ。出会って早々にこのようなことを言われても戸惑われると思う。だが、これからはずっとわたしの隣にいてくれることを選んでほしいと思っているのだ……考えてみてはくれないか、聖なる姫よ」

うおっ、ここでまさかのプロポーズ？

金髪のイケメン王子は、麻紀ちゃんに一目惚れをしたようだ。キラキラした瞳でぐいぐい迫ってくる。

「もちろん、すぐに返事をくれとは言わない。あなたに、少しずつでもいいからわたしのことを知ってもらいたいのだ。……わたしの心はすでにあなたのものなのだが」

うわー、男の色気まで加わってきましたよ！

大人ですね、アイズラン王子さま！

あわあわと唇を震わす麻紀ちゃんをブルーの瞳で見つめながら、ぎゅっと握った手に再び唇を押し当てるアイズラン王子。彼の両親である国王夫妻は、後ろで『よし、行け！』と応援しているように見える。麻紀ちゃんと結婚すると、なにかいいことがあるのだろうか？

「あの、わたし、まだ混乱していて……」

麻紀ちゃんは、イケメン王子さまに迫られてもなんとか崖っぷちで踏ん張った。

よし、その調子だ。

簡単に堕《お》ちてはいかんぞ。

チョロい女だと思われたら、いいように扱われてしまうからね。

粘って粘って、少しでも良い条件を引き出すのが交渉の基本だ。

がんばれ麻紀ちゃん。

そして麻紀ちゃんは、あまりの事態に動揺しているので少し考える時間が欲しいと王子さまに訴え、わたしたちはそれぞれに用意された部屋へと案内された。

世話役登場！


「それじゃあ麻紀ちゃん、またあとでね」

「はい、先輩」

「ひとりでいる時になにか決断を迫られるようなことがあったら、今は疲れているからって言って引き延ばすんだよ。状況によっては、倒れたふりをしちゃいな。麻紀ちゃんはこの国にとって大切な存在だから、利用しようと下心を持って近寄ってくる者もいると思うの」

「了解です」

「あと、簡単に王太子に押し倒されちゃダメだよ。あのルックスにぽーっとなるのはわかるけど、キラキラした生き物を見てると判断力が落ちるからね。タヌキの置物だと思って話すんだよ」

「信楽焼《しがらきやき》ですね、でっかいアレをつけたやつですね、了解です」

麻紀ちゃんに入れ知恵してから、別れて各々の部屋に連れていってもらった。


あらかじめ召喚されることが予定されていた麻紀ちゃんと違って、事故のような感じで突然現れたわたしのために、エステイリアの人たちは急いで部屋を用意してくれたらしい。麻紀ちゃんの部屋とは離れた場所だったけれど、同じ王宮の建物の中に用意してくれたのだから、彼女の威光でわたしもそこそこ大切にされていると考えていいのだろう。

「センパイ姫さま、こちらにどうぞ」

謁見室まで迎えに来てくれたリーナさんという名前の侍女（オレンジ色の髪にピンク色の瞳という、カラフルな美人さん）が、わたしを部屋まで案内してくれた。名前を間違っていたが。

そう、エステイリア側は、いつの間にかわたし専用の侍女までつけてくれたのだ。

さてさて、これは親切な心づかいなのか、それとも得体の知れない異世界人に見張り役をつけたかったのか。

でもまあ、このリーナさんが親切で気の良さそうな人なので、あまりうがった見方をしないで、とりあえずは厚意としてとらえておくことにした。なにかの時に相談できる女性は必要だしね。それに、わたしはあくまでも余計者なので、麻紀ちゃんと引き離された上に監禁されたり牢屋に入れられたり、王宮の外に追い出されたりする可能性だってあるわけだから。

うん、そういうダークな展開の小説も読んだことがあるよ。そのパターンじゃなくて本当に良かった。

でも、油断をせずに、最初からこちらが礼儀正しく感謝と協力を示しておけば、今後もそう悪い扱いをされないだろう。

しないでほしい。

無力な女子大生として切に願う。

で、侍女さんに案内された部屋は、居間と寝室の二間続きでさらにお風呂も付いていて、それほど広くないのがかえってしっくりくる感じで、全体が落ち着いたインテリアでまとめてあった。お城の一部屋の割にはゴージャス過ぎないので、そこにいると肩の力を抜いてちょっと一息つける雰囲気の部屋だ。

うん、とても気に入った。

無意識に緊張していたわたしが、ふかふかしたソファーに座って「ふううー」と息をつくと、リーナさんがお茶を淹れてくれた。カップの隣にさりげなく美味しそうなケーキを添えてくれる心遣いが嬉しい。

「神子さまと共に世界を渡られるとは、このたびは大変なことでございましたわね。どうぞご一服なさってください」

穏やかに話すリーナさんは、きっとかなり地位の高い貴族のお嬢さまなのだろう。立ち居振る舞いに品があるし、落ち着いた中にもしっとりとした女らしさがあるのだ。確か侍女っていうのは、召使いとは違って行儀見習いの意味もある、高貴な女性を補佐するお仕事だったから、王宮で働くリーナさんはエリートなんだろうな。

「ありがとう、遠慮なくいただきます」

淹れてくれたお茶は風味が紅茶にそっくりだったので、この世界の食生活はわたしでも大丈夫そうだな、と安心する。ケーキをかじると、こちらも干したフルーツがたっぷり入った割と見慣れたもので、添えられたフレッシュなクリームをつけて食べると大変に美味しい。さらにホッとするけれど、美味しいからといって食べ過ぎて太らないように注意しなくっちゃね。

「あの、麻紀ちゃんの部屋はここから近いんですか?」

わたしは「たくさん召し上がらないと、大きくなれませんよ」とリーナさんに勧められた、大きなケーキのお代わりを断腸の思いで断って（だって、横に大きくなったらどうするの⁉　すごく食べたかったけど！）リーナさんに尋ねた。

「わたしは麻紀ちゃんとは自由に会ったりできるのかな？　それとも、なにか行動が制限されているとかってありますか？」

異世界から来たわたしの侍女を引き受けているということは、リーナさんは召喚について知ってるわけだし、おまけがくっついてきちゃったなどという内部事情にもかなり詳しい人物のはずだ。ただの貴族のお嬢さまであるはずがない。

「神子姫さまのお部屋は、王宮の中心にございます。センパイ姫さまがお会いしたい時には、そちらまで護衛の者がお連れいたしますのでご心配なさらずとも大丈夫ですわ。センパイ姫さまの行動を制限するなどと、わたくしどもにそのような畏れ多いことができるわけがございません」

少しふっくらした癒し系美人であるリーナさんは、落ち着いているせいかわたしより何歳か年上に見える。

「よろしかったら、姫様の護衛を務める者をご紹介したいと存じますが、いかがなさいますか？これからは、わたくしとその男性が主にセンパイ姫さまのお側でお仕えし、相談役を務めることになりますので」

麻紀ちゃんならともかく、Tシャツにジーンズ姿のわたしに姫扱いは似合わない。

だいたい『センパイ姫』ってなんやねん。

わたしは思わずソファーにひっくり返ってしまった。

「お願いだから姫さまはやめてー。わたしの名前はミチルなのです。ミチル、でいいですからね、姫いらないですから。それじゃあ、その護衛の人に会わせてほしいです」

「わかりました、ミチルさま」

リーナさんは口元を押さえて上品に、でも楽しそうにくすくす笑い、部屋の外にいるらしい護衛担当の男性を呼びに言った。

「失礼いたします」

神子姫の威光が及ぼす影響か、どう見てもたいした役どころじゃないわたしに対して敬語を使ってくれるリーナさんがひとりの男性を連れてきた。わたしはソファーから立ち上がって彼を迎える。

「こちらは騎士のカインロット・デンタヴィスさまです。ミチルさまの護衛や相談役を務める者として選ばれました」

「わ……」

リーナさんに続いて部屋に入ってきたその人を見たわたしは、口をぽかんと開けてしまった。

なんとなんと、ここにも超イケメンが⁉

堂々登場しましたよ！

あからさまに美形です、ゲームのキャラクターが生きて歩いているようです！

すらっと背が高い騎士装束の彼を見て、わたしは頬が緩んでしまった。

だって、ようやく異世界トリップのテンプレ展開が始まったんだもん。

おまけのわたしのところなのに、めっちゃかっこいい人が来てくれたんだもん。

「ミチル、という名の姫か。俺はカインロットだ。騎士団に所属しているが、本日より姫専属の任務に就く。よろしく頼む」

よく響く男らしい声で、きりりと精悍な表情の彼は言った。

いいねえ、カインロットさん！

わたしはもう名前も覚えたよ、カインロット・デンタヴィスさん！

きびきびした動きに鋭い視線、媚びない雰囲気が俺様キャラっぽくて美味しい。騎士らしいかっちりした格好がまた、ストイックな雰囲気の彼によく似合っていて、制服萌え心をくすぐってくる。

そしてもちろん、体型はみんなが大好きな細マッチョだ。

そして、その髪ときたら！　クールな雰囲気の、光り輝く見事なアイスブルーなのだ。サラサラの長めの髪が、美しいお顔の周りで光を反射して、見ているわたしは思わず「あっ」とよろめいてしまいそうなのだ。さらにだめ押しで、瞳はサファイアのような濃いブルー。

ああ、まるで氷の貴公子のようではないか！

わたしが一番ひいきにするキャラクタータイプが、現実となって目の前に立っている。

うわー、これぞ眼福《がんぷく》！

拝んでもいいですか？

と、ここまで『お口ぽかん』で見とれていたわたしは、ようやく我に返った。

「あ、えっと、こちらこそ、お世話になります」

わたしは合コン時に発動させる、とびきりの笑顔を見せながら言った。残念ながら、今までこれに釣られた男性はいなかったのだが、そこはドンマイである。笑顔大事。これからよく関わりそうな人には、なるべく良く思われておきたいからね、わけのわからない状況に陥った時こそ、イメージ戦略は大事なのだ。

しかし、わたしの笑顔を見ても、まだ若い騎士さまであるカインロットさんがちょっと眉をひそめているのは、異世界から来たというわたしのことを胡散臭い女だと思っているからだろうか。それとも、非常に無念であるが、女子力に欠けるわたしの笑顔には、彼に良く思われるためのパワーが足りていないということなのだろうか。

彼は、アイスブルーの髪にブルーアイズという派手なビジュアルにもかかわらず、表情に甘さがないせいか、美形ではあるが浮かれた感じには見えない。剣を扱って戦うことを仕事にする者らしい、精悍な感じの細身のイケメンなのだ。現代で言うと……アイドル系ダンサー？　騎士なんだけど、ムキムキのごつい感じではないのだ。そう、彼はバネのような筋肉を持つ、麗《うるわ》しき細マッチョ青年。

うん、大変いいですね！

かっこいいことは確かです。

となるとやはり、きっと彼はこの世界でモテモテなのだろうから、わたしのような黒目黒髪正統派和風美少女……すいません、嘘つきました、地味な座敷わらしなどははるか彼方の圏外だということなのだろう。

わかりました。多くは求めません。地味子は部屋の隅にうずくまってひっそりとイケメンを観察させていただければ、それで充分でございます。

「カインロットさまは騎士団の中でも手練《てだ》れの方でいらっしゃいますし、ご身分も貴族でいらっしゃるので、この国や世界に関する様々な知識もお持ちです」

リーナさんが紹介してくれる。

うわあ、美形顔なのに剣も強いとか、もう間違いなくこの人モテるだろうなあ。そして、お貴族さまか。

俺様クール系貴族、いいですね、わたしの大好物ですね。ぜひお友だちになりたいです。

末席でかまいませんから。

「それは心強いです、カインロットさん。突然ここに来ちゃってなにがなんだかわからなくて、わたし、実は結構心細いんですよ。良かったら、いろいろ相談に乗ってくださいね」

わたしがお愛想タップリの笑顔で言うと（そう、地味子でも好感度、大事！　笑顔、全力！）彼は「そうだな」と頷いた。

「俺にできる限り、お前の力になりたいと思っている」

わあ、予想外の優しい言葉！

『任務は必ず遂行する』的なものだろうけど、ひとりでも味方が欲しいわたしにはありがたいわ。

「俺は貴族と言っても下級なんだが、そこそこの情報も伝手《つて》も持っているし、騎士団でもそれなりの地位についているから顔もきく。このリーナもベテランの侍女で、王族に仕えることもある実力者だから、心配なことがあったら俺たちになんでも聞くといいぞ。遠慮なく頼ってかまわないからな」

そう言うと彼はそれまでの厳しい表情を崩し、なんとも意外なことに、口元にほわっとした優しい笑みを浮かべてわたしに頷いた。

「あ、ありがとうございます」

うわあああ、イメージが違う！

まさか、俺様クール系の騎士さまが優しい笑顔を見せてくれるとは思わなかったので、わたしは激しく動揺し（おお、この人はクールな見かけによらず、すごくいい人なのかも）と思って胸を押さえてしまった。

だって、笑うとさらにかっこよくなったから、彼氏いない歴＝年齢の清純な乙女心がドキドキしてしまったんだもん。

……あれ、わたしは麻紀ちゃん以上にチョロいのかな？

これじゃあ人のことを言えないや。

でも、カインロットさんがあまりにもわたしの好みにぴったりだから、このときめきは仕方がないことなのだ！

今初めて、異世界に来て良かったと思ったよ！

そんなわたしの胸中など知らず、真面目そうな騎士さまは穏やかな笑みを消さずに言った。

「お前はこんなに幼いというのに、世界を渡るとは大変なことに巻き込まれたのだな。まだまだ親が恋しい歳だろうに」

「……？　は？」

頬を熱くしてイケメンを見ていたわたしの耳に、首を傾げたくなるような言葉が聞こえた。

幼い、だと？

親が恋しい？

「大丈夫だ、脅えることはない。悪い奴が近づかないように、お前のことはこの俺が守ってやるからな。安心しろ」

「……は？　え？　ええっ？」

背の高い彼はわたしに近づくと膝を屈めて、なんとその手のひらでわたしの頭をいい子いい子し始めた。

「怖くない、怖くない」

「あ、あ、あの……」

「大丈夫だ、怖くないからな。いい子だ」

宝石のごとく輝く青い瞳の騎士さまが、甘く優しく囁く。

だが、その内容は、決して口説き文句などではなく。

「よしよし、誰にも意地悪などさせないから安心するがいいぞ、偉かったな」

わたしは再び口をぽかんと開けて、大きな手でわたしの頭を撫でながら、なだめるように声をかけてくるカインロットさんの整った顔を見た。

お兄ちゃんなの?

大沢ミチル、二十一歳。成人式には、レンタルでしたが、青と緑のガチャガチャした柄の振り袖を着ました。大人です。お酒も飲めます。

そんなわたしは現在、大学の後輩の異世界トリップに巻き込まれたあげく、ファンタジックなエステイリア国の貴族である騎士さまに、頭を撫で撫でしてもらってます。目の前に、腰に剣をつけて、かっちりとした騎士の服を身にまとったイケメン騎士が、クール系俺様騎士にしか見えない素敵な男性がいるのです。背の高い身体をわたしに合わせて屈めてくれて、大きな温かい手をわたしの頭に乗せ、いい子いい子していています。

悪い気はしないのです。むしろ、妙に気持ちが良く、拾われた猫にでもなったかのような温かな気持ちになってしまっております。

が、しかし。

王子さまに手にチューしてもらった後輩の麻紀ちゃんとは、えらく扱いが違うところが気になります。

ええと、どうやら我々ふたりの間には大きな誤解があるようですね。うん、騎士さまのその優しい笑顔は、間違いなく小さなお子さんに対する慈《いつく》しみの表情ですね。それにしても、イケメンに撫で撫でされるというのはなんともこそばゆく、わたしの頬はかなりの熱を帯びてしまった模様です。

ほわーんとしています……。

はっ、これがナデポというものなのか⁉

恐るべし、ナデポパワー！

わたしは我に返った。

このまま年齢をごまかして、カインロットさんに「お兄ちゃーん」とか懐いてみたいような気もしたけれど、バレた時にいたたまれないと思われるのでやめておいた。こほんと咳をして気持ちを整えて言う。

「ええとですね、カインロットさん。どうやらカインロットさんにはわたしのことが幼く見えているみたいですけど、それは大変な勘違いでして、わたしはとっくに成人しているんです。もう大人なんです、すみません」

わたしは赤くなった顔を見られるのが恥ずかしくて、少しずつうつむき加減になりながら言う。

「だから、あの、つまり、わたしは幼い子どもではありませんので、その……」

しかし、エステイリア国の手練れの騎士さまは、そんなわたしの言葉になどまったく動じなかったのだ。

「そうなのか。もうすでに大人扱いをされていたとは、随分と早く成人する国から来たんだな。この国ではお前くらいの者はまだまだ子どもだから、甘えていいんだぞ？」

くりくりと頭を撫でながら、優しく目を細めるイケメン騎士。

うわあああああ、あくまでも優しいお兄ちゃんなカインロットさん！　そんなことを言われたら、爆発してしまいそうですよ！　もう「お兄ちゃーん！」と叫びながらその厚い胸板に飛び込んで、鼻の頭をぶつけてしまいたいくらいですよ！

そして、あなたの目には、いったいわたしはいくつに見えてるんですか⁉

わたしの前に屈んだカインロットさんが、優しく顔を覗き込んで目を合わせてくるので、イケメン騎士さまの顔がかなり近いのです。アップで見るカインロットさんの笑顔は、破壊力抜群です。サファイアのような輝く瞳が綺麗で、舐めたくなります。

綺麗な石を見ると、ぺろっと舐めたくなるよね？　そんな感じ。

え、ならない……の、普通は？

ちょっと落ち着け、ミチル。

うっかり舐めて変態だとバレ……誤解されると今後に響くので、わたしは魅惑的な瞳から視線を外すとずさっと後ろに下がった。カインロットさんの手のひらが宙に残され、なぜか少し寂しげな顔をしているので、わたしはほのかな罪悪感なんてものを感じてしまう。

「いえいえ、早く成人するとかそういうわけではなくてですね。本当に子どもじゃないんです。わたしは今二十一歳なので」

宙に浮かんでいた手が下ろされた。

「……二十一、だと？　俺の二歳下だと？　まさかそんなわけが」

驚きを顔に出したカインロットさんは、まじまじとわたしを見た。

「本当に二十一です」

「ミチルさまが二十一歳？　ええっ？　嘘でございましょう？」

「ちょっ、そっちもか！　嘘じゃなくって、二十一！　私の国では二十歳で成人ですので！　大人の女性でございますよ！」

リーナさんまで驚いている。じゃあ、カインロットさんだけの勘違いじゃないんだね。

ってことは、このエステイリアの人たちには、基本的にわたしは子どもに見えてると考えていいんだね。

なんかへこむわー。

完全なる座敷わらしだわー。

「ほんとすいません」

へこんだわたしは、つい謝ってしまう。

「あの……十一の間違いではございませんの？」

「そうだ、まだ数がよくわからないのかもしれんな……お前は、勉学はどこまで修めたのか？」

「小学校も中学校も高校も卒業して、今大学生やってますから！　間違いなく二十一ですってば！」

あっ、そうなると、カインロットさんはわたしの二こ上ってことなんですね。よろし……」

って！

おい！

騎士！

侍女！

今！

わ　た　し　の　胸　を　見　て　る　だ　ろ　う　！

イケメン騎士はストレートな性格らしく、あからさまにわたしの胸を見て不審そうな顔をしている。豊満な胸をお持ちのリーナさんも同じく不審そうな顔をしている。

悪かったな！

わたしは『大人になった』座敷わらしだ。現役の童子ではない。立派な大人なのだ。たとえ身体の一部分が成長力に欠けていたとしても、会ったばかりのふたりにそんな目で見られるいわれはないのだ！

わたしはかっとなり、口を開けたままで女性に対して非常に失礼な振る舞いをしている騎士の顔面に、手のひらをべしっと当てた。

「喝！」

「ぶっ、何をする⁉」

いきなりべしっとされたイケメン騎士さまは、当然ながらびっくりして言った。

「今あなたがものすごーく失礼なことを考えているのがわたしの心に伝わってきたので、ちょっとした抗議活動をしてみましたよ！」

失礼騎士を上目遣いで見ながら言うと、カインロットさんは驚いて目を見開いた。

「それは、わたしの世界では万死に値するほどの罪深き思考ですからね！　わたしは今、非常に傷つきましたからね！」

「……まさか、お前は特殊な力を持つのか⁉　人の心が読めると⁉」

「そんなものなくても考えてることはわかるわ！　って、カインロットさんったら、やっぱり失礼なことを考えていたんだね！」

わたしは両腕で、明らかに貧弱な胸を隠して言った。

「えっち！」

「いや、待て、その、神子姫と共に現れた人間に対して、俺はそんな失礼なことを考えていないが」

「……信じられません」

わたしが疑いに満ちた目でじとーっと見ると、カインロットさんは目を細め、片手を伸ばして髪をかき回した。

わたしの髪をね！

「やだ、なにするんですか」

「俺はただ、お前の世界では、大人になってもずっと可愛いままなんだなって思っただけだ」

「なっ、か、かわ……」

にっこり。

破壊力満点の笑顔で、イケメン騎士は起きたまま寝言を言った。わたしの頭を撫でながら、優しく寝言を言った。

ミチル、寝言を信じちゃダメだあああああっ！

わたしの顔面にかああっと血がのぼる。

うわあああ、ナデポだ！

これはナデポというやつだ！

またしてもナデポに惑わされるところだったよ！

そ、そうだよ、単に、シチュエーションに照れてるだけなんだからね！

わたしは心の中でわたわたと言い訳をする。

「そんな、まさか、十一歳に見えるわけないでしょう、だって、さっき会ったエステイリアの王女さまと同じくらいになっちゃうじゃないですか！」

謁見室にいた、見事な美少女を思い出して言った。可愛さやキラキラさはわたしと大違いだけど。

しかし、リーナさんは不思議そうな顔をした。

「はい？　ミチルさま、わが国のリッシェル王女殿下は七歳にいらっしゃいますが」

「ええっ、な、七歳！　あの王女さまが？」

わたしはリーナさんをガン見したが、彼女はこっくりと頷いてみせた。

「はい、七歳です」

わたしは謁見室にいた、淡いラベンダーブルーの髪に金の瞳をした美少女を思い浮かべて驚愕した。

あの子が七歳だと？　ありえない！　ありえないよ！

育つの早すぎだよ！

わたしはカインロットさんに視線を戻した。

あの子が七歳だというのなら……わたし、確かに十一歳に見えるね、あは、あはは……。

カインロットさんは悲しく笑うわたしを見つめながら、難しい顔をした。

「そうか、二十一歳でこの外見か。となると、お前は幼女趣味の男に狙われる可能性があるな。俺がしっかりと守ってやらねばならん」

「よ、幼女趣味って」

この世界にも変態はいるのか！

「お前は知らないかもしれないが、世間には妙な趣味の男がいるんだぞ？　だが、俺がずっと側にいて守ってやるから安心しろ」

ぶれない！

わたしの年齢を知ったというのに、この人は優しさがぶれないよ！

彼はもしや、クール系俺様キャラではなく真性お兄ちゃんキャラだったのか？

「どうした？　怖がらせてしまったか？」

カインロットさんは、わたしの髪を指で梳きながら言った。安心させるように、慈愛に満ちた笑みを浮かべながら。

「俺がいるから大丈夫だ、俺を信じろ」

うわああああああ、イケメンにこんなキメゼリフを言われたら、大爆発だよ！

「お……お兄ちゃん……お兄ちゃんなの？」

動揺したわたしが思わず呟くと。

「くっ」

彼は片手で顔を覆うと、顔を背けた。

今「か、可愛い……」とか聞こえた気がするんですけど？

空耳ですよね？

その3　まずは女子会

その夜の夕飯は、各々が与えられた部屋でゆっくりしながら取らせてもらった。

エステイリア国側は、神子姫歓迎の晩餐会を開く予定であったようなのだが、麻紀ちゃんもわたしも突然の環境の変化で疲れてしまったし、なんの知識もないままでこの国の貴族たちの見世物にもなりたくなかった。

それに、わたしというイレギュラーな存在をどう扱うかが、まだエステイリアで充分に審議されていないので、やはり正式なお披露目は避けようということになったらしい。

なので、夕食（お食事は案の定、どれも見慣れた洋風の料理で、大変口に合って美味しくいただけた。ごはんが美味しければなんとかなるのでホッとした！）の後で、わたしは麻紀ちゃんにアポをとって（伝令役の侍女さんが連絡をとってくれたのだ）カインロットさんに部屋まで案内してもらった。


「お兄ちゃ……カインロットさん、なぜ手をつなぐのですか？」

ごく自然に手を引かれて王宮の廊下を歩いていたのだが（やっぱりなんかおかしい）と思ったわたしは、右手をすっぽりと包み込むようにしてつないでいる大きな手を見ながら、カインロットさんに尋ねた。

イケメンと手をつないで歩くのは楽しい。節くれだった男らしい手なのにお兄ちゃ……カインロットさんのつなぎ方は優しくて、これがもしデートだったら間違いなくデレデレニヤニヤしてしまうだろう。

しかし、わたしの乙女心が『なにか違うよミチル！　目を覚ますのよ！』と叫ぶのだ。

うっかりお兄ちゃんと呼び間違えそうになったのは、男性と手をつないだ経験など小学校の時以来なく動揺していたせいと、わたしの脳内ではすでにカインロットさん＝お兄ちゃんという公式ができあがってしまっていたせいだ。

カインロットさんは足を止めると、横に並んだわたしの顔を見た。

「ミチルが王宮内で迷ったらいけないし、慣れない靴で少し歩きにくそうだからだが？」

クールな騎士は『なにを当たり前のことを言っているのだ？』という態度で冷静に答えた。

なるほど、ヒールのあるパンプスを履かされたので、スニーカー愛用者のわたしは足元がおぼつかないわ。

「そうですか……。いや、ちょっと待ってください！　カインロットさん、念のためにお聞きしますが、エステイリア国では女性はこうやってエスコートされるものなのですよね？」

すると、カインロットさんが目をぱちぱちさせた。

「いや、正式なエスコートの方法ではないな。……ああそうか、すまん。女の子というものは、子ども扱いされると気を悪くするのだったな」

彼は小さな女の子をなだめるように、目尻を下げてにっこり笑いながら言った。

「子ども扱い！　やっぱり！」

無自覚で妹扱いしてる！

心底お兄ちゃん属性だな、このイケメン騎士は！

「お兄ちゃ……カインロットさん！　わたし、二十一ですから！　もう子どもじゃないの！」

でもって、つい呼び間違えそうになるわたしも問題である。

はっ、妹属性が開発されつつあるのか！

恐るべし、お兄ちゃんの誘惑！

騎士さまは、ぷんすかするわたしを見てくすりと笑った。そして、おかしそうに目を細める。

「悪かったな、ミチル。うん、子どもじゃないな、うんうん。ほら、そう膨れるな」

なんとこやつめ、イケメンクール騎士のくせに、王宮の廊下の真ん中でわたしのほっぺたを人差し指でつんつんつんしおったぞ！

「ふ、膨れてなんかっ」

「貴婦人《レディ》扱いしてほしかったんだな、よしよし、俺が悪かった」

そして、頭を撫でられた！

「すまんすまん、ほら、いい子だから笑って」

撫で撫で撫で。

そう言いながら、クールイケメン騎士さまに笑顔を見せられたら、わたしは妹属性にまっさかさまですから！　崖っぷちから落とすのをやめてください！

「カ、カインロットさん、だから、わたしは二十一歳！　成人、女性！」

「そうだな、小さなレディ。さあ、俺の腕をお貸ししよう、転ばぬようにしっかりつかまるんだぞ」

「……ありがとうございます」

「どういたしまして、可愛いレディ」

わたしは顔を熱くしてうつむきながら、カインロットさんに差し出された左腕に、右手でそっとつかまった。

さらっと可愛いとか言いやがって、この騎士さまは天然のたらしに違いない。

負けるなミチル、崖っぷちに指をひっかけて止まるんだ。

「ああほら、ちゃんと両手でつかまれ。転んで足を痛めたらどうする？　そら」

「わあ」

左手をぐいっと引き寄せられて、カインロットさんの腕にしがみつかされたよ！

コアラの子どもみたいになったよ！

これが本来のエスコートなの？

絶対違うよね！

「神子姫が待っているぞ。さあ」

わたしはそのまま、長身の騎士さまの腕にコアラのようにぶら下がるファンシーな姿で、麻紀ちゃんの部屋まで案内されたのであった。

「いいかミチル、いくら成人していても、慣れない酒をあまり飲むものではないぞ」

「ほどほどにしますから大丈夫です」

「気分が悪くなったら俺を呼べ、廊下で待機しているからな」

「わかりました」

「いいか、本当に気をつけるのだぞ」

「気をつけますので、待機を！」

「なんなら、部屋の中で」

「廊下で待機を！」

お兄ちゃん騎士さまに、女子会に参加されたらたまらない。

くどいくらいに念を押すお兄ちゃ……カインロットさんを廊下に押し出して、扉を閉めて麻紀ちゃんを振り返る。

「よ、お待たせ！」

しゅたっ、と片手を上げたら、麻紀ちゃんは呆れ顔で言った。

「……なんですか、今のおかんなイケメン男性は」

「なるほど、あの態度はおかんとも言えるな……」

わたしは腕を組んで考えた。

おかんとお兄ちゃん、どっちが始末におえないだろうか？

……どっちもだな！

「先輩、変な男を引っかけないでください。クールイケメンのおかんとか、かなりうっとうしいですね。キラキラ王子といい勝負ですね」

「キラキラ王子になんかされた？」

「薔薇の花束と、こてこての愛の詩が書かれたカードを貰いました。読みながらとりあえずベッドの上を転げ回って悶絶しておきました。こそばゆいったらないです」

「麻紀ちゃん、キラキラ王子のまごころをネタにしちゃあかんよ！　でもあとでカードを見せて。ベッドも貸して」

どんな素晴らしい愛の詩なのか、楽しみである。

わたしはミニ宴会の用意がされたテーブルに近づいた。麻紀ちゃんのお付きの人が、ご丁寧にお花まで飾って素敵に用意してくれたのだ。救国の神子姫の最初の命令がお酒の用意か。すまんな、エステイリアの人。

ふたりとも部屋で食事を済ませたあとお風呂に入り、いつでも寝られる格好での女子会である。用意されたのはネグリジェみたいな寝衣であったが、上にしっかりしたナイトローブのようなドレスを着るのでそんなことはまったくわからない。男性に見られても全然セーフの格好である。

ちなみに、この国では十五歳を過ぎれば堂々と飲酒していいので、見た目が十一だが実年齢が二十一のわたしの飲酒はお兄ちゃ……ではなく、カインロットさんに許可された。

散々うるさい注意を受けたがな！

最後はリーナさんに「あまり神子姫さまをお待たせするものではありませんよ」と言われて、渋々わたしを送った。しっかりと手をつなぎながら。

「もう、飲もう！　とりあえず、今夜は飲んで寝ようよ。考えるのは明日でいいから」

「そうですね。このお酒美味しいいし、もう今日はいいや」

わたしたちは乾杯をして、お疲れさま会を開いた。

カインロットさんと麻紀ちゃん専属の警護の騎士さんたちは、廊下で待機している。立つのには慣れているというので、女子会が終わるまで遠慮なく立たせておいた。冷たいようだが、普段から厳しい訓練をしている選び抜かれた戦士である彼らは、そう柔《やわ》な存在ではないのだ（カインロットさん談）。

「さすが王宮、なんでもいいものが揃ってるよね」

麻紀ちゃんの侍女さんがお酒のボトルの蓋を開けグラスに注いだら、いい香りがした。今夜はふたりで女子飲みである。麻紀ちゃん付きの侍女さんが、女性に好まれるエステイリアのお酒数種類とつまみを用意してくれた。

麻紀ちゃんの部屋はわたしの部屋よりも広くて、お付きの人も警護の騎士も多かった。彼女は『救いの神子』なので当然だろう。責任もわたしとはレベルが違うから、変なプレッシャーを感じているのではないだろうか。

「はあ、しかしびっくりだよね。ねえ、麻紀ちゃん、あのキラキラ王子に熱烈に口説かれてるけど、どうなの？　彼のこと、オーケーな感じ？」

「やだあ、まだわかんないですよ……確かに見た目はかっこいいけど、やっぱりお付き合いするとなると性格が良くないとね。あと、わたしのこの国での立ち位置を確認して、王家についても調べないと」

麻紀ちゃんはしっかりした女の子なので、『異世界トリップしてイケメンに愛されるわたし！　ひゅう！』などと安易に流されたりしないのだ。男は顔と財力も大事だが、最終的にものをいうのは人柄だ。

「まあ、お付き合いっていうか……プロポーズだよね、さっきのあれ。突然で驚いたけど、召喚されて王子さまと結婚、ってのはテンプレな流れだからね。裏事情を探って、場合によっては麻紀ちゃんが結婚するってことなのかあ……」

「結婚なんて、全然実感ないです」

麻紀ちゃんは赤い顔で言う。

「でも、次期国王と結婚したら、この国での麻紀ちゃんの生活は、とりあえず安泰だよね……『救いの神子』としてここに永住するつもりなら、だけど」

すると、麻紀ちゃんは真剣な顔をした。

「こんなことになって戸惑ってはいるんですけど……先輩、わたしね、実は家族の縁が薄い子なんですよ」

「家族の縁？」

「はい。両親は事故ですでに亡くなっていて、兄弟もなくて。今は一応叔母が保護者ってことになってますけど、それほど親しくもなくて、今は両親の保険金を使って一人暮らししているんです」

「そう、だったんだ……」

「叔母以外の親戚ともそれほど関わりがないし。だから、この世界に来ても、日本にはわたしのことをそれほど心配する人はいないっていうか……こうなってみると、わたしがここに来たのもなんだか納得だなって思ってます」

「……」

つまり麻紀ちゃんは、この世界に転移するように最初から運命が仕組まれていた、ということなのか。

「しかも、わたしのこの髪。これは脱色してオレンジ色に染めてるんじゃないんです。本当はオレンジ色なのを、上からブラウンを入れて、わかりにくくしてるんですよ。高校の時に水泳部に入って、塩素で脱色されたのかと思ってたら、あれよあれよという間にこんな感じになっちゃったんです。高校の先生が証人ですから」

「髪の毛がオレンジ色になっちゃったの⁉　ええっ⁉　マジで⁉　そっかー、全然気がつかなかったよ……てことは、麻紀ちゃんは本当にエステイリア国の人なんだね」

わたしはまじまじと、彼女のオレンジブラウンの髪を見た。

本来の麻紀ちゃんはやっぱりキラキラ一族だったんだ。

やっぱりこの子はここに来る定めだったんだな、と思う。

じゃあ、わたしは？

わたしには日本に普通に家族がいるし、いなくなったらみんな心配するんだけど。

……絶対にうちに帰りたいんだけど。

そっかー、麻紀ちゃんはここの人だったんだ。

帰るのはわたしだけなんだ。

心の中にぽっかりとした黒い穴が生まれそうになり、わたしは慌ててお酒を飲んだ。

女子会の夜は続く。まだろくな情報がなく雑談しかできない分、お気楽にお酒を楽しんだ。

「ところでオレンジ頭の麻紀ちゃんよ、つかぬことを伺いますが」

「はい先輩、伺われましょう」

グラスを片手にご機嫌なわたしの言葉に、こちらもがんがん飲みながら麻紀ちゃんが答える。

「麻紀ちゃんて、歳はいくつ？　まさか、実は飛び級していて実は十六歳なの、なーんてことないよね？」

麻紀ちゃんがここの世界の人だとすると、見かけ通りの年齢でない可能性がある。

「はあ？　なんすか、それ。飛んでませんから、ちゃんと二十歳でございますが」

「そっかー。先輩は安心したよ。実はね」

わたしは、カインロットさんたちに幼い子どもだと思われていた話をして、最初は大爆笑していた麻紀ちゃんに「……マ、マジっすか⁉　あの美少女王女が七歳⁉　エステイリア人、育つのはえーよ！」と絶句させて満足した。

「確かに、ミチル先輩は日本ですら若く見られてましたからね。なにがいけないんでしょうねえ。やっぱり妖怪だからフェロモンが足りないんですかねえ。繁殖しなくていいんですもんねえ」

おのれおのれ、失礼な酔っぱらいめ！　先輩に対してなんていう言い草だ。真実ならなんでも口にしていいと思ったら大間違いだ。自分がモテモテ女子だからといっていい気になるなよ。

いや真実ったって、わたしは妖怪ではないがな！

「日本ではさすがに十一に見えるってことはないでしょうけど、先輩ならまだセーラー服を余裕で着れますよ」

着るのは誰でもできるだろう、サイズさえ合えば。

しかし、わたしは今さらセーラー服を着る勇気はない。

これは決して、中学生に見えるからではないぞ！

「今時のおしゃれなセーラー服は、わたしには似合わなそうだな。着たら昭和な感じになるよ、きっと」

「ああなるほど、学校にいる地縛霊みたいな感じになるってことですね？」

「麻紀ちゃん、先輩をお化けに例えるのはおよし！」

「サーセン、座敷わらしでした」

「妖怪もおよし！」

「サーセン」

麻紀ちゃんは心のこもらない謝罪を口にして、黄色いフルーツのお酒を飲んだ。わたしも飲んだ。

これは非常に旨いのだ。すでに一本は空である。

「でも、先輩んとこのクールおかんのイケメン騎士は、二十三歳の歳相応に見えますよね。どういう成長過程をとるんでしょうね、ここの人。ある程度まで加速してからのち、成長曲線が緩やかになるんでしょうか。魔法の影響なのか、それともここは実はヘビーでシビアな世界で、野生動物のように早く育たないと死ぬ確率が高くてそうなったのか。うちら、このお城の中しか見てませんから、ここの現状がわかりませんよね。だいたい魔法ってどんな性質を持つものなのか。人を異世界から引っ張ってきちゃうなんて、ものすごいエネルギー量ですよね。ああもう、この世界には、調べたいことが山積みですよ」

麻紀ちゃんは、流行りのルックスをしたモテモテ女子なのだが、意外と賢いのだ。わたしはオレンジブラウンの頭をぽふぽふとして褒めてあげた。

「めんどくさいけど、知識と情報は必要だから、明日から一個ずつやっていこーよ。じゃあ、この強そうな酒を、一発いくか！」

「いきましょう！」


「だからあれほど言ったというのに……なんという様《ざま》だ」

ぐでーんとなったわたしは青い頭のイケメン騎士に叱られた。

「何度も繰り返してあらかじめ叩き込んだ飲み過ぎるなという注意は、お前の頭の中にはまったく残っていないのだろう。俺は世話役として情けないぞ！」

さすが騎士、叱り方もびしっと堅くてたまらんです。

「うわー、ごめんなさーい、ぐるぐるしますー、やめてー、無理、立つの無理ですー」

ぐでんぐでんのでろんでろんになった座敷わらしを、氷の貴公子のふりをしているがその実態はお兄ちゃん騎士であるカインロットさんが、脇の下に手を差し入れてどうにかして立たせようと試みている。

「部屋に帰るぞ」

「あひゃひゃ、くすぐったいいいいー」

脇がくすぐったくて笑いながら身悶えるわたしの姿を見て、カインロットさんの頬がぱあっと赤く染まった。

「いや俺はそんな、おいミチル！　お前は……」

「カインロットさんたらーん、そんなとこさわっちゃいやーん」

「ちっ違う！　俺はやましいことなどこれっぽっちも」

「だから立つのは諦めましょう、はいっ、おやすみなさい」

「ミチル！　おい、ミチル、いかん、そんなところで寝るな！」

「むふふー、ふわふわん」

座敷わらしは部屋の床で居心地よく丸くなりたいので、まったく立つつもりはなかった。ふかふかの絨毯の上にうずくまろうとするのだが、『クールなおかん』ことカインロットさんはそうさせてくれない。わたしは彼に筋肉を無駄遣いさせ、あっさりと持ち上げられて椅子に戻された。

お兄ちゃんったら、力持ちね！

くらくらして椅子から落ちそうなので、カインロットさんの身体につかまってみる。優しいカインロットさんは、そんなわたしに片腕を回して支えてくれる。

「まったく、なんというたちの悪い酔っぱらい方なのだ。やはり俺が、部屋の中で待機して監視しておくべきであったな」

「いやーん、カインロットさんのえっちー」

「えっ、な、お前たちは、なにをしていたのだ⁉」

「んふふー、女の子だけのひ・み・つー」

異世界トリップしてしまい、緊張していたのがお酒で緩み、そのまんまテンションを上げて、麻紀ちゃんと勢いよく飲みまくっただけ！

おかげで腰が立ちませんよ！

そして、護衛兼相談役の、わたしの保護者であるカインロットさんがぷんぷんしてます。

「やはりお前はまだまだ子どもだな、ちょっと目を離すとこの有り様だ」

お兄ちゃん、怒っちゃいやん。

「わたし、子どもじゃないもーんっ」

こてんと頭を倒して言ってみた。

「か、可愛く言ってもダメだ！　ダ、ダメだからな！　まったく、大人の女性だというのなら、泥酔するまで飲むなどという無防備な真似をするものではない！」

「へーきへーき、もうしないからー、でもお酒おいしーよ」

でへへ、とカインロットさんの顔を見上げて笑うと、彼はなぜかつられて笑いそうになり、慌てて顔を引き締めた。

「くっ、と、とにかくだな、今後は酒を飲むことは許さん！」

「うわーん、怒っちゃやだー、お兄ちゃーん、お兄ちゃーん、お兄ちゃーん、お兄ちゃーん」

「ゆ、許す！」

「許すのはえーよ！」

テーブルに突っ伏した麻紀ちゃんがカインロットさんに突っ込んだ。酔っていても突っ込みポイントは見逃さない、見上げた後輩である。

わたしはカインロットさんの上着をつかんで「お兄ちゃーん、お兄ちゃーん」と連呼して大変にいい気分になっていた。

「わかったから、もういい子にしてろ。部屋に戻るぞ。そら、乗れ」

お兄ちゃんが、じゃなくて、カインロットさんがしゃがんで背中をわたしに示したので、わたしは椅子からカインロットさんの背中にスライムのごとくでろーんと移動した。

「うわーい、お兄ちゃんのおんぶだー」

しがみつき、背中に顔をすりすりとこすりつける。

すりすりすりすり。

「こらっ、し、仕方のない奴だな！」

なぜか声が嬉しそうなお兄ちゃん。

「むふふー、お兄ちゃん優しー」

「……人の部屋でデレデレいちゃいちゃとか、マジ勘弁なんすけどー」

やさぐれる神子姫。

わたしがそのまま首に腕を回すと、カインロットさんは両手でわたしのお尻を支えて立ち上がった。

「それでは神子姫どの、失礼する」

「はーい、ミチル先輩をよろしくですー、とっとと帰りやがってくださーい」

「じゃあねー、麻紀ちゃん、また明日ー」

「おんぶお化け先輩、また明日ー」

そしてわたしは、カインロットさんの広い背中にこてんと顔をくっつけて、部屋まで送られ……たのだと思うけれど、まったく記憶がないのであった。

あやされました

「うー、頭痛い……」

わたしは異世界トリップものの話を読んで、常々不思議に思っていたことがある。異世界に突然放り出された主人公たちは、なんでみんなあんなにも冷静なのだろう、と。わたしだったら、パニックのあまり、石のように固まって何もできなくなるだろうと思っていた。

だって、超常現象だよ？

〝どこでも〇〇〟どころじゃない、某猫型ロボットもビックリの展開だよ。

いきなり見知らぬ世界に移動させられて、知らない環境で知らない人達に囲まれて、誰が味方かわからないなんて。

ところが自分がトリップしてみると、あら不思議。わたしはその場の状況に流されるまま美味しいご飯を食べお風呂に入り、お酒を飲んで酔いつぶれたあげく、いつの間にか寝ていたベッドでそのまま朝まで爆睡した。

トリップ先にものすごく恵まれていたせいもあるかもしれない（ご飯は美味しいし、大事に扱われるし、周りは美形だらけだし）けど、人間は自分の生命を守るために、危機に陥るとアドレナリンが噴き出し、あまりにも考えたくないことは頭の端っこに封印されるのかもしれない。

「ここは……どこだっけ……」

だからわたしは、朝、目が覚めてベッドの天蓋という見慣れないものが目に入った時、そして身体が十分に休まっていると認識した時、突然の不安に襲われた。

「あれ？　お母さん？」

目が覚めても夢から醒めない。

お母さんがいない。

「あたまいたいの……お母さん……」

ここはわたしんちじゃない。

「お母さん……」

いったいどこに来ちゃったんだろう。

やだ。

怖い。

お母さん助けて。

「ミチルさま、おはようございます。……ミチルさま？」

起こしに来てくれたらしいリーナさんが、毛布の中で小さくなって震えるわたしを見て、そっと肩に手をかけた。

「ミチルさま？　どうなさいました、ご気分が悪いのですか？　どこか痛いところでも？」

「……どうしよう、なんか急に怖くなっちゃったの……」

わたし、帰れるよね？

麻紀ちゃんのおまけに過ぎないんだもん。別に使命とかない、単なる脇役なんだもん。

帰れるよね？

すぐに日本に帰れるんだよね？

帰れなかったらどうしよう。

うちに帰れなかったら。

お母さんにもう会えなかったら。

二十一歳のくせに、成人しているくせにって笑われるかもしれないけど、身体中を内側から食い破るような恐怖に支配されたわたしは、涙目になってぶるぶる震えて丸まるしかなかった。

「わたし、うちに、帰りたいの」

「……そう、ですわよね。『救いの神子』さまならともかく、世界を渡るなどという目に遭って平気なはずがありませんもの。おかわいそうに……ミチルさま、大丈夫ですよ」

リーナさんの温かい手が、わたしの背をさする。

「大丈夫です。ミチルさまにはわたくしたちがついていますし、お帰りの方法もあるはずです、きっと神さまがご存じです」

「神さま？」

「そうです、神さまのお力でミチル様はここに呼ばれたのですから。今はわからないことだらけで、不安にかられてしまっているのでしょう。大丈夫、一緒に調べていきましょう、ミチルさまがここにいる意味も、故郷への帰り方も。わたしもカインロットさまも、ミチルさまの力になりますわ」

「リーナさんたちは本当に味方になってくれるの？　帰る方法を探してくれる？」

わたしが毛布からそっと顔を出すと、リーナさんが「ええ」と微笑んだ。

「時間はたっぷりとありますから、まずは温かいお茶を召し上がりましょうか。気持ちが落ち着きますよ」

「うん。ありがとう」

その時、ノックがされるや否や、ドアが勢いよく開いた。

「ミチル、どうした？　大丈夫か？　今朝は様子がおかしいとメイドから聞いたが」

ものすごい勢いで部屋に飛び込んできたのは、お兄ちゃん騎士のカインロットさんだった。彼は朝からきちっと騎士の服を着込み、腰には剣を携行している。サラサラのアイスブルーの髪が、少々乱れて額にかかり、ちょっと朝にふさわしくない感じの魅力たっぷりなセクシーイケメン騎士さまである。ベッドから思わず身を起こしたわたしの顔を見て、乱れた髪をかき上げる姿がまた色っぽい。

お兄ちゃん、素敵！

ああ、朝から良いものを見てしまいましたね！

どうやらわたしの相談役である彼に、怯えた猫のようになってるわたしのことを知らせた人がいるようだ。真面目な性格らしいカインロットさんは、異世界から来た客人の相談役としての任務を遂行するべく、素早い対応をとったのだろう。

そう、任務の遂行のためには多少のマナー違反も厭わない騎士は、クールな瞳でうら若き女性の寝室にためらいなく足を踏み入れた。リーナさんが「お待ちくださいませ、カインロットさま、成人女性の私室に、しかも寝室に、カインロットさま、成人女性ですってば！　成人女性！」とあわあわしながら注意したって、まったく聞いていない。

リーナさん、『成人女性』言い過ぎや！

「ミチル、怖い夢でも見たのか？　どこか痛いのか？　違う？」

朝っぱらからイケメンを拝んだわたしがぼーっと精悍な騎士さまに見とれていると、カインロットさんはつかつかと長い脚でベッドに近寄ってきて、わたしの頭を撫でると遠慮なく毛布を剝いだ。

「ひゃあっ」

「どこの具合が悪いのだ？　腹か？　身体に合わない酒でもあったのかもしれんな」

「え……」

「見せて見ろ。痛みは？　ないのか？」

ぽすんとベッドに押し倒される。

「えっと、頭がちょっと痛いかな、みたいな……」

セクシーイケメンに押し倒されたが、まったく色っぽい展開に思えないのはなぜだ？

「頭痛か。身体の方はどうだ？　違和感のようなものはあるか？」

「別にない、です、が。あっ」

カインロットさんが、ベッドに横たわるネグリジェ姿のわたしの身体をいちいち「ここは？」「ここも変わりはないか？」などと触りながら調べ始めたので、わたしは恥ずかしくて赤くなる。

こ、これは、単なる診察の一環なんだから！

わたしに触れるカインロットさんに他意はないんだからね！

そうだよ、ないんだから！

騎士というものは、いざという時のためにケガや病気の人への対応も訓練しているらしい。カインロットさんは、わたしの身体に痛いところがないことをきびきびした動作で確認し終えると、毛布をかけてくれて今度は発熱の有無を調べる。

調べてるんだろうけど！

なんでおでことおでこをこつんとするの？

騎士団の、病人への対応方法？

それ、騎士さま同士でやってたら、ある意味問題になるよね⁉

「……うん、熱もないが……少し顔が赤いな」

めちゃくちゃ至近距離で、心配げな表情をするクールなはずのイケメン騎士。

「気分は悪くないか？　頬が火照《ほて》っているな」

剣を握って硬くなった大きな手が、そっとわたしの顔を包み込んだ。

やめてええ、頬をさすりながら、きらめくブルーの瞳で見つめないで！

秀麗なカインロットさんの顔が至近距離にある限り、わたしの顔は赤くなったままなのですよ！

恥ずかしい！

かっこいい！

恥ずかしい！

かっこいい！

もうわけわからん！

「頭痛がするのは……やはり酒の飲み過ぎのせいか」

ぎくっ。

一通りわたしのことを調べ、どこにも（精神状態以外はね！　そして、それはすべてカインロットさんのせいだからね！）問題がないことがわかったカインロットさんは、わたしの目に明らかに泣いていた跡があるのを見てとると、予想外の行動をとった。

すなわち、わたしがかけている毛布ごと身体を抱き上げたのだ。

「ひゃあっ」

急に身体が浮いたわたしは悲鳴を上げた。

カインロットさんは、さすがに騎士だけあって力があるんですね。わたしを軽々と横抱きにして、顔を覗き込みながら優しく揺さぶります。

「ならば、怖い夢を見たんだな。かわいそうに」

って、えええええ？　なにこの状況は⁉

「よしよし、大丈夫だ、もう怖くないぞ」

どう見ても俺様イケメン騎士なのに、クール系の端整な顔をした騎士さまなのに、横抱きにしたわたしを優しく揺さぶるカインロットさん。

めちゃくちゃギャップがあるんですけど。

そして、わたしはどうしたらいいかわからなくなってるんですけど。

「よしよし、いい子だな、よしよし」

ひょえええええええ！

慈しむような笑顔がいたたまれねえええええ！

「カインロットさま……いくらなんでも……それは……」

それを見ているリーナさんも、さすがに口がぽかんと開きっぱなしになっている。そして、額に手を当てて「ああカイン、好きなようになさい。わたくしはもう知らなくてよ」とため息をついてお茶の用意に行ってしまった。

リーナさんに見捨てられたああああああああ！

カインロットさんは呆然とするわたしを抱えたままソファーに移動して座ると、お膝抱っこの状態であやすようにわたしの背中をぽんぽんと叩き出す。

「え？　え？」

これは、まさかの赤ちゃん扱い？

そして、顔、近い！

見上げたすぐのところに、カインロットさんの整った男らしい顔があるのだ。その甘く光る青い瞳にわたしが映っている。となると、わたしはもちろん無垢な赤ちゃんではないので、いろいろ湧き上がる感情があるのですよ。

「や、これは、ちょっ、待っ」

我に返ったわたしがうろたえてわたわたと毛布の中でもがくと、脅えていると誤解したカインロットさんがさらに腕に力を入れて、わたしをぎゅうっと抱きしめた。

「ひょおおおおおお！」

「大丈夫だ、落ち着けミチル、もう怖いことはないからな」

落ち着けるかよ！

うわああああああ、わたしは今、イケメン騎士さまのたくましい胸に抱かれてますよ！　毛布越しだからなんとか耐えてますが、堅い筋肉の感触と男らしい匂いにくらくらして、毛布がなかったらとっくに鼻血が噴き出してますよ！

わたしが落ち着かないのは、ひとえにあなたのせいですからーっ！

はい、親切なカインロットさんのおかげで、さっきの不安な気持ちはぶっ飛びました。そのかわり、いたたまれないような恥ずかしさと、妙な胸のドキドキ感に捕われてしまいましたがね。

どうしてくれるんですか騎士さま、乙女心をもてあそんだ責任をとってくださいよ⁉

もうダメです、爆発します！

ああ、やっぱりわたしはチョロい女だったようです。

なにかを吹っ切った様子のリーナさんがくすくす笑いながら、お茶を淹れてテーブルに並べてくれた。

「カインロットさま、もうそのくらいで勘弁してさしあげてください。まったく理解しておられないようですが、ミチル様は幼子ではありませんよ？　そのような子ども扱いをすると、戸惑われてしまいます」

戸惑うっつーか、悶々としてますがな！

カインロットさんは、真っ赤な顔で小さくなっているわたしを見て、首を傾げた。

「そうか？　こうしていてもなんの違和感も感じないのだがな。うちの妹が悪い夢を見て泣いた時はこうしてやると落ち着いたんだ。ダメだったか？」

「まあ、妹さまならともかく、他の女性にはダメでございましょうね、常識的に」

『うちの妹』とか言っているってことは、カインロットさんは本物のお兄ちゃんだったのね！

そして、お願いだから、違和感を感じてください！

「……あの、カインロットさん、ご親切にお気遣いありがとうございます。ええ、おかげさまで、もうすっかり落ち着きましたので」

と言ったわたしは、膝から下ろしてもらうつもりだったのに、カインロットさんは再びわたしを抱いたまま立ち上がってしまった。

クールな騎士がサファイアの瞳でわたしを見つめながら、甘く囁く。

「そんなによそよそしい口をきくものではないぞ、ミチル。俺はこの世界でのお前の相談役だし、お前の支えになりたいと思っているのだからな、存分に頼れ。また怖い夢を見たら、遠慮なく俺に言うがいい。なんなら夜中に呼び出しても構わんからな」

夜中に？

夜中に呼んだらなにをしてくれるの？

まさか、同じベッドに入って背中をポンポンしてくれる……とか？

お、おな、同じベッドで、毛布の中で、ふたりで横になって⁉

真夜中に、ふたりきりで、同じベッドに、イン、するの⁉

うぎゃあああああ、死ぬわ！

恥ずかしくて死ぬ！

ああ、お願いですから、もうこれ以上乙女心を刺激しないでください、イケメン騎士さま！

カインロットさんは、わたしをベッドの上に下ろした。男性の手でそっとベッドに横たえられるという刺激的な行為で、無垢な幼女などではない汚れたわたしはさらなる妄想がいろいろ膨らんで、さらに心の中で（うぎゃあああああああ）と叫び、悶えてしまった。

でも、誤解をしてはいけない。

彼を突き動かしているのは、あくまでもお兄ちゃんパワーなのだ。

騎士としての使命感なのだ。

彼の目には、わたしは十一歳の妹分として映っているだけなのだ。

……虚《むな》しい。

行き場をなくしたこの熱いときめきが、虚しいよ！

「リーナ、なんなら俺が朝食を食べさせても良いのだが。むしろその方が良いとも思えるな、うん」

カインロットさんがわたしのお部屋でぐずぐずしています。お着替えして朝ごはんにしたいから、どうぞ部屋の外で警備を、とリーナさんが話しても、心配だからと言って出ていきません。なんという過保護なお兄ちゃんなのでしょう。このエステイリアでは、そうまでして面倒を見ないといけないほど、子どもが生存していくのが厳しいのでしょうか。

「いいえ、手助けなど無用でございます。さあ、あちらへ」

違うようです。リーナさんにあっさり断られてます。

「しかし、相談役としてミチルの状態を把握するのが俺の任務であるから」

「ミチルさまの身の周りのお世話をするのは、わたくし、筆頭侍女のリーナロッテをはじめとする側仕えの者の役目にございますわ」

「だが」

「お務めに忠実なのは大変よろしいのですが、ここは本来の『護衛』のお役目を果たしていただきたく存じます」

「待て」

「ささ、これからお召し替えもございますゆえ、殿方は退出してくださいませ」

「おい」

「部屋の外での護衛をお願いいたしますわ」

「あ」

「カイン、さっさとおゆきなさい！」

お兄ちゃんがびくっとしたよ！

なに、今、瞬間発動した圧倒的な力関係は？

頬を赤くしたメイドさんたちが、嬉しそうな表情でカインロットさんを囲んで「さあさあ、こちらへ」と連れていった。

イケメンだもんね、どさくさにまぎれて触ったりしたいよね。

あれ、そう言えば今、リーナさんはカインロットさんを呼び捨てにしてたよね？

「まったくあの子は、まさかここで悪い癖が出るとは思わなかったわ……」

そして、なにやら意味ありげに呟いてるよ？

「お待たせいたしました、ミチルさま。朝食を召し上がった後に、神殿にお越しくださいとの連絡が入ってございますので、少々改まったドレスにお着替えいたしましょうね」

「はい。あの」

「ピンク色がお似合いだと存じますが、約一名、ミチルさまを可愛らしくすると過剰反応する者がおりますので、落ち着いた淡いグリーンのドレスなどいかがでしょうか？」

「あ、はい、それでお願いいたしますわ」

つられてお嬢さん言葉になったわたしは、白いレースがふんだんに使われた綺麗な淡い緑のドレスに着替えて、リーナさんと他の侍女さん及びメイドさん一同に「まあああああ、やっぱりこれもお可愛らしい！」と座敷わらしの身には不相応な絶賛をいただき、パンと野菜のスープと柔らかな薫製肉、そしてフルーツのゼリー寄せという美味しい朝ごはんをお腹いっぱいに食べて満足した。


「充分に休んだか？」

食後のお茶を飲み終えると、心なしかいそいそとカインロットさんがやってきた。リーナさんが呼びに行かせたのだ。

彼の様子を見て、あー、これは、子犬を飼い始めた少年の反応に似てるなー、と思うわたし。カインロットさんに愛玩されても勘違いしてはいけない。

「はい、おかげさまで……って、カインロットさん！」

「なんだ？」

「いちいち頭を撫でるのはやめてください。わたしは二十一歳のレディでございますので……カインロットさん、わたしはあなたよりたったふたつ年下の！　大人の！　女性！　って、聞いてますか？　……リーナさーん、全然効き目がないんですけどー……」

お兄ちゃん騎士の愛玩から逃げる方法を尋ねたわたしに対し「毅然とした態度でお断りすると良いかと存じます」と答えてくれたリーナさんに、カインロットさんに撫でくりまわされて赤べこのように首を揺らしながら、わたしは情けない声で訴える。

「あら……まあ。まったく効きませんわね。やはりミチルさまは見た目が幼いので、毅然となさっても迫力に欠けてしまうのでしょうか……」

リーナさんは、頬に手を当てて困った顔をした。

「ふたつも年下ならば、妹も同然だ。気にするな」

「うわ、開き直られたよ！」

男らしくきっぱりと言い切るカインロットさんに、為すすべのないわたしたちであった。

その名は気高き『氷の牙』

神殿へは、またしても手をつないで連れていかれた。しかし、今朝もまた『幼女つなぎ』（ぎゅっと手を握り込まれるあれである）をしたカインロットさんに、リーナさんが注意を与えたので、わたしはカインロットさんの差し出した手の上に自分の手を上品に乗せるという、正式なお作法にのっとったエスコートをされた。

昨日の夜の、腕に手を絡ませるあれは、カップル限定らしいよ。

カインロットさんたら、なんで幼女つなぎからカップルつなぎにいきなり飛んじゃったのかな？

モテモテで、カインロットさんが女性をエスコートする時には、みんなカップルつなぎにするからかな？

うぬぬ、おのれ！

お兄ちゃんめ！

ちょっとばかり、ものすごーくかっこいいからと言って、綺麗なお姉さんを次々につまみ食いするなどということをしたら、このわたしが許しませんよ！

なにしろわたしは『センパイさま』なのですからね！

と、なんの権利もないくせに、内心で勝手な妄想をして怒りをたぎらせつつ、わたしはこけることなく神殿に向かってしずしずと歩いていった。

「まあ、カインロットさまだわ」

廊下の途中で、ドレス姿のお姫さまが数人集まって、こっちを見ていた。

王宮でなにか催し物でもあるのかな？

みんな可愛い格好をしているね。

異世界ファンタジーっぽくて、華やかですごくいいね。

「今日も麗しく……あら、あの子はなに⁉　イヤだわ、カインロットさまに触れているわ！」

「なんですって⁉　『氷の牙』というふたつ名を持つ、どんな美姫でも瞬間的にお断りするという、冷たく美しい剣士のあのお方の手に、触れている、ですって？」

しかしながら、綺麗なお姫さまたちは、わたしたちを見ると眉根を寄せて、厳しい顔になってしまった。

お姫さまと仲良くしたかったのに……悲しいね。

んで、『氷の牙』って中二病っぽいそれは、カインロットさんのこと？

アイスブルーの輝く髪に深いブルーアイズが素敵なお兄ちゃんのふたつ名が、『氷の牙』！

似合い過ぎて笑えないんですけど！

わたしは耳をすませてお兄ちゃんの噂話を仕入れる。

「あの、女性に対して眉ひとつ動かさないカインロットさまが？」

「無理に言い寄れば、下手をすると喉に剣を突きつけられるとまで言われるほど、厳しく危険な男性でいらっしゃる、あのお方に？」

それ、違った意味で危険だね。

「あんなにも馴れ馴れしくなさるなんて、なんて羨まし……いえ、厚かましいのかしら！」

王宮にやってきたらしい貴族のお姉さんたちは、わたしたちを見てこそこそ囁いている。王宮の廊下は、内緒話ができないように声が通りやすく造られているそうだから、全部まるっと聞こえてるんだけど。

まだお披露目されていないので、リーナさんとその配下の侍女さんたち以外は、わたしと麻紀ちゃんが異世界から召喚された人間であることを知らない。だから、この国においてのわたしの立ち位置が、神子姫と共に召還された『センパイさま』というかなり高いものであることを、このお姫さまたちは知らない。

お姉さんたちの嫉妬の目が痛いよ、お兄ちゃん。

そして、みんななんか、お兄ちゃんについてすごいことを言ってるよ。

もしかすると、お兄ちゃんはうっかり触っちゃいけない人だったの？

「あんな地味な色の髪と目をして、事もあろうにカインロットさまの隣に立つだなんて！　そして、ふ、触れる、だなんて！」

「あら、黒目黒髪は、お隣のセルクシャス国で流行っているそうですわよ」

「ちょっとあなた！　ここはエステイリアですわよ！」

「ま、ごめんあそばせ」

「セルクシャス国よりエステイリア国の方が伝統的で品がありますのよ」

「でも、流行の発信地はセルクシャス国ではございませんこと？」

「これからの人気の色は、黒目黒髪なのかしら」

「なんてことを！　では、あなたはカインロットさまがあんな地味な子どもとお近づきになっても良いと、そうおっしゃるの⁉」

赤い髪に縦ロールという定番のお姫さまヘアのお姉さんが、一番わたしに腹を立てているようだ。

カインロットさんのファンなのかな？

追っかけってやつ？

わたしの頭の中に、パンクロックミュージシャンの格好をした、つんつんヘアのカインロットさんの姿が浮かび、ちょっと笑ってしまった。

「あら、わたくしはそうは申し上げてませんわよ！　ただ、これから人気になるかもしれない、と思っただけですわ」

「ねえ」

縦ロールさんの怒りのとばっちりを受けたお姫さまたちは、不満げな顔をして言った。

なんか喧嘩になってるね。

で、結局わたしの髪は流行りなの？

ダサいの？

リーナさんがリボンを付けて、短い髪をうまいこと結い上げてくれたんだけどな。

わたしがちらちらとそっちを見て気にしていると、案の定ヒールをぎきっとやってこけそうになった。

「わっ」

「おっと」

わたしの動向を常に把握し、完璧に任務をこなすお兄ちゃん騎士が、当然のように身体を支える。

「大丈夫か？　足首をひねらなかったか？」

「うん、大丈夫だよ、お兄ちゃ……カインロットさん」

また間違えそうになっちゃった。たぶん頭の中で妄想して『お兄ちゃん』って言ってるのがいけないんだね。

そんなわたしを見て、カインロットさんはくすりと笑うと、わたしの耳元に唇を近づけた。

「……お兄ちゃん、と呼んでもかまわんのだぞ？」

「ひゃあ」

反則です！

耳に吐息をかけながら囁くなど、もってのほかですよ！

わたしが真っ赤になって「よ、呼びませんから」と答えると、カインロットさんはまたしてもわたしの頭を撫でて「遠慮するな、この世界に来て心細いのだろう？　かまわないからもっと俺に甘えろ。ほら、いい子だから言ってみろ、『お兄ちゃん』だ。ん？　どうした？」と、さらに甘ったるく囁いた。

うおおおおおおおお、燃料投下するのはやめてくれええええええ！

アイスブルーの輝く髪をしたイケメン騎士さまの低い囁きは、破壊力がありすぎて、わたしの乙女心が燃え盛ってしまうんですよ！

「さあミチル、遠慮はいらないぞ」

わたしの目を覗き込む、深い青の瞳。

整った顔に優しい笑みを浮かべて『お兄ちゃん呼び』を迫る美形騎士。

このイケメン騎士は、わたしのハートをどこへ連れていきたいのだろうか？

無駄にときめかされたわたしの乙女心を、どうやって救ってくれるつもりなのだろうか？

最後に『……そんなつもりではなかった』と言われる、に全財産賭けてもいいな！　くううっ！

「さあ、ここは思いきってひと思いに」

「や、ちょ、たんま」

背中を押すのはやめて！

ひと思いに崖から飛び降りたくないわ！

「恥ずかしいことではないぞ。さあ、俺に『お兄ちゃん』と」

「ま、ま、待って」

恥ずかしいだろ！

どう考えたって、恥ずかしいだろ！

わたしはカインロットさんによるあまりにも凶悪な萌え攻撃に耐えかねて、淡い緑のドレスの胸のあたりをぎゅっと押さえながら、ハアハアと荒く息をつく。そんなわたしの頬を片手で覆うようにして、カインロットさんはすりすりと撫でる。

もう無理、このまま爆発する。無自覚で、美形と美声のダブルコンボで攻撃してくるお兄ちゃん騎士に、こんなにもレベルの低いわたしじゃ太刀打ちできないよ！

『わたしはあくまで妹分』と自分に言い聞かせてないと、『これはもしかしたら、わたしのことを……』などとうっかり勘違いして、痛い子になってしまいそう。

そんな悲惨な未来などお断りだ！

と、その時、またしても綺麗な貴族のお姫さまたちの声が聞こえた。

「な、なんなの、あの子！　カインロットさまにあんなに近づいたりして！」

いやいや、よく見てて。

近づいてきたのはカインロットさんの方ね。

わたしの腰は明らかに退《ひ》けてるよね。予防注射を打たれる前のわんこと同じくらいに腰が退けてるよね。

「顔を寄せて、あんなに近くでひそひそと話すなんて、まるでとても仲が良いみたいな雰囲気ですわね……」

「ありえませんわ！　カインロットさまが女性に優しくなさるなどという、腑抜けた真似をするはずがございませんもの！」

みごとな縦ロールをした、燃えるような赤い髪の毛のお姉さんが、叫ぶように言った。

それって腑抜けなのか？

わたしだったら、ツンツンなだけの俺様騎士さまよりも、女性に優しいジェントルマンな騎士さまの方がかっこいいと思うけどな。そう、強いからこその優しさっていうのかな。

ただし、カインロットさんの場合はやりすぎだがな！

甘すぎて甘すぎて、シロップの海に漂う小舟に乗ってるような気分になってしまいますからね！

しかも、その舟、底に穴が何個かあいてますからね！

「あれは、なにか事故のようなもの……もしくは、カインロットさまが無理矢理に脅されているとか、そういう事態に違いありません。とにかく、女性と仲が良いなどということは認めませんわ！」

ふふっ、髪の毛の色からすると、赤い髪のお姫さまはかなり気性が荒そうだね。そして、思い込みも強そうな感じがするね。

そして、アイスブルーの髪のカインロットさんは、やっぱり第一印象通りのクールイケメン騎士だったみたいだね。でも、手練れの騎士で貴族のカインロットさんを脅すことができる人間なんているの？

そうそう、髪の色に性格って出るのかな？

そうしたら、わたしはお腹が真っ黒……ち、違うよ。それはないよ、うん。

お姉さんたちの方を見ながらそんなことを考えてたら、わたしはバランスを崩して、またしても足をぐきっとしてしまった。

「あいたたた」

もう、この靴いやなんだけど！　どうせドレスを着ていて見えないんだから、もっと履きやすい靴を用意してもらおう。男性のエスコートなしで歩けないなんておかしいよ。

倒れそうになったわたしの腰を大きな両手で左右からつかむようにして支えてくれながら、カインロットさんは「大丈夫か？」と尋ねた。

「ありがとう、ごめんなさい、カインロットさん。ちょっとまた、足を……」

一層鋭く睨んでくる複数の視線の方に思わず目をやると、カインロットさんもそっちをちらりと見た。

今度は「腰に手を回すとは」なんたらかんたらと文句を言ってるようだけどね、今のはこけるのを助けてくれただけだよ。そんなに好きならもっとちゃんと見ていようよ。

カインロットさんが低い声で言った。

「先ほどからなにやらうるさいと思っていたが、お前はあれを気にしてつまずいていたのか？」

「いや、っていうか、この靴が……」

「そうだったのか。この俺の護衛対象に害をなすとはなんたる不届きな輩《やから》だ」

「直接的な原因は、靴がね、あのね、カインロットさん？　カインロットさん？」

お兄ちゃんの雰囲気が変わったよ。

なんか、氷のような冷たい怒りのオーラが身体から立ち上ってるよ。

「あれがミチルを煩《わずら》わせていたのだな」

「ううん、そうじゃなくってこの靴がね、ちょっとカインロットさん！」

聞けよ！

しかし、氷結のオーラが噴き上がるイケメン騎士は、そっとわたしの腰から手を離すと、剣の柄に手をかけて、貴族のお姉さんたちの方を向いた。

「お前たち、何用で王宮に来ている？　俺は王家直々の命令を受けて任務に就いているのだが」

「カ、カインロットさま……」

噂の騎士さまが、もんのすごい吹雪を吹き出しながら声をかけたものだから、憧れているはずの貴族のお姫さまたちは『ひいいいいっ』という顔になった。

そりゃあそうだよね、カインロットさんの出してるオーラは怖すぎだよね。

戦闘バージョンのオーラだよね、これ。

表情を消したその顔は、元が綺麗なだけにいっそう怖いしね。

ここは異世界だから、青い目から絶対零度の光線が出るかもしれないね。

ゲームに出てくる美形のボスキャラみたいに冷徹な瞳だしね、うん。

なるほど、これは、この迫力ならば、『氷の牙』ってふたつ名がついていてもおかしくない！

お兄ちゃん、素敵！

敵に回したくないから褒めておくよ！

そんな恐ろしいバージョンに変身した（っていうより、もしかするとこっちが素なの？）カインロットさんは、剣の柄を握りしめながらご令嬢たちに言った。死神もびっくりの冷たい声音で。

「王命による任務の邪魔をするとは、すなわち王家に逆らうのと同じこと」

「そんな、わたくしたちは……」

「俺の護衛対象は、お前たちのせいで足を痛めるところだった……髪の毛一本すら傷つけてはならぬ貴人だというのに」

ほお、わたしはそんなに大切にされてたのか。

まあ、救国の神子姫《みこひめ》の心の支えのセンパイさまだもんね。

国賓だもんね。

神子姫が機嫌を損ねたら、国が滅ぶレベルだったり……すると……。

「お前たちは、このエステイリア国を滅亡させるところだった」

ちょっと待て。

ヤバい。

そうだったよね。

わたしにとっては、単なる大学の後輩の麻紀ちゃんだけど、ここでは国の命運を握る神子姫さまなのだ。でもって、その麻紀ちゃんがあからさまに頼っているわたしの立場は……みんなが『センパイさま』なんて拝み出すようなわたしの立場は……そして、わたしがケガをする原因となるってことは……。

やべー、このお姉さんたちは、すなわち『エステイリア国の大罪人』じゃん！

お兄ちゃん、マジで斬るかも!?

斬るかも！

ほら、剣を抜こうとしてるもん！

いやああああああっ、お兄ちゃん、殺しちゃダメだよおおおおおっ！

「カインロットさん！　カインロットさん！　違うんです」

わたしはなんとか思いとどまらせようとして、必死で危険な騎士に訴える。

「わたしがこの靴に慣れてないからなのです！　だから、ぐきっと」

「お前たちの家には、後ほど罰が与えられるだろうが」

「落ち着いて、カインロットさん！　早まってはダメなのです！」

「このエステイリア国を滅ぼす恐れのあることを行《おこな》った罪、万死に値する」

「値しない値しない、足をぐきっとやっただけ！　こんなのノープロブレム！」

「よって、この場で」

「ダメだってば、カインロットさん、剣を抜かないで抜かないで待ておいちょっと聞きなよってば！」

ダメなのです、カインロットさんは氷の魔王に変化なさったようで、わたしの言うことなんてこれっぽっちも聞いちゃくれません。

あああああ、剣の刃が見えたよ、マジヤバいじゃん！

止めなきゃ！

なんとしてでも止めなきゃ！

わたしはにっくきヒールの靴を脱ぎ捨てると、タタタと素早いステップでカインロットさんの正面に回り、叫んだ！

「抱っこ！」


大沢ミチル二十一歳は、愛する祖国エステイリアを亡国の憂き目に遭わせるところであった大罪人を斬らんとしていた騎士、カインロット・デンタヴィス二十三歳の顔を真っ正面から見つめて、万感の思いを込めて魔法の呪文を叫んだ。

すなわち『抱っこ』と。

さようなら、成人女性の矜持《きょうじ》。

しかし、わたしには今、なにを棄《す》てたとしても、人として為さねばならないことがあるのだ。

「…………」

剣を抜きかかった姿勢のままで、表情を消した騎士はその動きを止めた。

「…………」

粛清される危機にある貴族の令嬢たちは、魂を抜き取られたような表情で、もの言わずにわたしを見た。

王宮の廊下に満ちた、張り詰めた空気を破るように、わたしは護衛の騎士に手を差し伸べて叫ぶようにねだる。

「抱っこして！　お兄ちゃん、抱っこして！」

「……ミ……チル……？」

絶対零度の魔王と化していた任務に忠実な騎士は、目を見開いてわたしの顔を見た。

「お前は今、抱っこ……を求めているのか？　この俺に？」

信じられない、という表情。魔王に表情が戻った！

「そして、俺を『お兄ちゃん』と……」

晴れ渡った青空よりもなお青い、澄んだその瞳を見つめながら、わたしは訴える。

「この靴、すごく歩きづらいの、もうやだ、歩くのやだ、足がぐきっとなっちゃうの。だからお兄ちゃん、抱っこして！」

わたしは両手をカインロットさんの方に『前へならえ』したまま一息に言うと、だめ押しでにっこりと笑った。

「ねえ、お兄ちゃん、抱っこしてー」

『氷の牙』と呼ばれる騎士は頬を染め、震える手で、半ば抜きかかっていた剣を収めた。

よし、いいぞ！

さあ、そのまま剣から手を離すのだ！

「ミチル……そんなに歩きにくかったのか」

「そうなの、歩きにくくて、だからすぐに足がぐきっとなっちゃうの。これじゃあケガしちゃうの」

「それはいかんな、この俺がミチルにケガなどさせんぞ！　さあ、お兄ちゃんの腕に来るがいい」

先ほどの冷たいオーラなど幻だったかのように、腰を屈めたカインロットさんは優しく笑ってわたしを抱き上げた。

よし、これで氷の魔王の両手を封じた！

我ながら完璧な作戦だ！

「だ、だ、抱っこ？　女性を、あのカインロットさまが、抱っこ？」

「う……嘘ですわ、カインロットさまが……笑顔をお見せになっていらっしゃる、ですって？」

またしても、貴族のお姫さまたちはなにやら呟いている。

みんなおバカだね！

のんきなことを言ってないで、お姉さんたちは早くどっかに逃げてよ！

イケメン騎士の笑顔に見ほれて、また首をはねられそうになったらどうすんの!?

頭と胴体がくっついているうちに、早く安全な所に逃げて！

身体を張って助けたわたしの努力を無にしないで！

心を、削った、わたしの、努力を……。

いけない、ここで気を抜いてはすべてが水の泡になるわ！

がんばるのよ、ミチル！

ふっと遠くに行きそうになった意識をしっかりと保つように、自分を叱咤する。

わたしはカインロットさんの首に腕を回して「お兄ちゃーん」としがみつき、彼をにこにこさせる。そして首を回してお姉さんたちの方を見て、こちらはマジの顔をしながら口の形だけで『はよ！　逃げて、はよ！』と伝えた。

「まあ、あの子ったら得意げに」

そんなわたしを見て、憎々しげに言うのは、やっぱり縦ロールさんだ。まったくわかってない。そんなおバカさんを、他のお姫さまが引っ張ってくれた。

「違いますでしょ！　さあ、今のうちに」

「きゃ、なにをなさいますの⁉」

わたしの合図を、他のお姉さんたちがわかってくれたのでほっとする。ここまでやってなんの役にも立たなかったら、わたしがかわいそうすぎだわ！

ただし、赤い縦ロールさんはまだわかっていない様子だ。ほら、この人は思い込みが激しいからね。他のお姫さまたちは、我が身を犠牲にしたわたしに感謝を込めた瞳でわずかにうなずくと、そろりそろりとその場から立ち去ろうとする。

「ちょっと、みなさむむむむーっ」

残念令嬢の縦ロールさんを、口を塞いだまま引きずりながら。

「ねえねえ、お兄ちゃん！」

わたしは、お姉さんたちの逃走を気づかせないように、カインロットさんの気を引いた。

「履きやすい靴をね、お兄ちゃんに買ってもらいたいな。ねえ、いいでしょ？　転ばない靴を買ってほしいの」

「なんだと⁉　お前は、俺に、くっ、靴を、買ってほしい……というのか？」

カインロットさんの顔が真っ赤になり、視線を逸らして「くっ、可愛すぎる……」と呟いている。

そして、なぜか激しく首を振る。

「いや違う、勘違いしてはいかん！　まだまだ無邪気なミチルはなにもわかっていないのだからな、そうだ、異世界から来たのだから、わかっていなくて当然だ。だが、それを知らん男がこんなことを言われたりしたら……それは危険すぎる！　やはりミチルのことは、俺が常に側にいて見ていてやらねばいかん、悪い男に付け入られるようなことがあってはならんからな……」

なぜか悶々とした様子でひとりごとを言うカインロットさんなのである。

「お兄ちゃん、どうしたの？　靴、ダメなの？」

わたしは『不思議そうな顔をする幼女』の演技をして、首をこてんと横に倒し、内心で（いっくらなんでもこんなあざとい演技に引っかかるわけないだろうけどな！　鳥肌もんだなミチル！）と自分で自分を嘲笑う。

「よ、よし、お兄ちゃんに任せるがいい！」

頬を赤くしたお兄ちゃんが、嬉しそうに引き受けたよ！

見事に引っかかったよ！

「そんな、靴を……買うですって⁉」

「い、いやっ、嘘ですわ！　カインロットさまのそんな言葉を聞きたくなかった！」

お姉さんたちは、口々に言いながらも、なんとか上手いことその場を去った。縦ロールさんは「キイイイイイッ！」って顔をしていたけど、他のお姫さまたちが引っ張っていってくれた。うん、お姫さまって意外と力があるね。

大沢ミチル二十一歳、異世界で見事に人の命を救いました！

さて、人命救助には成功したけれど。

この状況をどうしましょう？

足が痛いと脱ぎ捨てた靴を再び履くわけにはいかない。

ということは、カインロットさんの抱っこから下りることができないではないか！

「俺が後で履きやすい靴を買ってやろう。だがな、ミチル……俺以外の男には、決してそのようなことを言ってはならんぞ。絶対に、いかん。わかったな？」

目の周りをほんのりと赤く染めて、なにやらセクシー度が増してしまったカインロットさんが真面目な顔をして言った。

抱っこされているため、無駄に顔が近いんです！　緊急事態とはいえ、我ながら大胆な作戦をとってしまいました。

「え？　そのようなことって？」

わたしの問いに、目を逸らしてふっと顔をそむけ、ため息をつくカインロットさん。なんかちょっと色っぽいんですけど。

「だから……靴を、だな、買ってほしいなどと男には言うなと、いや、俺には言っても、わかっているからな、別にかまわんぞ」

そして、きびきびしたカインロットさんにしては、歯切れが悪い口調である。

なぜに？

この世界の常識とかお作法とか、まったく知らなかったから仕方がないっちゃ仕方がなかったんだけどね。あとで、知ってしまいました。女性が男性に靴をねだるという行動の意味を。

あなたのくれた靴に、わたしの足をすっぽりと入れますので。

わたしの中には、あなたの……を、すっぽりと、入れて……。

つまり、『靴をください』の意味することは『わたしの初めてをあなたにもらってほしい』というエロエロなおねだりだったのですよ！

わたしは、乙女の一番恥ずかしいおねだりを、公衆の面前でやっちまってたんですよ！

うぎゃあああああああああああああっ‼

王宮の廊下で、しかも噂話が大好きそうな貴族のお姫さまたちの前で、それとは知らずにとんでもないお願いをカインロットさんにしてしまったわたしは、精神力をガリガリと削られながらもお兄ちゃん騎士さまに抱っこされて神殿に連れていかれた。

「あの……カインロットさん」

「どうした？　そら、この通路を渡れば神殿に続く渡り廊下だ。向こうの花壇を見ろ、花がたくさん咲いているぞ。ミチルは花摘みが好きか？」

花がよく見えるように立ち止まってくれる。この優しい心遣い、カインロットさんはいいお父さんになれそうだ……って、誰の子どものお父さんよ⁉

ああ、誰かわたしの妄想を止めて、お願い。

「うわあああ綺麗！　綺麗です！　はい、花束を作ったり、飾ったりするのは好きです」

挙動不審にならないように自分を抑えつつ、好意を無にしないように花壇を眺めた。

あ、すごい、半透明の花とかあるよ、しかも、ステンドグラスみたいにいろんな色をしてるよ！

光を反射して、花壇全体がキラキラ輝いている。もっと近くで見たいな。

わたしは日本では絶対にお目にかかれない美しい花を見て、わくわくしてきた。

この国には、他にもきっと、たくさんの珍しくて綺麗なものがあるんだろう。あの不思議な召喚の石だって、すごく綺麗で素敵な蒼い水晶だったしね。

「エステイリアにはミチルが見たことのない花がたくさんあるだろうからな。あとで好きな花を摘んで、リーナに言って部屋に飾らせるといい」

「ありがとう！　……あれ、でも、いいのかな」

お城の花壇の花を摘んでしまっていいのだろうか？

相談役のカインロットさんが「ミチルが摘むくらい全然かまわん、王家の者も摘んでいるからな」って言うんだから、いいんだろうな。

自分の置かれた立ち位置の高さが怖いわ。

喜ぶわたしを見て、カインロットさんは笑った。この人は、無表情の冷たさと笑った時の優しい顔とのギャップが大きすぎる。『ギャップ萌え』で乙女心を揺さぶるのはやめてほしい。

抱っこされた腕の中で（ミチル、堕ちたらあかん、チョロい女になったらあかん）と必死で呪文を唱えて、わたしは無駄なときめきを消そうとした。

「女の子は花が好きだな。ミチルは、あとはなにが好きか？　宝石や甘い菓子か？　レースや刺繍や、美しいリボンのことならリーナが詳しいぞ。ビーズを編み込んだ細工紐や、針金細工もある。綺麗なものだぞ」

「わあ、素敵！　楽しみ！」

って、可愛いもの綺麗なものが大好きなわたしは喜んじゃったけれど。

カインロットさんって、強面《こわもて》のクール騎士じゃなかったの？

女の子の好みのこと、なんでそんなによく知ってるの？

やっぱり……モテモテだから？

女性に贈り物をし慣れてるから？

ええい、もやもやする！

なんでかわかんないけどもやもやするよ！

つい手に力が入ってしまい、ぎゅっとしがみついてしまうと、カインロットさんはにこっと笑って「落とさないぞ？」と囁いた。


当たり前だが、こうやって抱っこされているのはすごく恥ずかしかった。けれどこれは、目の前で女性が首をはねられる事態を防いだという立派な行いの結果なのだ。だから、強気のはったりをかまして『わたしは異世界から来たセンパイさまよ！』っていう偉そうな顔をして澄ましていたら、意外にも誰も気にとめないようだった。

もしかすると、エステイリアの国では、位の高い成人女性が抱っこされて移動するのは当たり前のことなのかもしれない、と思うくらいであったが……自分が十一歳に見えることをすっかり忘れていたよ！

しかも、淑女としてのエスコートをされているならともかく、たくましい男性に抱き上げられていたら、もう完全に子どもにしか見えないだろう。

騎士が幼い子どもを抱っこして歩いていても、『親切だな。迷子かな？』くらいにしか思われない。

まあ、カインロットさんはわたしをなだめる時以外は基本的に冷たいくらいの俺様顔だし、なにしろ『氷の牙』のふたつ名を持つ有名なイケメンエリート騎士らしいから、見た人は（特に女性は）少し驚いていたみたいだけどね。

そんなわけで、裸足のわたしはイケメン騎士さまに抱っこされて、なぜか大変機嫌のいいカインロットさんとおしゃべりをしつつ、ものすごく自然に神殿に着いたのだが。


「ひえええええ、ミチル先輩！　なにやってんですか⁉　イケメンおかんにあえなく籠絡《ろうらく》されたんですか⁉　早すぎでしょ、電光石火のチョロさでしょ⁉」

エステイリア国の『救国の神子姫』こと麻紀ちゃんに、会った途端、思いっきり指さされて突っ込まれましたよ！

どうやら麻紀ちゃんも神殿に呼び出されていたらしく、先に到着してくつろいでいたらしい。側にはちゃんと、正統派イケメン王太子アイズランがくっついている。

口説かれてたのかな？

「……麻紀ちゃん、これには海より深い訳があるのです」

アイズラン王太子を放置してこっちにやってきた麻紀ちゃんに、わたしは重々しく答えた。

「まだ堕ちてないんですね？」

「堕ちてません、麻紀ちゃんこそ大丈夫ですか」

「堕ちてません。花とかお菓子とか宝石とか、かなり貢がれてますが、堕ちてません。男は性格です。見た目と財力は申し分ありませんが、まだお互いによく知り合ってませんので」

「その方向性は良いと思います」

しかし、花とお菓子と宝石って、そのあたりはデフォルトだな！

「あと、エステイリア国の石はかなり興味深いものがありますね。宝石はもちろん、原石も」

「石だと⁉」

身を乗り出して落ちそうになるわたしを、カインロットさんは「こらこら、ミチルはおてんばなお姫さまだな」などと甘ったるい言葉を吐いて甘ったるく笑いながら、たくましい腕でぎゅっと抱きしめてくれちゃったりする。だから、その体温とか匂いとかなんかいろいろいけない要素を感じてしまい、わたしは乙女心をときめかせてしまう。

「……ミチル先輩。本当に堕ちてませんか？」

ぎくり。

「堕ちて、ませ、ん」

麻紀ちゃんから目をそらす。

「あの、カインロットさん、裸足で構いませんので下ろしてもらえますか？」

「それはダメだ。足を冷やして風邪をひいてはいかん。誰か、温かで履きよい靴を用意できないか」

はい、安定の過保護です。

お兄ちゃんの指示で、柔らかな布製のスリッポンシューズが出てきました。

わたしはようやく、自分の足で立つことができました、ええ、全然残念だなんて思ってませんよ？

「本日ご足労いただきましたのは、おふた方に神託があるという啓示を受けたためです」

最初に会ったお爺さん（髭は真っ白で、髪は緑に黄のメッシュ入り）がわたしと麻紀ちゃんに言った。この人は、この神殿の神官長なのだそうだ。ま、一番神さまに近い人ってことなのかな。

「神託、っていうと……神さまとお話しできるんですか？」

イタコみたいに、お爺さんに神さまが降りてくるのかな？

神官長のお爺さん、ユクシュアさんは、わたしたちにうなずいた。

「はい。特に、神子姫さまの後見役としていらしたセンパイさまについてのお話があるそうです」

「えっ、わたしのことなの？」

もしかしたら、わたしは日本に帰れるのかな？

この場で帰してもらえるのかな、だって麻紀ちゃんはなんだかもう大丈夫そうなんだもん。元々ここに来る運命だったからか、すっかりエステイリア国に馴染んでるよね。

わたしは期待で笑顔になってしまい、そしてはっとして後ろに控えるカインロットさんの顔を見る。

だとしたら。

このままこの世界から離れてしまうとしたら。

もう、このお兄ちゃん騎士とはお別れなの？

わたしの胸が、なぜだか鈍く痛む。

あ、あれ？

わたしったらどうしちゃったんだろう？

護衛兼相談役の、実際はわたしのお守り役の過保護なお兄ちゃん騎士とのお別れ。この人は昨日会ったばかりの騎士さまだというのに、なんでこんなにも動揺してしまうの？

カインロットさんは、当然ながらわたしがなにを考えているのかわかっていない。けれど、わたしの瞳の中になにかを見たのだろう。いつものように優しく頭に手を乗せると、いい子いい子と撫でてくれた。「大丈夫、俺がついている」となだめるように笑いながら。

その大きな手の温もりに、なんだか泣き出しそうになってしまい、わたしはわけがわからないまま、たくさん瞬きをして涙を乾かした。

「それでは、こちらへ」

わたしと麻紀ちゃんは、派手な色の頭をした神官長のお爺さんに促されて、隣の部屋へと移った。そこは、祭壇が置いてある小さな部屋だ。淡い青やピンクがちりばめられた美しい白い石で作られた祭壇には、花や様々な石が飾られている。わたしは魅力的な石を手に取ってみたくてうずうずしたが、麻紀ちゃんに小さな声で「どうどう」といさめられたので我慢した。

って、麻紀ちゃん！

先輩に向かって馬を制するように声をかけるのはおやめなさい！

「この椅子にかけて、ゆったりなさってください」

部屋の中央にソファーが置いてあったので、神官長のユクシュアさんに勧められるままふたり並んで腰をかける。ユクシュアさんは、向かいにあったソファーに座り「では」と言った。その途端、ソファーに座ったわたしたち三人は広い草原の中にいた。ソファーごと移動したようだ。

「わあ、びっくりしました！　瞬間移動の魔法ですか？」

隣に座っていた麻紀ちゃんは、わたしの手をぎゅっと握って言った。

「ここはどこですか？」

わたしは麻紀ちゃんを落ち着かせるように、彼女の手をポンポンと叩いてからユクシュアさんに尋ねた。

「神と語らうための世界です。わたしたちの意識が神に呼ばれたのですよ」

「神さま？」

「そうです、今座っている椅子も、神が用意されたものです」

お爺さんに神さまが乗りうつって喋るのかと思ったら、予想外だった！　体はさっきの祭壇がある小さな部屋に置いたまま、三人の意識だけが不思議な空間に連れてこられたらしい。風にそよぐ草も爽やかな香りも、全部幻のようなものだなんて信じられない。

そして、わたしたちは草原の向こうの方から近づいてくる人影を見つめた。あれが神さまらしい。

『ユクシュア、マキ、ミチル』

低く落ち着いた声でわたしたちの名前を呼んだのは、神官長と同じような、ファンタジーの神官がよく着ている服を着た若い女性だった。光り輝いているわけではなく、普通の感じのお姉さんだ。

「慈悲深き、大いなるエステイル神よ」

ユクシュアさんは、こぶしを作った手を胸に当てて言った。神への敬意を表しているらしい。エステイル神の国だから、ここの名前がエステイリア国なのだろう。

神さまの後ろに同じようなソファーベッドが現れて、お姉さん神さまはそこに座った。

『いつもご苦労です、ユクシュア』

穏やかな笑みを浮かべて女神さまが言う。

「畏れ多きことにございます」

エステイル神にねぎらわれた神官長は、頭を低くした。なんだか優しそうな女神さまなので、わたしはほっとする。

『そして、マキ。よくエステイリアに戻りましたね。わたしのことを覚えていますか？』

「……もしかして、何度か夢でお会いしてますか？」

エステイル神は微笑んでうなずいた。

『ええ。夢の中で時々お話ししましたね。あなたは、この国を救う力を異世界でつちかった後、神子姫としてここへ戻ってきたのです。その力はいつもあなたと共にあり、あなたがエステイリアにいることで発揮されます。使命を果たしてくれますか？』

「はい」

麻紀ちゃんが、女神さまに向かってためらいなく返事をしたので、わたしは驚いてその顔を見た。

もうこの子は、自分がここで成すべきことを理解しているのだ。この国を救う力を持つという、自分の役割を。日本では家族の縁が薄いと言ってたので、向こうにたいして心残りはないのだろう。

で、わたしは？

どうするの？

エステイル神は、今度はわたしに向かって言った。

『……ミチル』

「はい」

わたしは女神さまの顔をじっと見た。

もしかしたら、わたしもなにか頼まれるのかな？

エステイル神は、悲しそうな顔をした。

『あなたがこの国にやってきたのは……』

女神さまは言葉を切って、空中を見た。すると、そこにはわたしと麻紀ちゃんが大学のカフェテリアで石を持って話している映像が浮かんだ。麻紀ちゃんが石を太陽の光に当てると、蒼い光のシャワーがわたしたちを包み込み……やがて麻紀ちゃんの姿が消えた。

「あ、あれ？」

映像の中には、カフェテリアのテーブルで、何食わぬ顔でアイスを食べているわたしがいる。

『マキの存在は、この時点ですべての痕跡がなくなりました。けれど、ミチルはそうは行かないので、代わりに分身のようなものを置きました』

空中のわたしはアイスを食べ終わり、カバンを持って立ち上がった。

「なるほど、じゃあ、わたしが戻るまでは影武者が代わりに生活してくれているってわけですね」

わたしが日本に戻ったらうまく入れ替わるんだ。大学の授業のノート、ちゃんととっておいてくれると助かるな。

笑顔で言ったわたしの言葉に、女神さまは首を振り、続きを見るように促した。

立ち上がったわたしは、学校の外へと歩いて出ていき。駅へ向かって歩き出し。角を曲がってやや広い道に出た時。

一台のワゴン車が歩道に突っ込んできた。

『車内に落ちた物を拾おうとして、運転を誤りました』

「あぶなっ！」

映像が消え、新たなものに変わった。テレビのニュース画面だ。

「今日の午後四時三十分頃、〇〇区の路上でワゴン車が歩道に乗り上げ、通行人をはねるという事故がありました。付近の女子大学に通う学生の大沢ミチルさんが全身を強く打ち、搬送途中の救急車の中で」

――死亡が確認されました。

わたしの……死亡が、確認、されました？

嘘でしょ？

わたしはここにいるんだよ？

なんで、こんなニュースをやってるの？

隣に座っていた麻紀ちゃんが、ひっ、と息を呑んだ。

「……エステイル神さま」

わたしは震える声で尋ねた。

「どういうことですか？」

『ミチル。ショックだと思いますが、落ち着いて聞いてください。本来ならば、あなたはこの時に、一生を終える運命だったのです』

「一生を、終える……この交通事故で死ぬはずだったの、わたしは？」

『ええ』

「こっちに来なかったら、車にはねられて、死んでた……」

悲しげに、女神さまがうなずいた。

『あなたはこの人生でやることを全て終えて、亡くなるはずだったのです。ところが……』

女神さまが右手のひらを上に向けると、そこには召喚の鍵の役割をしていた石のクラスターが現れた。あの、蒼みがかった水晶だ。

『マキを迎えに行ったこの石に宿った精霊が、日本の石の精霊に頼み込まれてしまったのです、なんとかミチルを助けてほしいと』

「石の精霊？　日本の？」

『そうです。感じ取れる人は少ないですが、日本にも精霊は存在するのです。あちらの石の精霊が、こんなにも石を愛してくれるミチルを若くして死なせたくない、できることなら一緒に異世界に連れていってほしいと強いエネルギーを注ぎ込んできたため、召喚にミチルを巻き込む羽目になってしまったのです。そういうわけで、本来ならばあの場で亡くなるはずのミチルは、このエステイリアで新たな人生を歩むこととなったのですよ』

「……嘘……わたし、死んじゃったの？　日本では死んでいるなら……それじゃあ、わたしは、わたしは」

日本に帰れない。

もう、日本に帰れないのだ！

「そんな……やだよ。だって、お母さん……お母さんに、もう会えないの？　お父さんとお姉ちゃんにも？　会えないの？」

『非常に残念ですが、これがあなたの寿命だったのです。誰にも変えることは……』

わたしは全身の血の気が引くのを感じた。

自分で自分の身体を抱えて、悲鳴を上げた。

「いやあああああああああ！　お母さん！　お母さん！　帰して！　日本に帰して！　わたし、帰りたいの、お願い神さま、わたしはここの人じゃないの、帰してください、お願いします！」

『できません』

「なんとか、うまく、麻紀ちゃんの痕跡を消したように、事故がなかったことにはできないんですか？　わたしが車を避けたとかにして」

『もう日本には、あなたの居場所はないのです。あの世界の運命を、わたしが変えることは不可能なのです』

「じゃあ、わたしは……」

日本では、大沢ミチルは死んだ。

わたしの居場所はもうない。

わたしのお葬式が行われ、お父さんとお母さんとお姉ちゃんは……。

「もう……家族に会えない……」

わたしはソファーにへたりこんで、かすれた声で呟いた。

それから、エステイル神がまだなにか話していたような気がするけれど、ソファーの上で腰を抜かしたようになっていたわたしは、その内容を覚えていない。石、という単語が何度か聞こえたのは、わたしがよほどの石好きだからなのだろう。

わたしは日本で死んでいた。

もう日本には帰れない。

家族にも友達にも会えない。

わたしは無意識のうちに口を開けて、ハアハアと息をしていた。

呼吸が苦しい。

空気が足りない。

「ミチル先輩？」

気遣わしげな麻紀ちゃんの声がしたけれど、声を出すことができない。

ああ、わたしが今息をしているのは、エステイル神の作り出した幻の草原から、現実世界の神殿の部屋に戻ってきたからなんだ。変だな、いつ戻ってきたのか、全然覚えてないや。

なんだっけ？

苦しくて、よく思い出せないよ。

「……ミチル先輩」

エステイリア国は、日本よりも空気が薄いのかな？

酸素が足りないよ。

苦しい、死にそう。

ああ、そうだ、日本のわたしは死んでしまった。

じゃあ、ここでもわたしは死んでしまうの？

「ミチル先輩！　落ち着いてください！」

空気が、薄い。

日本に帰らなきゃ死んじゃう。

苦しいよ、お母さん。

お母さん、助けてお母さん、わたしはここにいるの、早く迎えに来て。

お母さん、お母さん、お母さん、お母さん、お母さん、お母さん、お母さん、お母さん、お母さん、お母さん、お母さん、お母さん、お母さん、お母さん。

「過呼吸！　過呼吸になってます、先輩！　ああ、どうしよう、先輩が」

わたしの身体を、麻紀ちゃんが揺すぶっている。

やめて、わたしは息が苦しいの。

「ミチル！」

男性の声がして。

なにかがわたしの身体を包み込む。

誰？

わたしを抱きしめているのは、お母さんじゃない。

お母さんはこんなに硬くないから違う、誰？

これは誰？

「ゆっくり息をしろ、ミチル！　聞こえるか!?　そんなに吸わなくていいから」

違うの、酸素を吸わないと、死んでしまうの、わたし、死んでしまうの、苦しい、頭が真っ白になる、助けてお母さん、助けて……。

呼吸を止められないわたしの顔は誰かの胸に押しつけられ、もがいて離すと今度は。

「ミチル、怖くない、怖くないから」

「！」

わたしの唇を、なにかが塞いだ。

「んんーーーーっ！」

強制的に呼吸を止められたわたしは、びっくりしてもがいたが、後頭部に回された手ががっちりとわたしを捕まえていて、逃げられない。

呼吸ができない、苦し……くない。息ができないのに苦しくない。むしろ、さっきよりも楽になった気がする。

わたしの身体から力が抜けた。

「ひょえええ、せ、先輩！」

ものすごくマヌケな麻紀ちゃんの声がした。

救国の神子姫がそんな声を出したらヤバいでしょ。

いやいや、そんなことを考えている場合ではなくて、わたしは、わたしは、ええっと、今口を塞がれて。……息は苦しくなくなった。けど。塞がれている。

なにに？

なにに塞がれているの、この口は？

この、なんか温かくて、湿り気がある、生き物の一部分っぽいものは。

なに?

ちゅっ、と音を立てて、それは離れた。

「ミチル、大丈夫だ。俺がいるからな」

そう言って優しく笑い、わたしの頭を温かな手で撫でるのは。

ご存じ、お兄ちゃん騎士のカインロット・デンタヴィスさん。

ふたつ名が『氷の牙』さん。

「そうだ、ゆっくりと息をして大丈夫だ。いい子だな」

わたしの唇を塞いでいたのは。

カインロットさんの。

「かわいそうに……ショックだったな。そんなことを知らされたら、大の男でも気が遠くなるだろうに、お前のようなまだ幼い少女……ではなく、若い娘が」

大人扱いをありがとうございます、カインロットさん。

やはり、今わたしは、大人の階段をひとつ、上ったのです……か。

思い違いなんかじゃなく。

上ったのですね。

「さあ、部屋に戻ろう。少し休んだ方がいい。リーナに美味い茶を淹れてもらおうな、ミチル?」

そう言って、痛ましげにわたしを見つめる、アイスブルーの髪に深い青の瞳を持つ美形騎士さまは、親指の先でわたしの唇を横にすっと拭った。

わたしの唇を。

……なにか、ついてましたか？

「大丈夫だからな。お前はなにも不安がることはない、この俺が守るから。この、カインロット・デンタヴィスがお前を守る」

ぎゅっ、と抱きしめて、「わかったか？」と聞かれたので、わたしは小さな声で「はい」と答えた。

「いい子だ。ミチルはいい子だな」

カインロットさんは唇に優しい笑みを浮かべて甘く言うと、わたしをお姫さまのように抱き上げた。そして、わたしの額に唇を軽くつけた。わたしを見つめる輝くばかりの美しい顔は、慈愛に満ちた笑みを浮かべていて、こんな顔を男性にされたら女の子は全員堕ちる！　とわたしは内心で思った。

「構わんな？　これでミチルは部屋に戻る」

「はい、姫さまがごゆるりとお休みになれますよう、お願いいたします」

「心得た」

カインロットさんの唇が動いて、言葉を紡ぐ。

わたしの目の前に、騎士さまの唇がある。

整った形の唇がある。

く　ち　び　る　が　あ　る。

こ　れ、さ　っ　き　わ　た　し　の　く　ち　に。

く　っ　つ　い　て　た　よ　ね。

え　へ。

エステイル神の説明でショックを受けたせいか、頭の回転がかなり鈍っていたわたしは、ここでようやく現実が理解できた。

すなわち。

わたしは今、お兄ちゃん騎士さまと、カインロットさんと。

キス、しちゃってたああああああああああああああああっ！

それはわたしの初キスでしたああああああああああああっ！

初めてのちゅうううううううううううううううううううっ！

ファーストキスは、イケメンの味⁉

「どうした、ミチル？　真っ赤になったりして……か、可愛いな」

心なしか、わたしの顔を見たカインロットさんの目元が、ほんのりと赤らんだ。

「本当にミチルは……」

言葉に詰まった騎士さまは、ちらりと周りを見回すと。

わたしのおでこにちゅっ、と口づけた。

だから、燃料投下するのはやめてええええええっ！

なんてたちの悪いイケメンなのおおおおおおっ！

絶叫に絶叫を重ねたわたしの乙女心はもう、もう、本当に限界なのよ！

カインロットさん、わかってる？

絶対わかってないよね！

ああああ、この気持ち、誰かなんとかして！

乙女心が翻弄されて

わたしはカインロットさんにお姫さま抱っこをされながら、そして彼の腕の中でゆらゆらと揺られながら、王宮に用意された部屋に戻る道すがら、口を半ば開けたアホ面になってさっき起こったことを脳内でリピートさせていた。

だって、わたし、初めてのちゅうだったんだよ！

それこそ、幼稚園の時に絵本で、王子さまとお姫さまのちゅ、っていう可愛いキスシーンを見てから、自分は将来どんなファーストキスをするのかなと妄想し始めて幾年月。悲しいかな、男性とのお付き合いをする機会もなく、もちろんファーストキスをするシチュエーションにも恵まれず、気がついたら二十一歳……成人しちゃってましたよ！

モテ期がなかった残念女子ですよ！

それがですよ。絵本の王子さまも裸足で逃げ出しそうな、アイスブルーの髪に青い瞳をしたクールなイケメン騎士さまと、ちゅ、ちゅうっと！　いや待て、そんなんじゃなかったよ、ちゅううううううーっと、ぐらい長かったね！

あれはね！

すごく長かったね！

そう、とうとうこのわたしもしちゃったわけですよ。

うひゃあ！

うひゃあ！　うひゃあ！　うひゃあ！

見ていた麻紀ちゃんが、変な声を出すわけだよね！

……愛し合う恋人同士のキスではなく、単なる過呼吸の治療のためだったけどね！

気持ちは入ってなかったけどね！

でも、ちゃんと、唇と唇がくっついたもん。

むしろね、こう、わたしの口を塞ぐように温かくて湿った唇が完全に覆っちゃって……うぎゃあああああ、恥ずかしくなってきた！

その、ちゅうした相手の腕の中で、問題の唇が目の前にある状況で、考えちゃならんことだった！

ああ、どうしよう、心臓の鼓動が激しくなってきちゃった。

わたしが両手で自分のドレスの胸あたりをぎゅっとつかむと、カインロットさんが気遣わしげにわたしを見た。

「大丈夫か？　気分でも悪くなったか？」

恥ずかしくて目を見られず、逸らしたところにあった形の整った唇を見たら顔が火を噴きそうに熱くなり、わたしはものも言えずふるふると首を振った。

「顔がこんなに赤くなって……まさか、ショックで熱が出たか？」

美形なのに、どう見ても俺様顔なのに、中身が優しい甘々お兄ちゃんな騎士さまは、わたしの熱を測ろうとして、両手が塞がってできないことに気づき、少し首を傾げて考えてから。

なんでええええええええええっ⁉

わたしのおでこに、その美しい唇を押し当ててるのおおおおおおっ⁉

そんな熱の測り方はどこから思いつくのおおおおおおおおおおっ⁉

長い長い長ーい『お兄ちゃんの愛のおでこちゅう検温』の後、にっこり笑って「大丈夫、熱はなさそうだ」と囁かれた。

確かに熱は出てないけれど、鼻血が出そうなほど顔面に熱が集まってしまったわたしは、何事もなかったように部屋に向かって歩き出した騎士さまの腕の中で（こ、これは、異世界式の熱の測り方なんだ、お兄ちゃんにまったく他意はないんだ、ほら、クールなイケメン騎士さまの冷静さを見るのだミチル、彼にとっては息するくらいの当たり前のことだから、気にしてはダメ、ダメ、ダ、うわあああああおでこちゅうううううう）と静かにパニックになっていたのであった。


「ミチルさま、お疲れさまでございました」

乙女心を激しく揺さぶられていろいろ消耗したわたしは、カインロットさんの腕にぐったりと抱かれたまま部屋に着いた。わたしを見たリーナさんが、とても優しく穏やかに声をかけてくれた……きっと、神殿での出来事がすでに伝わっているのだろう。

「温かいお茶をお淹れいたします。ソファーにお座りになりますか？　それとも、ベッドまでお持ちいたしましょうか」

「少しベッドに横になるか？」

カインロットさんが、消耗しきったわたしの顔を覗き込んだ。

ベッドに横になる？

そう、ちょっとお布団にもぐりこんで、心を休めたい……けれど……。

わたしの脳裏に、一緒のお布団にもぐっている『氷の牙』の姿が思い浮かんだのは、神の啓示に違いない！

『ミチル、お兄ちゃんが一緒に添い寝してやるからな、安心して寝るといい』

寝れねーよ！

「ソファーでお願いします」

少し震える声で言ったのは、エステイル神の言葉でショックを受けているせい、だけではないよ、もちろん！


「あの、ですね、カインロットさん」

「どうした？」

「あの……ソファーに座るのでは……」

「ソファーに座ったぞ」

心底不思議そうに答える、エステイリア国の手練れの騎士、『氷の牙』二十三歳。

「いえ、わたしが座るのでは……」

そのお膝で横向きにお座りさせられている異世界からトリップしてきた女子大生、大沢ミチル二十一歳。

おかしいよね？

ソファーの使い方が間違ってるよね？

「ミチルさま、気持ちが落ち着くハーブのお茶でございます。お口に合いますでしょうか」

にこやかにカップを渡してくれる侍女のリーナさん。わたしがお膝に座っていて、テーブルに手を伸ばせないからだ。

おかしいよね？

ここは「ちゃんとソファーにお座りになられた方がよろしいですわ」とリーナさんがさり気なくカインロットさんをいさめてくれるところだよね？

なんでお兄ちゃんのお膝に乗ってることが当たり前になってるの⁉

「ハチミツをお入れした方がよろしければ、美味しいものがございますよ？」

いや、ハチミツよりも甘いお宅の騎士さまをなんとかしようよ！

「それとも、甘い菓子を食べるか？　そら、蜜のパイがあるぞ」

「カインロットさ」

開けた口に、騎士さまの摘まんだ小さなパイがそっと入れられた。

じゅわっと染み出す蜜が、甘くてとても美味し……じゃなくってですね！

美味しいけどね！

美味しいおやつをもぐもぐと噛むわたしの口元を、カインロットさんは満足そうに見ている。これ、絶対に小動物への餌付け行為だわ。

「カインロットさ」

「美味いか？」

もうひとつ放りこまれて、口を塞がれた。

もう！

わたしがまたもぐもぐしているると、まだ噛んでいるのに口元に指先が伸びてくる。

「蜜がついてるぞ」

そっと唇を拭われ、その感触でさっきのちゅうを思い出してしまう。

ひゃあああああ、顔が熱いわ。

それだけでもういっぱいいっぱいになったわたしの口に蜜の付いた指を近づけ「……舐めるか？」って聞くのはロケットランチャー並みの攻撃なのでやめてください！

必死でお断りすると「そうか」と言って指先を自分の唇の間に差し入れて「……甘い」と微笑むのは、辺り一面焦土と化すミサイル並みの攻撃なので、本当にやめてください！

リーナさんは、お茶のお代わりを淹れながら「ふう……」と言って諦めたように天を仰がないで助けてください！


甘すぎるティータイムが終わった。

もういいよ。

わたし、一生お兄ちゃんの膝の上に乗せられていてもいいよ。だけど……せめてそこまでにしてください、お願いします、エステイル神。

エステイル神……ああ、思い出しちゃったな。

わたし、もう日本に帰れないんだったね。

お母さん、お父さん、お姉ちゃん、ごめんね。

死んじゃってごめんね。

わたしの寿命だったから、仕方がないんだけど。

一番年下なのに、先に死んだりして……ほんと、ごめんね。

会いたいよ。

もう一度会って、今までありがとう、大好きだよって、家族で良かったって、伝えたいよ……あ
あ、会いたいよ！

会いたいよ！

でも、会えない……。

わたしは、カインロットさんの膝の上で、しおれた花のようにうなだれた。

「ミチルさま、これをどうぞ」

そう言って侍女のリーナさんがわたしに差し出したのは、蒸しタオルだった。

「え？　これは？」

わたしは、不思議に思いながらもほかほかのタオルを受け取って、リーナさんに尋ねた。

「お顔を温められると、お気持ちが落ち着くかと思いまして」

「ふうん、そんなものなのですね。ありがとう」

タオルを開いて顔に押し当てると、ラベンダーに似た花の香りがした。

いい匂い。

なんだか懐かしい感じがする。

温かいタオルで目元がリラックスすると……あ、あれ、涙腺も緩んじゃったよ。

涙が溢れてくる。

「ミチル、俺たちの前では気を張るな。泣きたいならこらえずに泣けばいい。思いきり嘆《なげ》くがいい」

もうすっかり慣れた感触の、カインロットさんの温かな手がわたしの頭を撫でる。わたしがタオルから顔を上げると、イケメン騎士さまはその深いブルーの瞳に柔らかな光をたたえて「俺たちはお前の味方だということを忘れるな」と微笑んだ。

「ああ」

「わたし……元の世界でね、死んじゃってたんだって」

「だから、日本に……帰れ、ないの。もうお母さんに会えないの」

「そうか」

「お母さんにも、お父さんにも、お姉ちゃんにも会えなくて、みんな、きっとわたしのお葬式をやっていて、きっと、きっと、わたしのことを思って悲しんでる」

「そうだな」

「帰るところ、なくなっちゃったの、うちに帰れないからわたし、もう、行くところがないの。どうしよう。怖い、すごく怖い……」

わたしはタオルを目に当てて、しゃくりあげた。

「お母さんに会いたいの、まさか、もう二度と会えなくなるなんて思わなかったの。どうして、どうしてこんなことに……いつも通りに学校に行っただけなのに。お母さんに、行ってきますって言って、それが最後になっちゃうなんて……お母さん……」

「ミチル、かわいそうに」

ひくひくとしゃくりあげる。泣き出すわたしを、お兄ちゃん騎士は優しく撫でる。

「かわいそうにな……」

とうとう、わたしの堤防が決壊した。すなわち、カインロットさんにすがりついて、わたしは「うわたしは「うわああああああああああああああん」と号泣したのである。

泣いて泣いて泣いて、ひたすら泣いて、涙と鼻水で顔をぐちゃぐちゃにしたわたしは泣き疲れて我に返り、そこでようやくリーナさんのくれた蒸しタオルのありがたさを知る。

「ミチルさま、こちらをどうぞ」

鼻をぐすぐす言わせているわたしの手の中のタオルを、さり気なく新しい物に交換してくれるリーナさん。

この人、デキる！

やっぱりただの侍女ではない。

「あ、ありがとう、ございます」

まだ胸がひくひくして上手くしゃべれないけど、なんとかお礼を言ってタオルを受け取り、顔を拭く。今度は柑橘系のさっぱり感のあるハーブの香りがする。

ぬぬっ、やはりデキる！

「ミチル、落ち着いたか？」

「はい。取り乱したりしてすみませんでした」

わたしはうつむいてカインロットさんに言った。男性にすがって泣き叫んで、顔をぐっちゃぐちゃにするなんて……泣いた後ってどうしてこんなにもいたたまれないんだろう？

「気にするな」

お兄ちゃん騎士さまは、わたしの頭を小さな子どもにするようにポンポンと二度叩くと、わたしを膝から下ろしてソファーに座らせた。

あれ？

過保護お兄ちゃんに手放されたよ？

「ミチルの気持ちが収まったようだから、少し出てくる」

「はい、行ってらっしゃいませ」

「廊下に他の護衛がいるから、なにかあったら声をかけろ」

そう言うと、カインロットさんは目を細めてわたしにまぶしい笑顔をくれると、きりりとした表情になって部屋を出ていった。きびきびとした身のこなしでかっこいいけど、たぶんこれが本来のカインロットさんの姿なんだろうな。

わたしがぼんやりとしていると、リーナさんが「ミチルさま、少しお身の周りを整えましょうね」とドレッサーの前に連れていって、乱れた髪を整え、装飾の少ないゆったりとしたドレスに着替えさせてくれた。

あ、このためにカインロットさんは出ていったの？

お兄ちゃん騎士さまは、なんでそんなに女性のことに詳しいの!?

くうううっ、モテモテイケメン騎士め！

もやもやする！

もやもやするよ！


「お泣きになったので、また喉がお渇きになられたのでは」

身支度を整えたわたしの前に、淹れ立てのお茶が置かれた。今度は、緑茶のような、爽やかだがこっくりとした旨味のあるお茶で、とても美味しかった。リーナさんは、本当にスーパー侍女だ。

何年この仕事をしてるんだろう？

……あれ？

リーナさんって、歳はいくつなのかな。

落ち着いてるし、しっかりしてるからいくつか年上かなって思ってたけど、あの王女さまが七歳ってことはまさか、十八歳くらい……とか？

ありえる！

エステイリア国ではありえるよ！

わたしがそんなことを考えて、リーナさんの年齢を判断しようとじいいいっと見つめていたら、リーナさんはちょっと動揺して「ミチルさま、いかがなさいました？」と言った。

「あの……すごく外しちゃったらごめんなさい。リーナさんって、もしかして十八歳くらい、なのかな、って思って……」

「わ、わたくしが、十八歳？」

リーナさんは可愛らしく首を傾げてぽかんと口を開け、それからくすくすと笑い出した。

まさか、もっと若いのか⁉

この、おしゃまさんめ！

「大変失礼いたしました」

ちょっと困った笑顔になったリーナさんは、口元を手で押さえながら言った。

「ミチルさまは、本当にここことは違う世界からいらしたのですね。わたくし、初めてですわ、十八などと言われたのは」

「すみません」

「いえ、謝ることなどございませんよ。あのですね、わたくしは、三十歳でございます」

「三十歳……てえええええええええ⁉」

三十歳！

オレンジ色の髪にピンク色の瞳をした、ふんわりふっくら系美人のリーナさんが、三十歳だと⁉

この国の成長曲線は、いったいどうなってるんだ⁉

わたしは驚きのあまり、ソファーにひっくり返った。

「結婚もしておりまして」

まさかの人妻ああああああああ！

「子どももふたり」

優しいと思ったら、現役のお母さんだったあああああああああああああ！

「十三歳と十歳の息子が」

しかも、子どもがもうでかいいいいいいいいいいいい！

「長男は、騎士団に所属しております」

息子、就職済みいいいいいいいいいいいいいい！

「……楽しそうだな、ミチル」

ソファーの上で悶絶していると、カインロットさんが戻ってきて言った。

「あ、お帰りなさい、お兄ちゃ……じゃなくて」

「お兄ちゃんで構わんぞ」

わたしが慌てて立ち上がり、ソファーを勧めると、カインロットさんはそこに腰かけてごく自然にわたしを膝に乗せようとした。

「いえ、わたし、二十一歳成人女性なので、男性の膝に乗るわけにはいきません」

「……」

やめて！

そんな悲しい目でわたしを見ないで！

「カイン、いい加減にミチルさまをレディだと認めなさいな」

「しかし、叔母上」

「妹分ができて嬉しいのはわかりますけれど、ミチルさまは異世界よりいらした大事なお嬢さまなのですよ？　むやみに幼子扱いするのは、ミチルさまに失礼ですわ」

「……ダメなのか？」

だから、そんな悲しい目をしないでったら！

いいよ、って言いそうになっちゃうじゃん！

って、今、叔母上って言ったよね？

「おふたりは、もしかして、ご親戚、なの？」

わたしが尋ねると、悲しい瞳のクールイケメン騎士さまが言った。

「ああ。リーナは俺の父の妹で、元リーナロッテ・デンタヴィス姫だ。で、今は、リーナロッテ・エステイリア。エステイリア王の末弟のもとに嫁いだからな」

「王の末弟って、王族ってことじゃないですか！　リーナさん、王家の人がこんなところでなにやってるんですか！」

「ええと、侍女？」

リーナさんがにっこりと笑って言った。

うわあああああ、わたし、王家の人にお世話されちゃってたよ！

わたしの立ち位置

わたしをお膝に乗せることを諦めたカインロットさんは、それならば、とソファーから立ち上がってしまった。なんでも、騎士が任務の最中に座るなどもってのほかの行為なのだそうだ。カインロットさんによるとだけど。発言を聞いたリーナさんが「相変わらず堅いわね……」と呟いてたからね。

でも、背の高いカインロットさんと話すには、ソファーに座ったわたしは上を見上げなければならず、はっきり言って辛い姿勢になる。正直者のわたしが「お兄ちゃん首が痛い」と告げたら、なんと素敵な騎士さまはわたしの前にひざまずいてしまった。

まったく、騎士ってやつは！　どれだけイケメンなのだ！

今度は、下から見上げてくるアイスブルーの髪を持つ美形騎士さまと見つめ合うのに、無駄にときめく乙女心が抑え切れず、わたしはとうとうリーナさんに助けを求めた。

「ミチルさまのお国では、会話をなさる時は身分にかかわらずお座りになられるのですか？」

「はい、そうです」

「カイン、ミチルさまのお作法に合わせてさしあげた方が、いらしたばかりのミチルさまのご負担を減らせるのではないかしら？」

「……なるほど。それもそうだな」

というわけで、三人で仲良く座った。めでたし。

で、カインロットさんのお話が始まったのだが。


「ミチルはこの世界の者ではないから、身分というものに疎いかもしれないが」

カインロットさんが言った。

「貴族、という概念はわかるか？」

「はい。わたしの周りにはありませんでしたが、外国には貴族制度があったので、大まかにはわかります」

「そうか」

そして、カインロットさんは、エステイリア国の身分制度についてざっと説明してくれた。予想通り、普通の王制のようだ。

「さて、そこで問題となるのはミチルの身分だ。神子姫であるマキ姫は、救国の神子姫として神より遣わされた、唯一無二の姫君なので、当然ながらエステイリア国王家と同等以上の身分になる」

そうだよね、なにしろエステイル神が直々に、エステイリア国を救う力をつけるため麻紀ちゃんを日本に送り込んだんだもんね。神命を受けてるわけだもんね。

麻紀ちゃんに、代わりはいない。

そりゃあ当然、王さまよりも上の立ち位置になるよね。

「だが、ミチルは事故のようなもので異世界よりエステイリアに来てしまった。神の意志は働いていない召喚であるから、特に高い身分に位置する要素はないように思われるが、神子姫との関わりを見ると『ミチル・センパイ』という上の立場だったらしいことがわかった」

そうだね、サークルの先輩だもんね。

一応敬語で話してるしね。一応だけどね。

「さらに、ミチルの召喚には精霊の意志が働いているという。これは我らにとっては大変重要なことなのだ」

「え？　石の精霊が？」

「そうだ。この世界では、精霊の加護を受けるというのは大変なことなのだ。精霊は、悪しき者には近寄らないからな、ミチルが清い心根の女性であることが知らしめられた。つまり、ミチルは神子姫に頼られ、精霊に愛される異世界の姫であるというわけだから、蔑《ないがし》ろにされてはならない身分となる」

「ほー」

サーセン、ただの石オタクの女子大生なんすけど。

なんてことは口が裂けても言えないね！

「ミチルさまが『ミチル・センパイ』であることがわかり、神子姫にとって重要な人物であることが、召喚の間で神官たちに知らされました。そこで、ミチルさまには急遽わたくしが侍女としてつくことになったのです」

リーナさんが言った。

王族が侍女になるなんて、思いも寄らないことだよね。

「なぜわたくしが、と申しますと、デンタヴィス家の特殊性に関わるお話となりますが……」

エステイリア国の下級貴族であるデンタヴィス家。その家の姫であるリーナロッテは、他の貴族の姫さま方をすっ飛ばして、王弟に嫁いだ。身分を考えると非常識な話であるが、実はそうでもない。と言うのは、元々はデンタヴィス家というのは、王族が臣下に下って興《おこ》った家なのだ。

昔々、エステイリア国の王族のひとりが、上から見下ろす視点からばかりでは国民の暮らしに本当に寄り添う統治はできないと考え、王家を出て一国民としての目線で政治に関わると言い出した。しかし完全に平民となってしまうと、その身の安全性や、貴族に許された権限によるフットワークの軽さなどに支障をきたすということで、そこは下級貴族になるということで折り合いをつけた。まあ、変装して平民を装い、市井《しせい》に潜り込むことも多かったようだったが。

それ以来、デンタヴィス家は貴族でありながら平民に近い暮らしと物の考え方を取り込み、同時にそれを王家に伝えてきた。元々親戚筋なのだから、他の貴族よりも王族とは親密な関係だ。かつ、下級とはいえ貴族であるから、それなりの教育も鍛錬も受け、フレキシブルな存在として政治に深く関わってきている。

なので、今回の神子姫召喚についても詳しい事情を知っているし、わたしという想定外の存在が現れたことへの対応も、デンタヴィス家出身のリーナロッテ姫に即、一任された。彼女は身分が高く、エステイリア国の事情に詳しく、かつ侍女としての能力を持つマルチな女性だからだ。

「そして、護衛兼世話役としては、わたくしの甥であるカインロット・デンタヴィスが選出されました。剣の腕は確かですし、騎士団の中でも非常に真面目で、女性関係も清廉、しかも事情があって小さな弟妹を育てた経験もあり……ええと、当初はミチルさまが神子姫さまよりもずっと年下のですね、その、てっきり、幼い方だと思われていましたもので……」

幼女、召喚！

しかも、神子姫よりも偉そうな幼女！

エステイリアの人たちは驚いただろう。

「申し訳ございません。ミチルさまは成人女性だというのに……そして、まさかカインの子育て心に火がつくとまでは予想できず……」

そっと目を押さえるリーナさん。そして、なにが悪いのかまったくわかっていない、ナチュラル保父さんだった、イケメンお兄ちゃん。

ロリコンじゃなくて、マジ良かったです！

「リーナさん、顔を上げてください。あの、正直戸惑いましたが、カインロットさんに親身になっていただいたおかげで精神的に支えられましたし……」

ええ、お砂糖マシマシ甘やかし攻撃のおかげで、いろいろなショッキングな事実が吹っ飛びましたからね！

違うショッキングな出来事に塗り替えられた、とも言いますけどね！

「ミチルがこの世界の暮らしに慣れるまで、本当の兄だと思って俺を頼るがいい。遠慮などするな」

世界一美形の保父さんに優しさ全開で囁かれ、わたしはカインロットさんの笑顔にぽおっと見とれた。

真面目で清廉でお堅い騎士さま。

ナチュラル保父さんの騎士さま。

それが、お兄ちゃんとしての保護欲だとわかっているのに、わたしの乙女心は、もう、もう……。

「なので、ミチルさま、カインは決して変態的嗜好を持つ、幼女趣味《ロリコン》の男性などではございませんので！」

リーナさんが、めっちゃ力強く言った。

うん、やっぱり、リーナさんも、カインロットさんの行動は際どいって思ってたんだね！

結局リーナさんが言いたかったのは、リーナさんとカインロットさんのふたりは、異世界からやってきたわたしがエステイリア国で暮らしていくことになった場合に、デンタヴィス家出身であるという立場を生かして後ろ盾になるために選ばれた者だということ。そして、カインロットさんがロリコンではないということ（こっちに力が入っていたような気がするのは……気のせい？）らしい。

そして、当のカインロットさんは、自分にロリコンの疑いがかかっていたことにまったく気がついていなかった……おい！

「もしもミチルさまがよろしければ、デンタヴィス家が正式に後見に入ることもできます。また、神殿を後ろ盾に選ぶこともできます。エステイル神に仕える巫女としての人生を選びたいのなら、そちらをお勧めいたしますし、普通の庶民に近い暮らし、もしくは貴族的な暮らしをしたいのならば、デンタヴィス家が後見して、ゆくゆくは貴族や王族に嫁ぐ、という道がよろしいですわね」

嫁ぐ……？

そうか、この世界でなんの能力も持たない女の子が暮らしていくなら、お嫁に行くのが食いっぱぐれない路線だね。わたしはまだ二十一歳だけど、エステイリアでは結婚が早そうだから、うかうかしてると取り残されそうだ。

わたしはなんだか、頭がクラクラしてきた。

「俺は、ミチルがデンタヴィス家から仮の後見を受ける手続きをしておくことを勧める。ミチルを利用しようと、不埒者が画策することも考えられるからな」

「ええ、わたくしもそう思いますわ。異世界からいらしたばかりでなにもわからないうちに、都合の良い傀儡《かいらい》にしてしまおうとする者もいるかもしれませんわね」

「わあ、怖い……」

「マキ姫さまは王太子殿下が正式に結婚を申し込まれていますので、妙な手出しをする輩は現れないでしょう」

「そうなんだ。わたしは今、微妙な立場なんだね……」

少し考えてから、わたしは「すみませんが、仮の後見をしていただきたいと思います。よろしくお願いいたします」とふたりに頭を下げた。

「ミチルさま、頭をお上げください。むしろこれは、デンタヴィス家にとって大変な名誉なことでございますのよ」

「そうだ。それに、お前はこの俺が守ると言っただろう？　堅苦しく考えずに俺には甘えていろ」

親切なふたりはそう言って、カインロットさんには「礼儀正しい振る舞いのできる姫だな」といい子いい子されてしまった！

ロリコンじゃなくて、厚意だよね、お兄ちゃん！

というわけで、カインロットさんは他の騎士に護衛を頼むと、デンタヴィス家が仮の後ろ盾になる手続きをしに行ってくれた。

「ミチル先輩！　大丈夫ですか？」

「なんとか」

わたしの部屋に、麻紀ちゃんがやってきた。なんやかんやと忙しいらしく、リーナさんの淹れてくれた温《ぬる》めのお茶を立ったまま一気飲みして「ふう」と息をつく。

おい、男らしいな！

手が腰に当てられてたよ！

「先輩、わたしには超ハードな『神子姫養成プログラム』があるらしいっす！　召喚するなら、あらかじめ夢を使って睡眠学習とかしておいてほしいですね！　なんですか、ここにきて受験勉強ですか、詰め込み教育なんてマジ勘弁っすよ！」

「がんばれ神子姫」

「一言っすか！　気持ちのこもらない励ましをアザース！」

麻紀ちゃんはカップを置くと、ソファーに座ったわたしの前で腰を屈め、小さな声で言った。

「先輩、どうやらわたし、めっちゃ権力があるようなので、これを使って、かつ、口説いてくる王太子を転がして、居心地のいい場所を作ります。先輩はわたしの先輩ってことでがっつり保護しますんで、安心してここでやりたいことをやってください。……石を集めるとか石を集めるとか石を集めるとかね」

「おお、石を集めるよ！」

「デンタヴィス家からの話、来てますよね？　たぶん、乗っかっておいて問題ないと思います。別に『エステイリア国の影を司る汚れ役』とかいう一族ではなさそうですから」

「あるね！　よくマンガとかであるね、そういう設定！」

「あのお姉さん神さまの力が強いためか、地球と比べるとここの人たちみんな甘いっつーか、人が良さそうです……」

　にやり、と黒い笑みを浮かべる麻紀ちゃん。

　待って、まさか神子姫が暗黒面担当なの⁉

「でもまあ、貴族社会なんで『身分がー権力がー』言う小悪党が生息している可能性もありますので、油断しないように。では、後ほど！」

　しゅたっ、と手を上げると、麻紀ちゃんは出ていった。

　わたしもしゅたっ、と手を上げて見送った。

「お忙しそうでございますね」

「エステイル神から、いっぱい頼まれ事をされてるんだろうね」

「神子姫さまはきっと、ミチルさまと話されると、気持ちが落ち着くのでしょうね。同じ国からいらしたのですもの」

　リーナさんが微笑んだ。

　そうだね、お互いに、くだらない話を遠慮なくできる相手がいるっていいことだよね。

お酒を飲んで、恋バナをするとかさ。大事だよ。

わたしは気が抜けて、あくびをひとつした。

「よろしければ、寝室で仮眠をとられてはいかがですか？　カインは近づけませんのでご安心を」

わたしはぷっと噴き出し、お言葉に甘えて少し横にならせてもらった。

泣くと疲れるよね！


で。

気持ちよくお昼寝をして起き上がったわたしは、枕元に置かれた物を見つけて首を傾げております。

サンタクロースでも来たのだろうか。

この世界のサンタクロースは、枕元にダイヤモンドを置いていくのか。

超太っ腹じゃん！

と、心の中でひとりボケをしてから、直径が二センチくらいで、ブリリアントカットをされたような、やたらに光を反射してくる石を手に取った。

その瞬間に。

『こんにちはミチル。ぼく、ピエット。なかよくしてね』

うおおおおおおおおお！

ちっこい空飛ぶこびとが現れて、首をこてんと傾げてごあいさつしたよ！

こいつは可愛いな！

『精霊に愛されし者』


「……えと……こ、こにちは……」

ちっちゃい空飛ぶ坊やは、わたしにじいいいいーっと見つめられて、噛んだ。

ぷぷっ。

坊やは頬を染めて言い直す。

「こ、こに……こんにちは。ぼく……ピエット、って、いうの」

言い直しても噛んでる。

サラサラした長い髪がオーロラのごとくきらめき、金色の澄んだ瞳を持つ、『将来は美少年になるんだろうなと妄想してしまうがただし今は身長十五センチくらいの幼児だ残念！』な男の子である。そして、その背中にはやはりオーロラ色に輝く薄い羽が二枚ついている。そして、物理法則で考えればあまりに薄いその羽を使って宙を飛んでいる。

これは、妖精って存在なのだろうか？

悪さはしないのかな？

「あの、あの、……ミチル……なかよくして……ほしいの……」

「あ、ごめんごめん」

ピエットと名乗るちっちゃい男の子は、わたしの値踏みするような視線を受けて涙目になっていた。可愛い男の子を泣かして喜ぶ趣味はないので、わたしは一応謝っておく。

謝ったけれど、簡単には堕ちないのだ。かわゆいからってなんでも許されると思ったら大間違いである。

「ピエットくん、っていうのね。なんでわたしの名前を知ってるの？　君は何者なの？　仲良くしたいのはやまやまだけど、正体不明の男の子だからなあ、ちょっと警戒しちゃうなあ……」

わたしが言うと、彼は目をまん丸にして言った。

「ぼく、わるいことしないよ、ミチルをいじめないよ！　ミチルをまもるためにきたんだもん」

片手でひねりつぶせそうなキラキラ幼児は、『まもる』ってところでちょっと得意げに胸を反らして言った。しかし、でこぴん一発で吹っ飛ぶ程度の戦闘力しかなさそうである。しないけどね。

「そうなんだ、君はいい子なのね。じゃあ、わたしが納得できるように自己紹介してくれる？」

わたしは彼のちっこい目を覗き込んで言った。

「いい子の君が淑女の寝室に許可なく入り込んだ言い訳もしてね」

彼は小さな両手で「あっ」と口を押さえてから「……かってにはいってごめんなさい」と謝った。

「ぼくは、いしのせいれいなの。にほんのせいれいから、ミチルのことをたのまれたから、ミチルをここにつれてきたの。これからぼくがミチルをしあわせにするの。そうやくそくしたんだもん」

「ほほう」

エステイル神が言ってたアレだね。わたしは日本にいたら死んじゃうからって、あっちの世界の石の精霊がわたしを麻紀ちゃんに便乗させてエステイリアに連れてこさせた、ってやつね。

となると、この子はわたしの恩人っていうことになるのかな。

涙目がかわゆいからって、あんまりいじめちゃかわいそうだね。

「そうなんだ、石の精霊なのね。それはそれはお世話になりました」

わたしがにっこり笑うと、ピエットくんは顔をパアアアアアッと輝かせた。

「うん、そうなの、おせわしたの！　これからもおせわするの！」

「わあ、やる気満々の精霊だね」

「にほんのせいれいがすごくよろしくしたの。ミチルがいしをだいすきだから、せいれいもミチルがだいすきすぎて、ミチルがしんじゃうってわかって、そうしたらにほんじゅうをゆらしそうになったの」

「うげ」

今、もっのすごく恐ろしい情報をポロッと話さなかったか!?

石の精霊が日本中を揺らしたら、そりゃ大惨事になるよ！

「にほんのせいれいはミチルをおよめさんにしようとおもったのに、しんじゃうってしって、ショックでマグマをふきだしそうになったけど」

「ぎょえ」

「エステイリア国でミチルがしあわせになるならっておもって、なんとかこらえられたみたいなの」

こらえてくれて良かったよ！

地球上には、わたしの大事な人がいっぱい住んでるからね！

マグマを噴き出されなくて、本当良かったよ。

日本の石の精霊、こえーな！

しかも、精霊がわたしを嫁にするって考えてたとか、さらに恐ろしい情報が入ってたね。

日本の石の精霊って、もしかするとヤンデレだったのかもしれないね。

わたしはなんだかどっと疲れて肩を落として言った。

「あー、こっちに来られてマジ良かったわ、天災を引き起こすところだったなんて……。あ、ということは、この綺麗な石はピエットくんが置いたの？」

「そうなの！　きにいった？　それはちからがつよいいしだから、ミチルがさわっているとぼくがあらわれることができるの」

「そうなんだ」

わたしは、枕の上に輝く石を置いた。

ピエットくんが消えた。

「見えないだけ？　それとも、どこかへ行ったのかな」

わたしは再び石を持った。

ピエットくんが現れた。

「ミチルがいしをはなすと」

石を置いた。

ピエットくんが消えた。

持った。

現れた。

「まって、ミチルまって、でたりもどったりけっこうたいへん！　たいへんなの！」

また石を置こうとしたわたしの指に、ピエットくんがすがりつく。

「でも、ずっとこれを握ってるのも疲れるんだけどなあ」

「ぼくがなんとかするから」

そう言うと、ピエットくんは消えた。わたしは石を置こうとしたけれど、またピエットくんが戻って来た時に涙目になったらかわいそうなので、石をじっくりと眺めて待つことにした。

「見れば見るほどいい石だな。地球上ならコレクターが高値で買いそうなレベルじゃない。エステイリア国にはこんな石がたくさんあるのかな……」

石との新たな出会いを期待すると、胸がわくわくしてきた。残りの人生をここで暮らすことになるんだから、楽しいことをしなきゃ！

「ミチル、おまたせ」

ピエットくんが現れた。腕に金色の輪を持っていて、そこから鎖がぶら下がっている。彼は金属製のそれをベッドに置くと、わたしの持っている石を受け取った。

ピエットくんの姿が消えて、空中に石が浮かんでいる。そして、それは金色の輪の中に置かれた。金属を扱うのも石の精霊の力なのか、輪っかが飴細工のようにくねくねと引っ張ったり伸ばされたりしたあげく、石をしっかりと留める台座に細工された。

「あらら、上手ね」

わたしはふわふわ浮かんで寄ってきたペンダントを受け取ると、留め金を外して首にかけた。と、ピエットくんが現れた。

「これならずっともってられるの」

「そうだね、ピエットくん、賢い賢い」

人差し指の先で、サラサラヘアの頭を撫でてあげたら、石の精霊坊やは『ふわぁぁぁぁ』という嬉しそうな顔になった。

「よろしくね、ミチル」

「うん、よろしく」

ピエットくんはふわふわと飛ぶと、わたしの肩に座ってご機嫌さんな顔をした。

可愛い。

いや、堕ちないのだ、堕ちないからな！

うっかり笑い返しちゃったけどな！

なんてことをしていたら、寝室の扉がノックされた。

「はーい」

「ミチルさま、失礼いたします。今話し声が……」

リーナさんが入ってきて、わたしと、肩に座ったピエットくんを見て。

彼女がそのまま表情を固めて、部屋を出てしまったので、わたしは不思議に思った。

「……あれ？」

「どうしたんだろうね？」

ピエットくんを見て驚いたのかな。

この国は魔法があるし、精霊も認識されてるんだよね……あれ？

魔法、あったっけ？

わたしが来たのは魔法の力じゃなくて、エステイル神の指示で精霊の力を使って召喚したんだっけ？　ファンタジー寄りの世界だから、てっきり魔法があると思ってたんだけど？

と、再び寝室の扉が開き、リーナさんが戻ってきた。そして、わたしの肩のピエットくんを見て言った。

「ミチルさま、まさかとは思いますが、その肩の上の、それは……」

「石の精霊のピエットくんです、よろしくね」

「いしのせいれいのピエットなの、よろしくね、ええと」

「この人はリーナさんだよ。エステイリア国の王さまの弟の奥さんで、わたしのお世話をしてくれて、味方になってくれる人」

「わあ、よかった。ぼくもミチルのみかたなの。リーナさん、いっしょだね」

ちょこんと首を傾げるピエットくんを見て、リーナさんは震える声で言った。

「ミ、ミチルさま、」

「はい、なんですか？」

「ミチルさまは、『精霊に愛されし者』なのですか⁉」

え、なにその中二病臭い称号は。

「このピエットくんが、わたしをここに連れてきたんだって。で、これからわたしの側にいて、お世話をしてくれるんだって。ね？」

「そうなの、すごくおせわするの」

にこにこにこ。

肩でにこやかに笑うピエットくんを見て、リーナさんは「まあ！　まあ！　まああああああ！」と声を上げると、「カイン！　カインはどこ!?　カイン！　たいへんなのよ！」と叫びながら出ていってしまった。

あの落ち着いたリーナさんがあんなに動揺して、いったいどうしたんだろう？

この子は悪い子じゃなさそうだよ？

わたしは、肩に乗って「ミチルとなかよしなの」とくふくふ嬉しそうに笑うピエットくんを見て、首を傾げたのだった。


わたしはベッドに腰かけて、リーナさんとカインロットさんの視線に耐えていた。肩には小さな男の子が乗り、この状況に動じることなくわたしの髪の毛にじゃれている。さっきわたしがいじめ……観察した時には、あんなに動揺してたのに。もしかすると、わたし以外の人間はどうでもいいのだろうか？

「ミチル、こしょこしょこしょ」

ピエットくんが毛束でくすぐってくるので、指先でぴんと弾いたら肩から転がり落ち、めげずにふわふわと飛んで戻ってきて肩に収まり、今度はわたしの髪を細かい三つ編みに編み始める。

「ぼくがミチルをかわいくするの」

精霊は手先が器用なようで、わたしの頭に細い三つ編みが何本もぶら下がり始めた。この調子で髪の毛全部を三つ編みされたら、レゲエのおじさんみたいにされそうな予感がする。

わたしはピエットくんの服を摘まみ、ぷらーんとぶら下げた。

「乙女の髪の毛で遊ばないの。いい子にしてないと、ペンダントを外しますよ」

「だめー、はずしたらだめなの。ぼく、いいこだもん」

ピエットくんはあわてて肩に戻ってきちんと座ると、あざとく頭をこてんと倒して「ね？」と言った。

三つ編みほどこうよ！

そんな感じで、突然現れた石の精霊と順調にコミュニケーションをとっていると、ようやくリーナさんとカインロットさんが立ち直った。

「……まさか、精霊が姿を現すとはな」

「カイン、どうしましょう？　まさかミチルさまが『精霊に愛されし者』だったなんて。神官長と国王陛下にお知らせして、今後のことについて話し合わなければ」

おやおや、そんな大変な事態なの？

「ねえ、それってなんですか？　ヤバい代物《しろもの》なんですか？」

わたしが『精霊に愛されし者』とかであるせいで、ここでの立場が悪くなったらいやだな。せっかく力のありそうなデンタヴィス家の保護下に入って、この先は安泰だと胸を撫でおろしていたところなのに。

カインロットさんが言った。

「いや、むしろ逆だ。だが、非常に貴重な存在である『精霊に愛されし者』が異世界から現れたということになると、ミチルのことはこのエステイリア国だけの問題でなくなるだろう。他国から、ミチルに対して働きかけをされるかもしれない。ミチルを害しようなどという者はいないと考えられるが……」

「精霊の力を借りて、様々な奇跡を起こすと言われる『精霊に愛されし者』を、自国に囲いたいと考える国は多いでしょうね。『精霊に愛されし者』がいるというだけで、その国は栄えると言われていますものね」

カインロットさんとリーナさんの説明を聞いて、わたしは自分の立ち位置がまた変わってしまったことに気づいた。わたしは、ここの世界のことをなにも知らない。そして、なにも知らないまま、とんでもない存在になってしまったらしい。

非常に面倒である！

わたしはペンダントをそうっと外そうとした。

「ミチルーーーーッ！　とってはだめなのおおおおっ！」

気配に気づいたピエットくんが、わたしの指にしがみつく。

「まって、まって、とらないで、おはなしできなくなっちゃうの」

「ピエットくん、誠に残念ですが、わたしたちは安心してお付き合いできそうにないみたいなんだよ。この石、とても綺麗だけどお返しするね。そして、わたしが『精霊に愛されし者』だとかいう話はすべてなかったことに……」

「おつきあいするの！　ぼく、いいこにしてミチルをまもるの、しあわせにするの、だからとらないで、ねえ、ちょっとまって、おねがいなの！」

安直な方法で目の前の困難から逃げようとしたわたしは、ピエットくんの目から涙がぽろんとこ

ぼれたのを見て内心焦る。

「いや、そんなマジ泣きするほどのことではないかと……」

「ミチルはぼくがまもるからね、だれにもわるいことさせないから、だからおねがい、とらないで」

ちっちゃな男の子がえぐえぐ泣いている。

か、かわいそう、だな、これは。

わたしは異世界幼児を泣かせる極悪人になったような気分になった。

「……ミチル……」

カインロットさんの顔を見ると、それはそれは悲痛な表情をしている。

「ミチルさま、精霊の『精霊に愛されし者』に対する気持ちは大変に深いもので、その相手が命を失った時には悲しみのあまり精霊が弱って消えてしまうほどなのでございます」

リーナさんが静かに言った。カインロットさんもうなずく。

「今、ミチルに拒否されたら、その精霊は病んでしまい、恐ろしい事態を引き起こすことすら考えられるが……」

「そうですわ。例えるなら幼子が親に捨てられたような気持ちになるのでしょうか」

「なんと残酷な！」

子どもに優しいカインロットさんの顔が歪められる。

「もしくは、愛する婚約者に別の恋人が現れて結婚式当日に去られてしまうとか」

「ひっ、酷すぎる！」

カインロットさんがわたしから顔を背けた。

「または……」

「わかった！　わかりました！　だからもうやめて！」

耐えられなくなって、叫んでしまう。

わたしったら最低！

って、どんだけ極悪人認定なのだ！

ちらっとピエットくんを見ると、まん丸い金の瞳いっぱいに涙を溜めて『すてないで』とわたしを見上げている。

「ごめんね、ピエットくん。もうしないから泣かないで」

うるうるした瞳の幼児が、きゅっと唇を結んでこくりとうなずいた。

おい、無駄に可愛いな！

わたしがピエットくんの頭を指先でうりうりと撫でて可愛がってると、リーナさんが言った。

「カインがここにいてくれるならば、わたくしは報告と打ち合わせの手配に行ってまいりますわ」

「ここは任せろ」

というわけで、リーナさんが「『精霊に愛されし者』出現！」の大事件を王さまと神殿に知らせに行った。


これは本当に大事《おおごと》だったらしく、みんなお仕事が忙しいだろうに王さまも神官長も時間を都合してくれて、夕方に会議が行われることになった。この会議にはもちろんリーナさんも参加する。どうやら麻紀ちゃんも出席するらしいので、可愛いピエットくんを見せるのが楽しみだ。

精霊は食事をしないので、ピエットくんをお菓子で餌づけする楽しみがないのが残念だが、彼は透明感のあるオーロラ色の羽を羽ばたかせてわたしの周りをご機嫌な様子でうろちょろしたり、カインロットさんに向かって「ミチルのみかた？　ぼくもなの、いっしょだね。なかよくしてね」などと話してお兄ちゃん心をくすぐったりしている。

そう、カインロットさんは子どもに優しいのだ。

ロリコンではないのだ！

少年愛でもないのだ!!!

声を大にして言わせてもらうよ。

「ミチルさま、お時間ですので参りましょう」

一応王さまにお目通りするためのおしゃれなドレスに着替えたわたしは、またヒールのあるパンプスを履かされて、お兄ちゃんに抱っこされた。

スリッポンシューズだとちょっとカジュアル感が出てしまうからだと言うけれど、ドレスに隠れて見えなくない？　これ、誰の決定？

実はパンプスを履いていても、エスコートされればひとりで歩けるんだけど、おバカさんなお姫さまたちを助けるためカインロットさんに嘘をついちゃったので、今さら抱っこしないでくれとは言えなかった。

「あとで俺が、その、……靴をだな、見つくろってやるからな、それまでは行きたいところには俺が連れていってやる」

少し目元を赤くしてカインロットさんが言った言葉を聞き、リーナさんが目を剝いた。

「靴……靴ですって!?　カイン、あなたまさか」

「や、ご、誤解するな！　ミチルはそんなつもりで俺に靴をねだったのではないからな！」

カインロットさんはさらに顔を赤くしながら、リーナさんに言い訳した。

そしてわたしは、あとでリーナさんに『靴をねだる』ことの意味を教えてもらい、ベッドの上を「あああああああああああああああああ」と悶えながら転がり回ったのであった。


大学のカフェでジェラートアイスを食べながら、麻紀ちゃんに不思議で美しい石のクラスターを見せてもらってから、たったの一日。

そう、あれはほんの昨日のことだったのだ。

それが今や、日本での寿命が尽きてしまい、石を愛するわたしを逆に愛しちゃったらしいヤンデレ気味の日本の石の精霊の計らいでエステイリア国に送り込まれ、おまけにこっちの石の精霊に懐かれ、びっくりするくらいに美形で、どう見ても俺さまクールイケメンなお兄ちゃん騎士に、思いきり甘やかされている。

そしてわたしは、もうすでにおなかいっぱいだというのに、さらには『精霊に愛されし者』などという訳のわからない重要人物になって、なんだかまた一悶着起こりそうな気配である。

これは、幸運と言っていいのだろうか？

本来ならば死んでしまっているはずなのに、イケメンがごろごろしている世界に来て、綺麗なドレス（似合わないが）を着せられて、美味しいものを飲み食いできて、ちやほやともてはやされている。

けれど、別にわたしは異世界トリップに憧れていたわけでもないし、モテモテ生活をするよりも石を眺める方が楽しいし、普通の女子大生として生きて、美味しいアイスでも舐めていられればそれで良かったんだけど。

まあ、麻紀ちゃんは仕方がないよね、本来こっちの人なんだから。エステイル神に頼まれて、やることもたくさんあるみたいだし、『救国の神子姫』のお仕事は美人で明るくフットワークの軽い麻紀ちゃんにぴったりだしね。

でも、巻き込まれちゃった感いっぱいのわたしは、これからどうなるんだろう。


王宮の一角にある会議室の扉の前で、わたしを抱き上げたカインロットさんが止まった。後ろからはリーナさんもついてくる。そして、わたしの肩には石の精霊のピエットくんが座っている。オーロラヘアで可愛らしい彼はなにが起こるかよくわかってないみたいだけど、わたしの緊張を感じ取ったのか「ぼくがいるからだいじょうぶ、ミチルはぼくがまもるからね」とちっこい拳を握っていっちょ前なイケメンセリフを言っている。

それ、あと十五歳育って、身長が十二倍になったらもう一度頼むよ！

「ミチル、心配するな」

こちらは充分育った男前の言葉である。

「怖いことはない。たとえなにが相手であろうとも、お前は必ず俺が守るからな」

慈愛に満ちた、というか、怯える子どもをなだめて安心させるような優しい瞳のイケメン騎士さまは、またしても乙女心を無駄にきゅんきゅんさせてくれる。これはすべて、任務に忠実な騎士としての言葉だとわかっていても、イケメンに免疫のないわたしのハートには刺激が強すぎるのだ。

きゅんきゅんしてほわんとなったわたしは、アイスブルーのサラサラヘアに深い青の瞳を持つ美形の騎士さまを見つめ、熱く火照る頬を押さえながら感激して言った。

「カインロットさん……」

「ミチル……ブルーの瞳にわたしを映して、甘い声で囁いた。

彼はブルーの瞳にわたしを映して、甘い声で囁いた。

「ミチル……お兄ちゃん、と呼んで構わんぞ？」

ああんもうもうっ、あくまでもお兄ちゃん目線なのが誠に残念であるよ！

ここに恋は生まれないのか⁉

可能性は皆無なのか⁉

「カイン、そういう危ないことは心の中だけで呟いてくださいませ、って……聞こえてないし……」

ため息をつくリーナさんと共に、わたしたちは会議室の扉を開けて中に入った。

『ふおおおおおおお』

カインロットさんに抱かれた『精霊に愛されし者』の姿を目の当たりにして、声にならないどよめきが部屋に満ちた。

わたしの肩に乗った、ピエットくんを見ての驚き。

そして、冷徹な手練れの騎士である『氷の牙』が、幼女にしか見えないわたしを抱き上げているのを見た驚き。

ちょ、ちょっといたたまれないね。

そこにいるのは、国王陛下夫妻とアイズラン王太子、神官長、会ったことのない王族らしい男性がひとり、そして『救国の神子姫』麻紀ちゃんと、おつきの女性ひとりだ。

あ、おつきの人は麻紀ちゃんの部屋で飲んだ時に会ったお姉さんだ。

このお姉さんは、他の人よりもまぬけ面度（そう、みんな口を開けたまぬけ面だったよ！）が低かったので、ちょこっと会釈したら、向こうもにこっと笑って会釈してくれた。

うん、麻紀ちゃんにも頼りになる侍女さんがついてるみたいだね、良かったよ。

「うむ……精霊、だ、な、うむう」

唖然とした顔で、ピエットくんを凝視する国王陛下。

「精霊が見えます……おお、なんと！　精霊をこの目で見る日が来ようとは！」

感激気味なのは、神官長。おお！　とか言っちゃって、あいかわらず喋り方がＲＰＧゲームみたいで面白い。

「あらまあ、精霊ですわね、あらまあ、デンタヴィス家の騎士が、抱っこですわね、あらまあまあ」

ダブルの驚きで忙しいのは、王妃陛下。

そして、驚きながらも麻紀ちゃんから離れない絶賛溺愛中らしいアイズラン王太子と、彼に腰を抱かれながらわたしにテレパシーを送ってくる麻紀ちゃん。

『ミチル先輩、堕ちましたか？』

『まだ堕ちてませんが崖っぷちです』

『キラキラ王子は無駄にうざいです』

『テンプレなので我慢しなさい』

即座に視線と表情だけで会話をする女子大生である。

その間も東京駅に野生のパンダが現れた！　くらいの勢いでみんなにじろじろ見られていたら、ピエットくんがわたしの髪をくいくいひっぱった。

「ミチル、いじめられてるの？」

「いじめられてないよ。みんな味方だから大丈夫」

わたしが答えると、ピエットくんは羽を羽ばたかせて前に飛び、ちょこんと首を傾げて言った。

「ぼくはピエット。ぼくもミチルのみかたでミチルをまもるの。よろしくね」

さらりと髪を揺らしてにこっと笑ったピエットくんの可愛さに、皆は瞬殺された。またしても『ふおおおおおおおおおおお』と声にならない声が湧き起こる。

「ミチル先輩、さすがですね。精霊を肩に乗せた座敷わらしとか、非常に興味深いビジュアルです」

「麻紀ちゃん、先輩は座敷わらしではなく女子大生です」

わたしは後輩をきちんと指導できる先輩なのだ。

「さあさあ皆さん、妖精のピエットくんに興味津々なのはわかりますが、そろそろ本題の会議をしましょう」

ついでに、ピエットくんと遊びたくてたまらないという顔をしている会議室の皆さんにも指導を入れる。わたしはエステイリア国の重鎮をも指導できる『精霊に愛されし者』なのだ。

大活躍のわたしは、抱っこしたまま周囲からの視線を冷たく見返している騎士さまに言った。

「カインロットさん、ありがとうございました。下ろしてください」

「わかった」

返事をしたカインロットさんは、会議室にある立派なテーブルにセットされた、とっても立派な、それはもう明らかに立派な椅子にわたしをそっと下ろした。

ねえ、これって、玉座っぽくない？

超上座にわたしを下ろしたカインロットさんは、わたしの脇に立った。ちらりと見上げると、お仕事モードなのか、めったに見られない、冷たいくらいに整ったきりっとした表情になっていて、わたしはドキッとしてしまった。

俺さまクールイケメン騎士さま、かっこいいです！

かっちりした騎士服も似合っています！

そして、反対側にはリーナさんが立った。つまり、わたしは上座の玉座に座り、両側に従者を立たせるというめっちゃ偉そうな状態だ。

これでいいのか!?

「ミチル、どうしたの？　なにかこまってる？」

「ううん、大丈夫」

わたしの気持ちに敏感なピエットくんが心配してくれたので、指先でうりうりうりと頭を撫でて可愛がっておく。ちびっこい男の子は嬉しそうな顔で「むふん」と笑った。

他の皆もピエットくんのことが気になって仕方がないようだけれども、このまま精霊の観察をしてほっこりしていたら話が始まらないので、国王陛下の指示で着席し、『精霊に愛されし者』についての緊急会議が始まった。

「ミチル・センパイ姫は、元々異世界よりエステイル神の御業《みわざ》でいらっしゃった姫で、我がエステイリア国の賓客でいらっしゃったのですが、この度『精霊に愛されし者』だということがわかりました」

この場の進行役らしい神官長のお爺さんが言った。

「これは、大変に喜ばしいことでございます。エステイリア国に『精霊に愛されし者』が現れるのは、百年ぶりの慶事です。ああ、なんとありがたいことでしょう」

「……そうなの？」

「そうなのです！」

恐る恐る尋ねたら、きらきらと輝く少年のような瞳のお爺さんに力強く言われてしまい、「そ、そですか」とちょっと引いてしまう。

「ミチル・センパイ姫にはぜひとも、今後長らくエステイリア国に留まっていただきたく存じます。これもエステイル神のご加護だと思われますので、ぜひ！」

わたしの名字、間違ってるし。

ま、今さらいいけどね。

「神官長、気持ちはわかるが、そのように『精霊に愛されし者』を追い詰めるものではないぞ」

「そうですわ。ミチル姫は昨日異世界よりエステイリアにいらしたばかり。慣れない環境に戸惑っていらして、今後の身の振り方を考える余裕も、まだまだないのではありませんか？」

国王と王妃が、興奮気味の神官長をいさめた。珍獣現る！と、いささか興奮気味の雰囲気の中、さすがに国の要《かなめ》となる人物だけあって、ふたりとも落ち着いた大人である。

「ミチル姫は我がエステイリア国に縁ある『精霊に愛されし者』であると思われるし、正直この国で暮らしてもらいたいという気持ちがわたしにも強くある。しかし、それは、ミチル姫自身が充分考えた上で選んでもらいたいのだ」

国王の言葉に、お爺さんははっとした顔になった。わたしに向かって「これは、わたしとしたことが……ミチル・センパイ姫のお心にご負担を与えるつもりはないのです、申し訳ございません」と頭を下げた。

「あ、別に気にしてませんから大丈夫です。歓迎してもらえるようで、安心しましたし」

神官長の引き留め工作にも大人の対応をするわたしである。お爺さんがおろおろするのはかわいそうだと思ったせいもあるけどね。

「少々よろしいでしょうか」

まるでわたしを守るかのようにわたしの横に立っている、リーナさんが発言した。

彼女は王弟殿下（たぶん、ここで初めて会ったあの男性だ）の奥さんなのだから、エステイリア国王家の者としてテーブルに着いていてもおかしくない。しかし、あえてわたしの脇にいるということは、カインロットさんと並んで、元デンタヴィス家の一員としてわたしの利益を守る立場にいることを示しているのだろう。

リーナさん、イケメン侍女である！

「国王陛下ご夫妻のおっしゃる通り、ミチルさまはまだこの世界のことを充分にご存じありません。これからの身の振り方をご自身で決定するための知識を身につけるまで、しばしの猶予が必要だと思われます」

「そうですね。しかし……」

神官長は眉間に皺を寄せたが、もともとしわしわのお爺さんなので、非常に見づらい。

「ミチルさまが『精霊に愛されし者』としてエステイリア国に現れたことを知ったら、各国の神殿及び王家が黙っていないでしょう。ミチルさまを自国の神子姫として祀ろうとするか、あるいは王家との婚姻を迫るかなど、いずれにしてもエステイリア国に強く圧力をかけてくることが考えられます」

ええっ、よその国に嫁がされるのはやだよ。そんなの政略結婚じゃん！　まだろくに恋愛経験のない二十一の乙女としては、結婚には夢を持ってるし、好きな相手としたいんだよ！

エステイリア国は、この世界全体でどのくらいの力を持つ国なんだろうか。

ああ、麻紀ちゃんの言うとおり、調べなくちゃならないことが多すぎる。なにしろ、わたしの運命がかかっているのだ。

「エステイリアの貴族と、仮の婚約をしておくのはどうだ？　確か公爵家に適齢の息子がいたはずだが」

知らない男性が言ったが、リーナさんが反論する。

「それではあからさますぎて、『精霊に愛されし者』の引き留め工作だと非難される恐れが多分にありますわ」

「婚約では弱いということか」

知らない男性が言った。いつまでも知らないのは気になるので、リーナさんに「誰？」と囁いてみる。

「ご紹介もせずに失礼いたしました。セラディン、ミチルさまに名乗りを」

「あっ、申し訳なかった」

自分の頭に手を当て『こりゃあしまった』のポーズをとる知らない男性。イケメンだが意外にお茶目さんキャラなのだろうか？

「わたしはセラディンという。国王の一番下の弟で、政務の補佐を行っている。リーナは」

ここで、わたしの横のリーナさんにちろりと流し目をくれた。

「わたしの愛する妻だ」

「形容詞はこの際不要ですわね？」

ふっくら美人さんのリーナさんが、にっこり笑いながら言った。

「すまんな、本心が漏れ出てしまった」

悪びれずに笑い返すセラディン殿下である。もう息子が大きく就職までしているというのに、どうやら彼は『愛する妻』にベタぼれなようだ。

う、うらやましくなんか、うらやましくなんかないん……うらやましい。

結婚するなら、それくらいに仲良くていつまでも大好きな男性と結婚したいよ。

わたしはこの国で、保護を受けるために顔も知らない男性と婚約だか結婚だかをしないとだめなのだろうか？

まだ二十一歳の、今日ファーストキスをしたばかりの（しかも、単なる緊急措置のキスだ！）恋に夢見る乙女なのに。

地位もお金もあってイケメンかもしれないけど、まだ会ったこともない男性と一緒に暮らすの？　わたしは不安で唇を噛みしめる。

……えへ、ちょっと気弱になっちゃった。

ミチル、しっかりしなよ！

しっかりしな……いと……。

わたしから、どよーんとしたオーラを感じたのか、お世話担当のお兄ちゃん騎士さまと、『好き好きミチルたん』状態の幼児精霊が、心配げにわたしの顔を見た。

「ミチルがこわがってる。いやなことするひとがいるの？」

「……まだ幼いのに、いきなり異世界の男との婚約の話などされては、怯えても仕方がない。しかし、かといって他国に連れていかれたら、それもまたミチルにとっては負担だな」

エステイリア国にはまだ慣れないけど、なんとなく知り合いもできたし、割と性格が良さそうなエステイル神とも関わった。今さらまったく知らない国に連れていかれたくないし、まだしばらくは麻紀ちゃんと離れたくないし。

麻紀ちゃんと、ね！

そんなことを考えて、少し涙ぐんでしまったわたしを難しい顔で見ていたカインロットさんは、会議室の一同に向かって言った。

「俺がミチルと結婚する」

……はい？

脳内で言葉が意味を成さずに、そのままこぼれ落ちた。

「俺がミチルと結婚すればいいだろう。俺は下級貴族だが、デンタヴィス家だから王家の血筋だ。むしろ、下級貴族がミチルと恋に落ちたということならば、突然の結婚にも他国は納得するだろう」

クールに理由を述べるイケメン騎士。

なるほど、『精霊に愛されし者』を引き留めるための政略結婚ではなく、恋に落ちちゃったのなら仕方がないから他国も諦めるだろう。

って！

それってわたし⁉

下級貴族と恋に落ちちゃったのはわたしのこと⁉

カインロットさんとわたしが、恋愛結婚をするってことおおおおおお⁉

「カ、カインロットさん、あの」

わたしは、あまりにも衝撃的な発言に驚くあまり、赤くなるどころかちょっと青くなりながら、美形で優しいお兄ちゃん騎士さまに言った。

「結婚？　わたしと結婚？」

「そうだ」

「でも、カインロットさんには恋人とか婚約者とか」

「そんな者はいない」

「でも、でも、そんな、いきなり、会ったばかりなのに」

「お前は俺が守ると言っただろう？」

「言いましたけど、その、護衛兼世話役の職務にしては、少々」

「仕事を抜きにして、お前を守りたい」

ええっ⁉

これってプロポーズ？

ファーストキスの当日に、いきなりプロポーズされちゃうの？

あれは緊急措置じゃなかったの⁉

わたしはうろたえて、周りを見た。

ダメだ、わたし以外の全員も驚いて、みんなアホ面になっている！

麻紀ちゃんに至っては「ひょわああああ」と変な声を出している！

「あの……カインロットさん、本当に、いいの？」

こんな見た目が幼女の地味っ子座敷わらしを、お嫁さんにしてくれるの？

「ああ」

カインロットさんはいつものように優しく笑い、わたしの頭を撫でた。

「大丈夫だ、大切にするから」

「カインロットさん……」

「お前には、指一本触れずにいる」

「カイ……は？」

「お前が本当に結婚したい男が現れるまで、俺が守ってやるからな」

「あの……それって……」

わたしの乙女心が凍りついた。

初めてのプロポーズは。
偽装結婚のプロポーズだったああああああああああ！
お兄ちゃんのばかあああああああああああああああ！

結婚の行方

偽装とはいえ。

カインロットさんとの結婚。

わたしと結婚？

イケメンお兄ちゃんと、愛のない結婚？

乙女心を粉々にされたけれど、エステイリアきってのクールビューティー（だがその実体は過保護なお兄ちゃん）騎士さまとの結婚話が消えたわけではないので、わたしは戸惑いながら黙っていた。するとと同じくしばらく黙って考え込んでいたリーナさんが言った。

「……悪くない話ですわ」

ええっ⁉　悪くないの⁉

「ミチルさまとエステイリアの騎士カインロットさまと結婚することにより、ミチルさまはエステイリア国の正式な国民という身分が手に入り、それによって国家が堂々とミチルさまを保護することができます。つまり、他国がつけいる隙をかなり減らすことができ、ミチルさまがこの世界の知識を身につけ、同時に他国について興味を持たれ各地を旅行して回ったとしても、常にエステイリア国が正式に守ることができるようになるのです。けれど、エステイリア国内の他の者と婚姻を結んだ場合、その家は決して『精霊に愛されし者』たるミチルさまを手放さないでしょう」

「そうだ、ミチルの身分を考えると、その者は王家に対しても強い発言力を持つようになる。一度手に入れた『精霊に愛されし者』を離縁するわけがない」

カインロットさんがうなずいた。

「その男性とミチルさまが、本当に相思相愛ならば良いと思いますわ。けれど、一刻も早く婚姻を結んでおきたい今、残念ですが夫婦の愛情を育んでいる時間がございません」

つまりカインロットさんと結婚しない場合、わたしにはエステイリア国の好きでもない相手と結婚するか、他国の好きでもない王族と結婚するか、という道しか残されていないわけだ。

「デンタヴィス家が後ろ盾だけ請け負うとしても、その権限はエステイリア国内ならばそれなりのものがありますが、他国にはそれほどの影響を与えることはできません。となると……」

前門の結婚、後門の結婚、なんですね。

「しかし、相手がカインロットさまとなると、話が違いますわ」

たとえ甥っ子でも、騎士である彼には敬語を使うリーナさん。

叱る時以外はね！

「カインロットさまは、騎士団の中でも腕が良いだけではなく、非常に真面目で普段の生活態度も清廉な、任務に忠実な騎士です。そして、デンタヴィス家の者なので、これ以上の身分や権力を欲しません」

「ああ。デンタヴィス家はデンタヴィス家であるだけでもう充分だからな」

どれだけ偉いんや、デンタヴィス家！

「おそらく、カインロットさまもデンタヴィス家の者も、ミチルさまが離縁を希望したらその通りになさることと思います。もちろん、ミチルさまがよろしければ、そのままカインロットさまと本当の夫婦になるということも可能ですしね」

「え、本当の、夫婦!?」

わたしは、思いがけず投げられた爆弾に目をぱちくりし、そして顔をかあああっと火照らせ、両手で頬を押さえながら横目でカインロットさんを見上げた。

「リーナ！　ミチルが脅えるではないか」

勘違いしているカインロットさんはリーナさんに厳しい声で言うと、わたしの頭に大きな手のひらを乗せてぽんぽんと優しく叩いた。

「大丈夫、ミチルが嫌がることはしないし、恩に着せたりもしない。気を楽にして、俺を頼って良いのだぞ?」

「カインロットさん……」

頬を染めたわたしは目を潤ませながら、甘く優しい愛情を注いでくれるイケメン騎士さまを見つめた。

「こんなに真っ赤になって……いくらなんでもお前は無防備すぎるのだ。たとえ外見が幼いからといって、女性がむやみにそんな顔を男に見せてはいかん」

「え……?」

「他の男にあまり可愛い姿を見せるなと言っているのだ。変に興味を持たれたらどうする。まったく、ミチルは危なっかしくて目が離せない。はたしてお前を任せていいと思える男が現れるのだろうかとも思うぞ。いいな、めったな男のもとへ行くのはこの俺が許さんからな、そのつもりでいろよ」

「そ……なの？」

「そうだ。お前は俺が守ると言っているだろう？　これは騎士の誓いであり、男の誓いだ」

熱い頬を撫でる手が心地よくて、わたしは過保護なお兄ちゃん騎士さまを見上げながらその手を押さえると、彼は慈愛に満ちた笑みを惜しみなくわたしに与えてくれた。

「俺がお前を幸せにしてやる。いいな？」

身を屈めたカインロットさんは、深い青の瞳に確かな愛情をにじませて、わたしに囁いた。

「あ……甘ッ！　デロ甘！　口からシロップ出そうに甘ッ！」

麻紀ちゃんの声がした。

「なにそれ、なにそれ！　ねえ、それだけ堂々と甘いことを言っておいて、なのに偽装結婚するとか、あり得なくない？　あー、異世界イケメンの考えることはマジわかんないんですけど！」

「な……カインロット・デンタヴィスが？　あんなことを？　いや、実は影武者でもいるのか？あれは『氷の牙』とは全くの別人だ、そうに違いない」

国王陛下の声が続いた。

「偽装結婚？　そこまで女性におっしゃる殿方が、偽装結婚をするですって？　それにしても、騎士カインロットが、難攻不落の『氷の牙』があんなになってしまうなんて……リーナ、いったいあのふたりはどうなっていますの？」

「申し訳ありません、王妃陛下。うちのカインは、堅物で女性に冷たい厳しい騎士であるはずのカインは……諸事情により保護欲が非常に強いといういささか迷惑な特性がございまして……」

王妃さまの問いに、リーナさんがため息交じりに答える。

「ミチルさまに会った瞬間、カインは雛《ひな》を抱えるアイスドラゴンよりも始末に負えない状態になりました」

「雛を抱えるアイスドラゴン！　なんと、なんとはた迷惑で恐ろしい存在なのだ！」

神官長のお爺さんが、両手で頭を覆って叫んだ。

よくわからないけど、それがお兄ちゃんに似たモンスターだってことはわかる……わあ、ほんとにはた迷惑で恐ろしいドラゴンなんだね！

「ええ、神官長。まったくその通りだと思いますわ。しかし」

神官長の発言を否定しないリーナさんは、なぜか瞳をキラリと光らせて言った。

「『精霊に愛されし者』を守るには、雛を抱えたアイスドラゴンに匹敵する者が適任……そう思いませんこと？」

リーナさんが、うっすらと笑みを浮かべた。

なんかちょっと怖い。

「うちのカインなら、ミチルさまに群がり甘い汁を吸おうと画策するうるさい虫どもなど、顔色ひとつ変えずに片っ端から叩き潰しますわ。あまりにもうるさい者なら、その者の家ごと凍らして、二度と日の光が拝めないようにするでしょう。すべてはミチルさまのために。カインは、自分の保護下に入った者を守るためには清々《すがすが》しいくらいに容赦のない男ですから」

ねえ、リーナさんによるカインロットさんの評価、ものすごく怖いんだけど。

「エステイリア国は、これで安泰ですわ。ええ、なんの問題もありません」

「ミチルはお兄ちゃんが守るからな。お前を害しようとする者は、すべてお兄ちゃんが排除してやる。なんなら、国ごと滅ぼしても構わんぞ、ははは」

ちょっと突き抜けちゃった感のあるリーナさんと、他人の目を気にせず甘やかしモードに入ってしまったカインロットさんという、デンタヴィス家のふたりを見た人々の顔には「問題ありありだろう！」と書かれていたのであった。

「どうやら先輩の方が先に結婚することになりそうですね。はい、かんぱーい、婚約おめでとうございまーす、イケメンおかん騎士をゲットでーす、わーすてきー」

「棒読みの祝辞をありがとうよ！」

わたしは麻紀ちゃんのグラスに、自分のグラスをかちんと当てて言った。中には発泡性のピンク色をしたお酒が入っていて、しゅわっと泡が浮き上がった。アルコールが少なめのお酒を一気飲みして「ぷはー」と息をつくと、向かい合った麻紀ちゃんも同時に「ぷはー」と言った。

うん、お互いお疲れさま。

今夜もお風呂に入って、いつ酔い潰れてもいいようにしておいてから、麻紀ちゃんのお部屋で女子飲みである。

もちろんわたしは、ここに来る前に心配症のカインロットさんのしつこい説教を受け、注意事項『飲みすぎません』を何度も約束させられた。さらには、柔らかなスリッポンシューズだから自分で歩けるって言ってるのにもかかわらず、カインロットさんは強引にわたしを抱っこで運びながら、至近距離に美形顔を持ってくるという非常に凶悪な方法でわたしのハートに釘を刺した挙げ句、現在麻紀ちゃんの部屋の前に待機中である。

婚約してからお兄ちゃんの束縛が深まったみたい、わたしはヤンデレに愛されたの⁉　と麻紀ちゃんに訴えたら、「昨日の先輩は座敷わらしとスライムのハーフになってましたから。おかん騎士は人間のままの嫁を貰いたいんじゃないんすかー」とあっさりと却下された。

そ、そんなに酔ってたかな、えへ？

「さすがは異世界ですね、日本とは常識が違います」

テーブルの上に座り、ぶどうに似たフルーツをもてあそんでいるピエットくんを指先でつつきながら、麻紀ちゃんが言った。彼はつつかれた勢いで「あん」と言ってころんとこけている。

って、「あん」ってなんだよ、オーロラ頭のキラキラ幼児！

無駄に可愛いから、起きたところをわたしもつついて転がしちゃったじゃん！

『ピエットくんころころ遊び』は、彼のお気に召したらしい。わたしと麻紀ちゃんに代わる代わる転がされて、キラキラと周りに光の粉のようなものを振りまきながら嬉しそうにうふうふ笑っている。

さすがはわたしだ、精霊扱いの上手さは天才的だね！

あ、この遊びを発明したのは麻紀ちゃんか。

「この世界では、女性は弱くて男性が守るべきものなんですね」

お酒を注ぎながら麻紀ちゃんが言った。侍女さんたちはいるけれど、めんどくさいし素で話したいので下がってもらい、手酌で飲んでるのだ。

「虐《しいた》げられるよりはずっとましだけどね。うちの国に『精霊に愛されし者』が欲しいから、貴族と結婚させてモノにしてやれ！　みたいな考え方を男たちにされてると思うとムカつくよね」

わたしも赤いお酒を注いだ。中に氷を入れる。どうやって作ってるのかわからないけど、透き通った質のいい氷が用意されているのだ。

「はい。わたしも『救国の神子姫』の血を王家に加えたいから結婚したい！　みたいな男はムカつくのでごめんですよ。エスティリアのアイズラン・キラキラ・王太子はめっちゃ口説いてきてますが、性格を見極めたいので放置してます」

「麻紀ちゃんはタイムリミットなさそうだもんね。なんかさー、神さまからチートな力を貰ってさ、『男なんてえええええっ！』って言いながら辺り一面焼け野原にして、びびらせたくなるよね」

ちょっとやさぐれたわたしは、過激な発言をする。

「座敷わらしの力でなんとかなるんじゃないですか」

「わたしは妖怪ではありません」

今度は強めのお酒をついで、チーズのようなものを摘まみながらちびちびやる。

「サーセン、先輩はプリティロリロリ童顔っ子でしたね。イケメン騎士のハートを狙い撃ちだゾ、てへっ」

「そっちの方がメンタルにくるからやめて！」

魔女っ子風麻紀ちゃんにポーズつきの『てへぺろ』をされて、わたしはテーブルに突っ伏した。

「……わたしが大人っぽい外見だったら、カインロットさんは結婚しようとか言わなかったよね。結婚っつったって、偽装だしなー。あくまでも妹分だしなー」

「先輩……わたし、たられば話は好きじゃないんですけどね」

クールというか、醒めてる麻紀ちゃんは言った。

「外見がどうであれ、先輩はキャラが立ってて面白いですから。そして、中身も可愛いですから」

「どこが?」

「そうやって、恋のどつぼにはまってもがくところとかね」

「こ、恋? 恋っ!」

「もう完全に堕ちてますよね」

わたしは、酔いのせいだけではない火照りを頬に感じながら、明後日の方を向いた。ガンガン飲んで、できあがってきた麻紀ちゃんが言う。

「外見がどうだとか、そんなの関係ないっすよ。関係あったとしても、使える武器なら使っちまえばいいんす。先輩、あの騎士野郎を、『結婚しても指一本触れない』なんつーふざけたこと言いやがるあの男を狙い撃ちして、めろめろにしてすがりつかせてください」

「お、おう」

「色仕掛けでたらしこんだら、その具体的な報告を詳しく頼みます」

「お、おう? 色仕掛け?」

「夫婦、ですからねー、なにやってもおっけー♡」

「おっけー♡ なの?」

「ヤっちゃえヤっちゃえ～」

「えええええ、カインロットさんをヤっちゃうの!?」

「あんな、指一本触れないとか言いながらとっくにベロちゅーしちゃってる男なんてね、座敷わらしの色気でころっ！　っすよ！」

「いや、座敷わらしに色気を求めるのは間違いだろ！　そして、ベロちゅーなどではなかったからな！　ベロは入ってこなかったからな！」

「男なんてー、ころっ、ころっ、ころっ」

ピエットくんが、酔っぱらった麻紀ちゃんに連続ころころされて、テーブルから落ちそうになる。

「おはなしはむずかしいけど、ころころはたのしくてすきなの」

ふわふわと飛んで、懲りずに麻紀ちゃんの前に戻る、純真無垢な精霊のピエットくんである。

話を理解されなくてよかったよ。

「先輩……キラキラ王太子もね、意外と黒いところがあるんですよ」

「へえ、キラキラお坊ちゃまじゃないの？」

「ええ、単純なおバカさんかと思ったら、違う感じで……そーゆーとこちょっと気に入ってます」

酔っぱらってぐひひひひと笑うエステイリア国の『救国の神子姫』。

いいのか？

神子姫がこんなんでいいのか、エステイル神のねーちゃん？

「ま、気に入ったんなら良かったじゃん。神子姫さま、キラキラ王太子とお幸せにー」

「かんぱーい」

なんだかんだ言いながらも、お気に入りのイケメンをしっかりゲットできているわたしたちは幸運に乾杯した。

「ミチル！　あれほど深酒するなと……」

「んふふふ、お兄ちゃん、怒っちゃいやーん」

スライムの割合がかなり多いわたしは、テーブルに突っ伏したままカインロットさんに笑いかけた。向かい側では、同じく突っ伏した麻紀ちゃんが「うひひひ、先輩のお手並みはいけーん！　っすよ」と怪しく笑っている。

「だってだってー、酔っぱらったらお兄ちゃんがおんぶしてお部屋に連れていってくれるんだもーん」

「な、お、おんぶしてほしかったのか⁉」

美形冷徹真面目騎士が、見事に動揺している。

「おんぶなど、してほしいならいくらでもしてやるから、身体のためにも酒はほどほどに……」

「ああん、お兄ちゃんったら優しー、うふふ、お兄ちゃあん」

「先輩、やるっすね！」

そう言ってニマニマするのは『救国の神子姫』である。

「やっぱり抱っこがいいなー、お兄ちゃんのお顔が見たいんだもん」

そして、わたしは酔った勢いで大暴走だ！

「ね、いいでしょ？　お姫さま抱っこして？」

「あ、ああ、もちろん構わんぞ！」

そっと抱き上げてくるカインロットさんの首に両腕を回して、わたしは彼の頬に自分のほっぺたをくっつけて言った。

「やーん、わたしったら間違えちゃった。お兄ちゃんじゃないもんね」

「お兄ちゃんと呼んで構わん、全然構わん」

「うふふ」

わたしはカインロットさんの耳に口を寄せて囁いた。

「お兄ちゃんじゃなくて、あ・な・た」

「……」

「旦那さま、の方がいい？　ねえ、あ・な・た？」

「……」

「はいっ、『氷の牙』が、氷結ー！」

人形のように固まって動かなくなったお兄ちゃんを見て、麻紀ちゃんが高らかに宣言し、そのまま爆睡した。

「うふん、あ・な・……」

カインロットさんの硬い胸にもたれかかってわたしも爆睡したらしく、そこで記憶がとぎれたのだった。


「あたたた、あたまいたいー」

目が覚めた途端、情けない声を出して頭を抱える。自分の声すら頭に響いて辛い。

ヤバい、またしてもやっちまったのである。恐怖の二日酔いなのである。

この世界のお酒って、もしかすると日本人の体質に合わないのかなあ……なーんて、すいません、嘘です。

昨日、すげー飲みました！

「自分のベッドに寝てるってことは、この前みたいにまたお兄ちゃんがおんぶして運んでくれたんだろうな。しまった、お兄ちゃんのおんぶの記憶がないなんて、損しちゃった気が……ああっ、それどころじゃないよ、お説教くらっちゃうよ、間違いないよ。あんなに『飲み過ぎないように』って釘を刺されてたのに、記憶がなくなるまで飲んじゃったんだもんね……」

ベッドの上に起き上がり、頭に響かないようにかすれ声で呟く。

あー、カインロットさんに叱られるの、やだなあ……。

わたしはドM体質ではないので、いくらカインロットさんがアイスブルーのサラサラヘアが素敵なクール騎士だからといっても、叱られることでは萌えないのだ。まあ、お仕置きはされないだろうから、まだいいけど。

……されない、よね？

可愛い妹分に、そんなことしないよね？

それにしても頭が痛い。お兄ちゃんの魅力的な声さえも、今のわたしには凶器になるだろう。なるべく小さな声でお説教してくれるように、頼んでみよう。

「ミチル、おはよう。どうしたの？」

「うあああ、かわゆいピエットくんの声さえ辛いわー。頭の中がちりんちりんする。おはよう。わたし、二日酔いで頭が痛いのよ」

わたしは、視界の中でちらちら光る精霊幼児に、小さな声で言った。幼児は両手で口を押さえて

「たいへん！」と言った。そして「ふつかよいって……なに？」と可愛らしく首を傾げた。

「ねえ、ピエットくんは精霊だから、病気を治せる魔法とか使えないの？」

「せいれいはびょうきにならないから、そういうのはつかえないの」

「残念無念」

「う……」

ピエットくんが、役に立たないことでしょんぼりした。

わたしは「ミチルがびょうきになってあたまいたいのに……ぼく……」と涙目になるピエットくんの頭をくりくり撫でた。

「ありがとうね。心配してくれるだけで、充分嬉しいよ」

「でも、ぼくはミチルをたすけたいの。いたいのなおしたいの、だって、ぼくはミチルをしあわせにするせいれいなんだもん」

ヤバい可愛い！

うるうる瞳で見つめられては、二日酔いの女子大生の気持ちも激しく揺さぶられてしまう。

「優しいいい子だねえ。じゃあ、ピエットくんに頭が痛いのが治るおまじないをしてもらおうかな？」

「おまじない？　それをすると、ミチルはげんきになるの？」

「うん。ピエットくんの優しい気持ちをもらえるから、元気が出てくるよ」

「おしえて！　ぼく、ミチルをげんきにしたいの」

ああ、この純真無垢な愛を与えられる価値がわたしにあるのだろうか？　と、ちらっと思ったけど、麻紀ちゃんの顔に似たなにかが『もらえるもんはもらっとけ！』と心の中で言ったので、気にしないことにした。

というわけで、ピエットくんは『いたいのいたいのとんでいけ！』のおまじないを覚えました。

「ミチル、いたいのいたいのとんでいけ！　いたいのいたいのとんでいけ！」

ちっちゃなおててが、わたしの頭をがんがん言わせてる『いたいの』を飛ばそうとがんばっている。ちょっとくすぐったくて、思わず笑ってしまう。

「あ、なおってきたの？　ミチルがわらってる。いたいのいたいのとんでいけ！」

必死で呪文を唱えて、もう可愛いったらない。

「いたいのいたいのとんでいけ！　……あ、これが『いたいの』かな？」

「え？」

ピエットくんが、なにやら手に持ったものをわたしに見せてくれた。

「ミチルのあたまからでてきたの」

それは、濃いグレーの雲のような、もやもやした小さな塊だった。

「とんでいけ！」

ピエットくんがそう言って塊を投げると、それは光を放ってから宙に消えた。

「わー、これ、おもしろいのね」

幼児が大喜びしている。精霊は、やることがすべて光る仕様なのだろうか。

「うん、キラキラ光って綺麗だったね」

小さな花火を見たようで、光るものが大好きなわたしは頭痛も忘れてピエットくんの隠し芸（？）

に見入った。

「まだあるの。いたいのいたいのとんでいけ！」

「あ、おなかにもついてた。いたいのいたいのとんでいけ！」

彼はわたしの頭から身体からビー玉くらいのグレーの塊を取っては投げ、取っては投げ、とうとう「もうないの」と汗をかきながら言った。

「すごくおもしろかったね！　ミチルはたのしいことをしってるね」

「わたしのいた国では、お母さんがこのおまじないをするんだよ」

尊敬の表情でわたしに笑いかけるピエットくんの頭をいい子いい子してから、わたしは「あ……」と思わず声を出した。

「どうしたの？」

「頭痛が治ってる……全然痛くないよ」

あんなに強烈だった頭痛も、二日酔いのむかつきも、みんな綺麗さっぱりとなくなっている。

これはやっぱり……ピエットくんのおまじないが効いたせいなの？

さっきピエットくんが取り出しては花火みたいに弾けて消滅させたグレーのもやもやが、わたしの不調の元だったのだろうか？

もしかすると、石の精霊はすごい力を隠し持っているのかもしれない。で、『精霊に愛されし者』はその力を引き出すことができる……あ、なんか嫌な予感がする。

「……あとで麻紀ちゃんと検証しよう。過去の『精霊に愛されし者』の記録を探して、この力がわたしにだけ有効なのか、他の人にも有効なのかも確かめないと。こんなこと、うっかり他人に話せないから気をつけなくちゃ」

まったく、異世界ってやつは油断がならないね！


さて、ピエットくんのおかげですっかり絶好調！　のわたしは（もちろん、ピエットくんにお礼を言って可愛がり倒して、固く口止めすることも忘れない）リーナさんに手伝ってもらいながら朝の支度をした。

「あれ、そういえば、今朝はカインロットさんは来ないね」

非常に静かな朝である。心配症のお兄ちゃんが、わたしの深酒による影響を確かめに来ないし、お説教をしにも来ない。

ゆっくりと朝ご飯を楽しみながらリーナさんに言うと、彼女も「はい、来ませんわね。『あの』カインが来ないなんて……」と首を傾げる。

「昨日はまた、カインロットさんがおんぶして連れてきてくれたんでしょ？　二日続けて酔いつぶれたから、さすがに呆れて見放されたのかな……」

ちょっと悲しい顔になったわたしに、リーナさんは「それはないですね！」と力強く言った。

「庇護対象には非常に甘い世話好きなカインが、それくらいのことで見放すはずがございませんわ。むしろ嬉々として世話を焼くはずですものね」

ちょっと待とうか。『嬉々として』は危ないものを感じるよ！

「ちなみに昨夜はおんぶではなくこのように抱かれて戻っていらっしゃいました」

リーナさんは、お姫さま抱っこを身振りで示してから「そして、ミチルさまの腕は、このように

カインロットさまの首に」と、絡ませて抱きついている仕草をし……ええっ、マジか⁉

「ミチルさま、そのご様子ですと、なにも覚えていらっしゃらないようですね」

「はい、まったく覚えていません。うわー」

わたしは頭を抱えた。

いくら婚約者だからといって、なんという迷惑なことをしちゃったんだろう。

カインロットさんは、それで気を悪くしちゃったのかな。

落ち込みながらもデザートのフルーツまでしっかりと食べるわたしであった。


食後のお茶を飲んでいると、ようやくカインロットさんが現れた。

べ、別に、待っていたわけじゃないんだからね！

昨日のことを謝ろうと思ってただけなんだから。

「カインロットさん、昨日はすみませんでした！」

わたしはカップを置き、立ち上がって、カインロットさんが入ってくるなり頭を下げて謝罪した。

「またしてもご迷惑をおかけしちゃって……すみません」

「……」

反応がない。

わたしはそうっと頭を上げて、カインロットさんの顔を見た。

今朝も騎士の服をきっちりと着こんだカインロットさんは、文句なしにかっこいい。ブルーで統一された髪と瞳を持つクールな美貌の騎士は、いつになく厳しい表情でわたしを見ているのだが……なんか、顔が赤くない？

これはもしや……かなりお怒りなのだろうか？

うわーん、お兄ちゃん怖い！

「ミチル、その、かなり酔っていたようだが、昨夜のことは覚えている……のか？」

わたしがびびっていると、なぜか先に視線を逸らしたカインロットさんが言った。

「麻紀ちゃんと飲んで、テーブルに突っ伏して……あとはよく覚えてません」

「覚えていない!? 俺が迎えに行ったことは？ 記憶にないのか？」

「いえ、まったく。気がついたらベッドの上だったので。もしかすると、わたしはカインロットさんになにか失礼なことでもしましたか？」

なんだろう、嫌な予感しかしないよ！

昨日のわたし、謝れ！

いや、今日のわたしが謝っておこう！

「ごめんなさい！ 本当にごめんなさい！ 覚えていないとはいえ、大変失礼しました、もうしませんから。これからはちゃんとお酒も控えます」

土下座した方がいい？

ねえ、土下座しちゃう？

本気で絨毯に這いつくばろうかと思っていたわたしに、カインロットさんが言った。

「いや、謝らんでいい、むしろあれは……ではなく、俺は全然気にしていないし、覚えていないとはいえ、その、別に、仮にも結婚を約束している身だからな、夫の役割としてあのようなことがまたあっても構わんし、俺はまったく、全然、ちっとも気にしないし、ミチルがそうしたいのなら、俺はやぶさかではないから、これからもミチルの好きなようにするといい！」

「……はい？」

「俺は全力で受けとめよう！」

「…………はい⁇」

カインロットさんの言ってることが支離滅裂すぎて、全然わからないよ。

思わずピエットくんのようにこてんと首を傾げて彼の目を見つめると、カインロットさんはなぜか真っ赤な顔をして「待て」と言い、バルコニーに出てしまった。

「ミチルさま、昨夜、なにをなさったんですか？」

「麻紀ちゃんとガンガン飲んで、いい気分になって大笑いして、眠くなったところまでしか覚えてません」

リーナさんとわたしは、バルコニーの手すりを両手でつかみ空を見上げたまま動かないカインロットさんの様子を心配しながら見守った。

「やだ、わたしったら昨日なにをやったんだろう？　カインロットさんはかなり精神的なダメージを受けてるみたい」

「はい。いかなる時も冷静で、戦いにおいては血も涙もない『氷の牙』と言われるカインロットさまが、あれほど動揺するなんて……カインったら、本当にどうしたのかしら？」

リーナさんがついうっかり素になってしまうほど、カインロットさんのあんな姿は珍しいものらしい。わたしたちには彼の心の中がまったくわからなかったし、部屋の中までは「ミチルよ、覚えていないのか。昨夜のあの、あの、あ……いかん、エステイリア国の騎士たる者が、こんなことで狼狽《うろた》えるな！　そして、気落ちするな！　気落ち……しているのか、俺は？　なぜだ!?」などというお兄ちゃんの不思議な呟きは聞こえてこなかった。

そこでわたしたちはただお茶のお代わりを飲みながら待つしかなく、この国と日本の結婚に関する慣わしの違いについて、リーナさんと楽しくお喋りをしたのであった。

お兄ちゃんが冷たい。

微妙に冷たい。

いや、一昨日が初対面の、護衛の騎士としては当然の距離感だとは思うよ？

でもね。

再三にわたるお兄ちゃんの甘やかしが、乙女心に降り注ぐ優しさがなくなってしまうと、『ええっ、どうして？』って思ってしまうの。

恋する乙女は欲張りなの、てへっ。

「ミチル、なにをしてるの？」

わたしの周りを飛び回りながら、ピエットくんが不思議そうに尋ねた。

「恋する乙女の『てへぺろ顔』を作ってみたの」

「……こう？」

てへぺろっ。

石の精霊幼児が、見事な『てへぺろ顔』をしてみせた。

「くううううう、可愛い！　こんにゃろ、なんで男の子の方が『てへぺろ顔』がかわゆいのよー、このっこのっこのっ」

「あんあんあん」

空中でわたしにつつかれたピエットくんは、大喜びで宙をバク転する。鉄棒なしの連続逆上がりのようである。

「……まあ、幼児だからね、かわゆくても仕方がないから許すけどね！」

わたしは大人な座敷わらしなので、可愛さや愛らしさが男の子に劣るくらいでは動じないよ、ホントだよ。

そんなわたしたちを、部屋の隅から観察するクールイケメン騎士カインロット・デンタヴィス二十三歳、属性『お兄ちゃん』。わたしの護衛兼世話役兼婚約者（きゃっ♡）は、まるで飼い猫を観察するようにわたしとピエットくんを見つめている。

そこには愛がある……と思いたい。

しかし、彼は見つめるだけで、撫でるわけでも餌をくれるわけでもない。

見るだけ。

視線が気になるなーと思っていたら、侍女のリーナさんも同じように感じていたらしく、「カインロットさま、用がないのなら部屋の外での護衛をお願いいたします」と声をかけたんだけど、彼は「いや、『精霊に愛されし者』になにかあったらいけないので、護衛としてここで待機させてもらう」と言って、出ていこうとしない。

あんさんはいったいなにがしたいんや！

わたしは心の中で突っ込んだけど、任務に忠実な騎士を追い払うのはリーナさんにとっても困難らしく、彼女はわたしに向かって肩をすくめてみせた。

「それでは……せっかくカインロットさまがいらっしゃるというので」

リーナさんが、満面の笑みをカインロットさんに向けながら言った。

「おふたりの結婚の手筈について、少々話を詰めておきましょうか」

「結婚の、手筈！」

カインロットさんはびくっと身体を揺らして、眉間に皺を寄せた。わたしはその表情を見て、胸がずきりと痛んだ。

ああ、わかっちゃった。カインロットさんは、わたしと結婚すると言ったことを後悔してるんだ。

そう、昨日の夜の醜態は、義務感からわたしと結婚しようとした真面目な騎士の気持ちを退《ひ》かせてしまうほど酷かったんだね。

『偽装とはいえ、こんな女と夫婦になるのはごめんだ』と思わせてしまったんだね。

わたし、あんなに優しかったお兄ちゃんに嫌われてしまったんだね……。

カインロットさんが、あまりにも優しくしてくれたから、勘違いして調子に乗ってたよ。

ちょっとくらいは好意を持たれてるんじゃないかって、可愛いっていう言葉はお世辞でも、中にわずかな本心も含まれてるんじゃないかって、都合のいい解釈をしていた。

わたしはバカな座敷わらしだ。

こんなわたしなんて、人様の目に留まらないように、部屋の隅っこでうずくまってるのがお似合いなんだ、主役の麻紀ちゃんとは違う、脇役の地味っ子なんだ。

かっこいい騎士さまに可愛がってもらえる身分なんかじゃなかったんだよ……。

『ごめんなさい、わたしなんかと結婚しなくていいです』って言いたいけど言えない。だって、わたしは守ってもらわなければ、このエステイリア国では生きていけないのだから。見知らぬ貴族にいいようにされたり、他国に連れ去られたりなんてことが簡単に起こりそうなエステイリア国だ。『精霊に愛されし者』なんていう者になってしまったわたしが安心して生きていくには、カインロットさんの厚意にすがるしかないのだ。

「さあ、カインロットさま。話があるので一緒にこちらにおかけになって」

「リーナに任せるから、適当に決めてくれ」

「そういうわけにはまいりませんわ。この結婚がミチルさまを守るための便宜上のものだと誰にまで知らせるか、式はどうするか、おおまかに決めてまた会議にかけなければなりませんもの」

「だから、それを適当に決めてくれたら俺が合わせるから、それでかまわないだろう」

「かまいますわ！　仮にも結婚するのですよ？　これが女性にとってどんな意味があると……カイン？」

自虐の海にどっぷり浸《つ》かったわたしは、ソファーに座り、ふたりの会話を聞きながら（あー、やっぱりカインロットさんに迷惑がられてるよ、ごめんなさい）と思いながらうつむいて瞬きをし、涙を乾かそうとした。

けれど、何粒かは間に合わずにドレスの膝に落ち、おまけにハナまで出てきたのでずずっとすすり上げた。

そのとたん。

「ミチル、どうした⁉　どこか痛いのか⁉」

わたしのことを迷惑に思っているはずのカインロットさんが、壁際から風のように飛んできてわたしを抱き上げて膝に乗せた！

な、なんで⁉

「どうした？　やはり頭が痛いのか？　腹か？」

至近距離からわたしの顔を覗き込む美貌の騎士さまは、深い青の瞳に真剣な光をたたえている。

「さっきまで楽しそうに遊んでいたのに……」

額にぴたりと手のひらが当てられた。

「熱はないな」

さらに、ほっぺたと首も触る。そして最後に頭にやってきて、くりくりっと撫でてから、はっとした顔で手を引いた。

やっぱり嫌がられてるーっ！

わたしの目から、また涙がぽろりとこぼれ落ちたのを見て、カインロットさんは慌てた。

「ミチル、ミチル、なにが辛い？　具合が悪いのか？」

心配するのは『精霊に愛されし者』が体調を崩したら、彼の任務が果たせないからなのだろう。

わたしはもう、勘違いしない。勘違いしないけど、なんだかすごく悲しくて……。

『具合は悪くない』と頭を横に振る。そして、カインロットさんの膝から降りようともがく。

「危ない！　ミチル、暴れるな。いったいどうしたというのだ」

カインロットさんに抱きしめられたわたしは、えぐえぐ泣きながらも『離してください』と声を出そうとしたのに、出てきた言葉は違っていた。

「お兄ちゃんが冷たいいいいいい！」

「なんだと⁉」

カインロットさんは身体をぱっと放すとわたしの両肩をつかみ「どういう意味だ？」とドアップで迫ってきた。

「お兄ちゃんが怒ってるううううう」

顔を歪め、ハナを垂らし、おそらくものすごく不細工な顔になっているわたしは、涙をこぼしながらカインロットさんをにらんで言った。

「怒ってなどいない！」

対してあくまでも美しいままのクール騎士さまだが、驚いたように大きな声で反論した。

「全然、まったく、怒ってなどいない！　なぜそんなことを……」

「今日のお兄ちゃんはいつもと違うううううう」

「いや、それは」

カインロットさんは、ここでなぜかしどろもどろになる。

「その、俺なりにいろいろと考えて、だな」

「昨日のことで怒ってるううううう」

「怒ってなどいない！　違うぞミチル！　勘違いするな！」

「わたしのことが嫌いなんだあああああ」

「嫌いではない！　俺がミチルのことを嫌いなわけがないだろう！」

「わたしはちゃんとごめんなさいって謝ったのに、お兄ちゃんが、お兄ちゃんが……」

「お兄ちゃんが冷たいいいいいい」とえぐえぐと泣く座敷わらしを膝に乗せて、途方にくれたカインロットさんは、とうとう立ち上がり、横抱きにしたわたしを「よしよし、いい子だから泣くな」と揺すぶってあやし始めた。視界の隅に「カイン……そこのなだめ方、違う……」と言いながら絨毯の上に崩れ落ちるリーナさんの姿が見えた。


横抱きにしてあやされ、縦抱きにしてあやされ、おまけにおでこに「いい子いい子」とちゅっちゅされ（それを目にして、またしてもリーナさんが絨毯に倒れた）なんとなく（あれ？　カインロットさんはわたしのことを嫌っていないのかもしれない？）と安心して泣きやんだわたしに、カインロットさんが言った。

「ミチル、お兄ちゃんが悪かった。……よくわからんが、悪かった」

わからないくせに非を認める騎士カインロット、いいのか⁉

そして、イケメン騎士のお膝に乗せられたまま、彼の言葉にこくこくうなずく大沢ミチル二十一歳、いいのか⁉

「ミチルさま、温かいタオルでございます」

さらに、達観した笑顔でわたしに蒸しタオルを渡す侍女リーナふたりの子持ち、いいのか⁉

「カインが悪いわ」

素の口調になったリーナさんが、カインロットさんに冷たい声で言った。

「どういうことだ？」

「そのミチルさまへの態度よ！」

彼女は、カインロットさんにタオルで顔を拭かれている（リーナさんはわたしに渡したのに、取り上げられてしまったのだ）わたしの姿を指さして言った。

「ミチルさまに会うなり非常識に甘やかして、そういうものだと思わせておいてからの今朝の態度はなに？　遠巻きにしてじいっと見て、距離をとっていると思わせておいて、さりとて部屋から離れないし。昨夜、なにがあったかは聞かないけれど、心当たりのないミチルさまにしてみたら、あなたに急に突き放されたと感じて当然です」

「いや、しかしだな」

「昨夜のことは、ミチルさまがきちんと謝ってらしたではないですか。それをなんですか、あなたは！」

「それは、リーナ、昨夜のことは……」

そこで、カインロットさんの顔が真っ赤に染まった。

「ミチル、膝から下ろすがお前を嫌っているわけではないからな？　いいな？」と念を押してわたしをそっとソファーに座らせたカインロットさんは、大またでバルコニーに再び出ると、両手できつく手すりをつかんで空を見上げたのだった。

青い瞳で青い空を見上げるカインロットさんはとってもかっこよくて、じっと見ていたかったけれど、彼がこちらをちらりと見た時ににっこり笑って手を振ったら、また顔が真っ赤に戻ってしまい、慌てて空を見上げ始めた。なにか瞑想のようなものを邪魔してしまったのかもしれない。

なので、おとなしくリーナさんの淹れてくれたお茶を飲みながらカインロットさんを待った。

「ミチルさま」

リーナさんが言った。

「カインは悪い子ではないのです。ただ、少しばかり変わっているだけで……ミチルさまの害になることはしない子ですので、いろいろと不安もおありだと思いますが、カインを信じてやってはいただけないでしょうか?」

甥っ子思いのリーナさんに言われたら「はい」と返事するしかないね。

「すまん、待たせた」

クールな表情に戻ったカインロットさんがバルコニーから部屋に入ってきたので、結婚についての話し合いとやらを行い、この結婚が偽装であることはデンタヴィス家の家長のみに伝えること、婚約式は行わず早急に結婚式を挙げること、そして異世界から来た『精霊に愛されし者』とカインロットさんの結婚が双方の合意のもとに行われたことをアピールするために、仲の良さそうな態度を見せつけることなどが決められた。

「ではミチルさま、今後はカインロットさまを『お兄ちゃん』と呼ばないようにお願いいたします」

「ええっ、ダメなの?」

「ダメなのか?」

仲良く声を合わせたわたしたちに、リーナさんは「絶対におやめくださいませ。なぜなら……」と言い、さらに小さい声で「夫婦でその呼び方をいたしますと変態じみて聞こえますので」と付け加えたので、わたしとカインロットさんは顔を見合わせた。

「じゃあなんて呼ぶの？　カインロットさま？」

「今さらよそよそしいな」

不満げなお兄ちゃ……カインロットさんである。

「俺は……どう呼ばれようと騎士としての自制心をもってそれを受けとめる！　さあ、ミチル！」

ねえ、なんで両手を広げてわたしを物理的に受けとめようとしてるの？

もしかして、この世界のしきたりなの？

ならば、しきたりに沿ってみせよう！

「わかりました、大沢ミチル、がんばって受けとめられます！」

わたしが「あなたーっ」と叫んで腕に飛び込むと、カインロットさんはわたしをしっかりと抱きしめて「くっ……なんという……もはや凶器！」と呟いた。

意味がわからなくて、え？　と顔を見上げようとしたけれど、カインロットさんがぎゅっとするので全然見えない。わたしはたくましい旦那さまの腕の中でわたわたもがき、リーナさんは「カイン、あなたって子は……」と三度《みたび》絨毯に沈んだのであった。

デンタヴィス家にお嫁入り

「うわあああああ、なにこれマジ？　すごいじゃん！　偉い偉い」

感激した麻紀ちゃんが、石の精霊のピエットくんを指先で撫でくり回して褒めた。精霊が人間に認識されることは通常ないらしく、ピエットくんはわたしたちにかまわれると大喜びをするのだ。今も「ぼく、マキのいたいのとんでいけできたの」と誇らしげな顔で、胸を張って撫でられている。

そう、わたしは麻紀ちゃんに連絡して、忙しすぎるカリキュラムの合間にわたしの部屋に顔を出してもらった。わたしたちは「決してこの扉を開けてはなりません」と怪談話のようなことを言って人払いし、寝室で緊急会議を行った。そして、慣れないダンスで〝ぐきっ〟とやってしまった麻紀ちゃんの足首を、ピエットくんが覚えた『いたいのいたいのとんでいけ』を使って治療できるかの検証を行ったのだ。

麻紀ちゃんの足首からはグレーのもやもやが取り出され、それをピエットくんは楽しそうに、あの打ち上げ花火みたいなキラキラに変えた。そして予想通り、ピエットくんの力はわたし以外の人にも効くことがわかったのだ。

「先輩、この世界の魔法はたいしたものじゃなくて、うちらの世界の電気に当たる感じで使われているものらしいです」

麻紀ちゃんが調べたところ、この世界には、火の玉を出したり、氷のつぶてを出したりなんていう華々しい攻撃魔法も、あっという間にケガを治す治癒魔法もないらしい。魔物は存在するし、その体内から採れる魔力を蓄えた魔石もあるのだが、それを魔力で動く器具にはめこんで使うのが一般的だというのだ。

王宮はお金があるので、灯りは魔石をエネルギーにして灯している。平民の家にだって、魔石で機能する製品がいくつか使われている。まさに電化製品だ。

「先輩は精霊に頼めば、魔石道具無しで魔力が使えるわけです。そんなことができるのはミチル先輩だけなんですよ。しかも」

麻紀ちゃんは、声をひそめて言った。

「もしかすると先輩は、どんな現象を起こしたいのかを想像してピエットくんに伝えられさえすれば、あらゆることができるのかもしれませんよ。ピエットくんは、治癒魔法の概念すらなかったんでしょう？　それなのに先輩がおまじないを教えて、具体化させてしまった……となると、先輩のそれは結構ヤバい能力ですね。その力を狙って先輩を利用しようとする悪者が寄ってきたとしても、不思議ではありませんよ。さすがは先輩、ハンパないチート能力っす。伝説の『精霊に愛されし者』だけありますね！」

「『救国の神子姫』に言われたくないね」

「お互い変なふたつ名をつけられて、もう堅気《かたぎ》の身ではないっすから」

お行儀悪くソファーに片膝を立てて、へっへっへと笑う麻紀ちゃん。素面《しらふ》でやさぐれるとは、ちょっぴりお疲れだね。

「先輩が石に触ってると、精霊が見えたり力を使ったりできるんですね」

麻紀ちゃんが、わたしのペンダントを指して言った。

「それ、見るからに力がありそうないい石です。触れる石の力によって、引き起こす現象の規模が変わる可能性が考えられますから、あとで試してみましょうよ。実は、エステイリアの神殿には、先輩が好きそうな大きくていい石があるらしいんです」

にやりと笑う麻紀ちゃん。『救国の神子姫』の役割をしながら、スパイ並みの活動をしているようだ。なかなかタフである。

「石？　石があるの？」

そういえば、エステイル神の祭壇には、素敵な石がたくさん備えられていたな。エステイル神は石と関わりの深い神さまなのかな。

「はい。非公開らしいですが、そのうち、爺さんを脅し……神官長にお願いして、見せてもらいましょう」

「うん！」

そして麻紀ちゃんは、この力のことは誰にも言わない方がいいと言い、わたしもその点は大賛成だということで、この緊急会議はお開きになった。


王宮で、数日が過ぎた。

その間、わたしはリーナさんからこの世界の常識について教えてもらった。

だがある日、クールな振りをしているけれどちょっぴり目元が赤いカインロットさんが履きやすそうな靴を持ってやってきた時には、どうしようかとうろたえて、その場でもも上げしそうになった。

「ほらミチル、よくなめした革で作った靴だ。試しに履いてみるといい」

「えっ、カインロットさん、えっ」

「足に合わなかったら調節させるから」

カインロットさんはわたしをそっと持ち上げてソファーに座らせると、そのままひざまずいたので、わたしは慌てた。

「えっ、だから待って、ひゃっ」

おまけに彼ときたら、履いていた靴を慣れた手つきで脱がせると、わたしの素足をカインロットさんの太ももに乗せてしまったのだ！

ひゃあああああ、足の裏に感じる騎士さまの体温と筋肉の張り！

これはご褒美なの？

でも、恥ずかしくて仕方がないの！

わたしは目を泳がせて、リーナさんの顔を見て『助けて！　はよ、助けて！』とヘルプ要請を出したけれど、彼女は「ふっ」と笑って肩をすくめただけだった。

うわーん、リーナさんに見捨てられたーっ！

「小さくて可愛らしい足……いやその、深い意味はないからな！　ただ、お前が歩きにくい靴を履いて足を痛めるといけないから……嫁にもらうとはいえ、そういうことを無理にしようなどとは、俺は決して思ってないわけだから……無理には、な」

言い訳しつつ、可愛らしいデザインの、わたしの足をすっぽりと包む靴を履かせてくれた。

そうすっぽりと……。

違う違う、そういうえっちな意味ではなく！

ああっ、今、嫁にもらうって言われたよ、わたしがカインロットさんの嫁⁉

ひょえええええ！　照れる！　なんかすごく照れるよ！

「履き心地はどうだ？」

イケメン騎士さまがわたしを見上げた。

ああ、間近で見ると本当にかっこいい。かっこいい。かっこいい。かっこいい。

脳内で変なエフェクトがかかるくらいにかっこいい。

「少し歩いてみろ」

両手を持って立たせてもらい、わたしはそのままカインロットさんに手を引かれて部屋の中を歩いてみる。うん、とても歩きやすい。

わたしは、こどもにするように手をつないでくれる婚約者殿にお礼を言った。

「あ、あの、ありがとうございます、カインロットさん。この靴、大切にします」

リーナさんに『お兄ちゃん』呼びを禁止されてしまい、よそよそしいけど『カインロットさん』と呼んでいるのだ。ちなみに『あなた』呼びも禁止なのである。それもまた刺激が強いので危険性が高いと説明されたけど、意味がよくわからない。

「そうか。……ミチル、俺も大切にするから」

「ふおっ⁉」

なぜか色気たっぷりのカインロットさんに、手の甲にちゅっとキスされたわたしは真っ赤になった。そんなわたしに、彼は何事もなかったかのように優しく笑い、リーナさんは総スルーする。

ちょっと待って、わたしは靴をねだる意味がわからないで言ったんだから、えっちな意味合いはノーカウントだよね？

じゃあ、お兄ちゃんはなにを大切にするの？

……しないよね？

結婚するけど、そういうことはしないよね？

座敷わらし、お子さまだから、お兄ちゃんの言ってる意味がどういうことだかわかんないよ！


そして、ある朝リーナさんから話があった。

「デンタヴィス家に、ご訪問？」

「はい。おそらくひと月の内には結婚式を挙げたいとのことなので、これからお暮らしになるデンタヴィス家を訪問してどのようなお屋敷かを確認し、新しいご家族とご対面なさっておく必要があります」

もしかして。

お義父さまお義母さまとのご対面、なのですか？

デンタヴィス家の凛々しいご長男に、どこの馬の骨かわからない異世界の座敷わら……女性が嫁いでくるというので、品定めなのですか？

大沢ミチル、ピーンチ！

そして、この日がやってきました。

突撃、カインロットさんのお家はいけーん！


リーナさんに訪問用のドレスを着せられ、髪をうまいことアップ風に結い上げられたわたしは、さらにカインロットさんも加えて三人で馬車に乗り、デンタヴィス家に向かっていた。

下級とはいえさすがは貴族、カインロットさんちにはちゃんと家紋の入ったマイ馬車があるのだ。

ピエットくんは馬車の中が珍しいらしく、開けた窓から出たり入ったりとぶんぶん飛び回った挙げ句、馬のたてがみにふんわりと埋まって「たのしいね」と笑っている。

馬車を引いてるのは、異世界の馬である。別に角も翼もなく、地球の馬とそんなに変わらない動物だなと思ってリーナさんに言ったら、ユニコーンとペガサスのようなファンタジックな馬も別に存在すると教えてくれた。

素晴らしい！

ぜひとも（処女のうちに）ユニコーンに乗ってみたいものである。

そして、一生乗ることになったら、泣く！

馬車に乗り込んでから、またひと悶着（？）あった。カインロットさんは、わたしの腰を両手で持つとひょいと馬車に乗せてから、自分も乗り込んだ。でもって、座席に腰かけたとたん、ごく自然にわたしを自分の膝の上に乗せたのだ。ふたりで同じ方向を向いて、お膝抱っこである。

「あの、カインロットさんにお聞きしたいことがあります！」

「なんだ？」

「ひゃっ」

不意に後ろから耳元に唇を寄せて喋られて、わたしはなんだかぞくぞくするような変な感じになり、肩をびくんとさせて顔が火照ってしまった。

わたしはカインロットさんが思い込んでいるような無垢な少女ではなく、二十一歳の汚れた成人女性なので、彼にはまったくそのつもりがなくてもイケメン騎士の繰り出すエロヴォイス攻撃に反応してしまうのだ。

こんなに狭い馬車の中では、近距離攻撃を避けられないよ！

わたしは動揺しながら続けた。

「ええとですね、エステイリアでは、馬車の中で女性を膝に乗せるのが正式なエスコート……なのですか？」

違うだろうな、とは思うけれど、確認してから抗議しないとね。エステイリアではいろいろ風習が違ったりするからね、例えば、靴の意味とか靴の意味とか靴の意味とかね！

ああ、それにしても、今すぐ耳を両手で押さえたい。お兄ちゃん騎士はわたしの耳のすぐ近くで唇を待機させているので、息づかいまで聞こえるのだ。心臓に悪いったらない。

しかし、そんなことをしたらカインロットさんに『お兄ちゃんのことが嫌いなのか？』などとあらぬ誤解をされそうなので、できない。偽装結婚とはいえ、これからカインロットさんにはお世話になるのだから、心証を良くしておかなければならないのだ。

おとぼけ座敷わらしでいては、この世界でうまいこと立ち回っていけない。麻紀ちゃんと力を合わせて、あざとくしたたかに足場を固めていかなければ、異世界トリッパーに幸せな暮らしはやってこない。これは日本で読んだ小説でしっかり学んだことなのだ！

案の定（果てしなくロリコン疑惑が濃いがリーナさんはあくまでも全面否定する）お兄ちゃん騎士は、わたしの剥き出しになった耳に触れそうな距離で、甘い囁き声を注ぎ込んできた。

「馬車に乗り慣れないと、身体が痛くなったり気分が悪くなることがある。だから、子どもを乗せる時は膝に乗せることもある」

うひいいいいいい、ぞくぞくするうっ！

「ですから、わたしは成人女性……」

少しハアハアと息を荒くしながら、息も絶え絶えなわたしはあくまでも大人であることを主張する。しかし、エスティリア国の騎士、『氷の牙』と呼ばれる勇猛果敢な戦士は、そんな程度では退かないのだ。

「ミチルは異世界からやってきたのだから、この世界では幼子も同然だろう。『精霊に愛されし者』を、馬車にそのまま乗せて調子を損ねさせるなどという目に遭わせるわけにはいかないからな。俺は世話役としてお前を守らねばならん」

言っている内容はもっともだし、クールな口調で言い方にも説得力がある。

しかし、やってることは、お膝抱っこだぞ⁉

ミチル、騙されるな、騙されたらあかん！

馬車がかたんと揺れ、わたしは「うわっ」と声を上げた。カインロットさんは「おっと。ほら、馬車とはこのように揺れる乗り物なのだ」と言いながら、体勢を崩したわたしをきゅっと抱いた。

うおおおっ、背中が、お兄ちゃんの胸筋に密着してるうううう！

なんか体温が伝わってきてあったかいいいいい！

そして、ほっぺたとほっぺたがくっついたあああ！

「ミチルは頬も柔らかなのだな。愛らしい子どものようだ」

お兄ちゃんが、お兄ちゃんがっ！

向かい側に座って、なぜか窓枠に頭をぶつけるようにしてうつむいているリーナさんにバレない程度に、ほっぺた同士をすりすりっとしたあああ！

わたしはあわあわしながらリーナさんに『リーナさん、止めて！　はよ、止めて！』とテレパシーを送ったんだけど……魂が半分飛び出てるような表情で、受け取り拒否されたよ、うわーん！


「大丈夫か？　やはり慣れない乗り物に乗って気分を悪くしたか」

違う。断じて違う。

お兄ちゃんの過保護な愛情に、ちょっと、いや、かなり酔っただけ。

カインロットさんは先に馬車から降りると、またわたしを抱き上げて降ろした。降ろし……なんで途中で止まってるの？

地面、カモン！

「歩けるか？」

お兄ちゃん、すごいね、鍛え上げてるんだね！

わたしの腰を持って空中でキープするなんて、よほど腕力がないと難しいよ。

騎士の実力はよーくわかりましたので。

「はい、歩けます、歩けますので地面に下ろしてください」

そのまま自分の方に引き寄せようとするのを、両手のひらを向けることで制止する。お義父さんお義母さんとの初顔合わせの場に、婚約者であるわたしが抱っこされて行くという事態は絶対に避けたい。

まだ心配そうなカインロットさんはわたしをそっと立たせると、肩にピエットくんを乗せたわたしの前にしゃがみ「ふらふらしないか？」と顔を覗き込む。安定の過保護お兄ちゃんである。

しかし、願わくば、この安定性をお義父さんお義母さんの前では発動しないでもらいたい！

ああもう、今から不安でいっぱいだよ！

「カインロットさま……カイン、しっかりとミチルさまをエスコートして、お兄さまたちにきちんと紹介するのよ？　ミチルさまと、仮にも結婚するのだから、そういう点はきっちりなさいね」

馬車から降りてきたリーナさんが、叔母さんモードになって甥っ子に釘を刺す。

「わかっている。ミチルの立場を悪くするようなことはしない」

「……本当にわかっているのかしら」

しっかり者のリーナさん、お帰りなさい！

そして、ずっとそばにいてね！

さて、デンタヴィス家のお屋敷は、想像していたよりもずっと立派だったので、わたしはドキドキしながらカインロットさんの後に続いた。突然現れた異世界の座敷わらしを、イケメンエリート騎士の嫁にするなんて、良く思われるわけがないのだ。デンタヴィス家の人は神子姫の召喚のおまけで来ちゃったわたしのことを知ってるはずだけど、偽装結婚のことは当主にしか明かされていない。

お姑さんのいじめに遭ったらどうしよう⁉

わたしは、肩に乗って周りを見ているピエットくんをちらりと見た。

わたしの幸せのためにここにいる可愛い精霊くんだけど、彼がどれほどの力を持っているのか、まだわからない。わたしがいじめられたりしたら、この子がどんな反応をするのかわからないのだけれど……なんだか嫌な予感がするんだよね。

お義母さんがいい人だといいな。いろんな意味で、心からそう思うよ。

「お帰りなさいませ」

カインロットさんを、執事らしい男性が出迎えた。

「皆さまがお待ちかねでございます」

カインロットさん越しに中を覗くと、なんと、使用人一同とご家族一同がお出迎えしてくれているらしい！　ひょえええっ！

「そうか」

ためらいなく進むカインロットさんの陰に隠れながら、リーナさんに手をつないでもらい、わたしも中に入った。

あれ、手をつないで？

「あらあら、つい」

小声で言って、リーナさんは笑った。

んもう、リーナさんまで子ども扱いして！

心強いからいいけどね。

「父上、母上、わたしの伴侶となる、『精霊に愛されし者』ミチル・センパイ姫をお連れしました」

なんと！

名前、間違ったままだし！

「お兄さま！」

「兄上！」

若い声がしたので、まだこそこそ隠れているわたしは誰がいるのかとそっと覗いた。

そこには、十代後半くらいに見える若い男女がいた。カインロットさんの弟と妹なのだろう。弟さんはカインロットさんと同じくアイスブルーのサラサラヘアの、美少年から美青年の中間くらいの男の子で、妹さんはオレンジの髪の毛にピンク色のメッシュが入った美少女だ。お義母さんと同じ髪だね。そして、お義父さんはなぜかブラウンヘアだ。

ふたりは、カインロットさんを見ると嬉しそうに駆け寄ってきたが、途中で足を止めた。

「シャマイラ、マイゼルト、元気にしていたか⁉」

「元気でございますわ、お兄さま、でも」

「兄上、ちょっと待ってください！」

カインロットさんがシャマイラというらしい妹さんに向かってずんずん進むと、弟さんがその前に立ちはだかった。

「兄上、姉上はもう婚約している身ゆえ、高い高いをする歳では、うわあっ」

「ははははは、そうか、マイゼルトが先か！」

「違いますーっ、兄上ーっ！」

カインロットさんに腰をつかまれたマイゼルトくんが、ポーンポーンと宙を飛ぶ。

「はははははは、大きくなって」

「兄上ーっ、ですからーっ、俺ももうーっ、兄上ーっ」

「お兄さま、マイゼルトももう騎士団に入ります、ですから高い高いは、お兄さま！」

訴えるシャマイラちゃんは、とても愛らしい。が、お兄ちゃんは言うことをまったく聞いちゃいないね！

「リーナさん、さすがは鍛え上げられた騎士です、素晴らしい『高い高い』ですね」

「ほほほ」

「お兄ちゃんの行動の原点が、今、よくわかりました」

「ほほ……ほほほほほほほ」

リーナさん、笑ったってごまかされないよ！

「お兄さまーっ」

わたしは、がっくりと膝をつくマイゼルトくんと、婚約者がいる身でありながら続いて高い高いされているシャマイラちゃんを見て、心の中で（……強く生きろ！）と呟いたのであった。

デンタヴィス家の広いホールでわたしが目にしたそれは、大変素晴らしい『高い高い』であった。

ただ単に身体を持ち上げるだけではない。すっかり成長したふたりが鍛え抜かれた騎士の腕によって軽々と放り投げられ、身体がリズミカルに宙に飛ぶ、アクロバティックな『高い高い』なのだ。

しかも、する側とされる側の間には深い信頼関係があるため、どんなに高く飛んでも危険がないと、安心して身体をあずけているのがわかる。ふたりとも身体に余計な力《りき》みがないのだ。マイゼルトくんもシャマイラちゃんも、「兄上ーっ」とか「お兄さまーっ」とか抗議の声を上げてはいるのだが、どうしても『高い高い』を楽しんでいる気持ちが溢れ出てしまい、こちらとしても微笑ましく見守ってしまう。

恐るべし、デンタヴィス家の『高い高い』。

っていうか、カインロットさんの『高い高い』。

ピエットくんも、その素晴らしさにすっかり興奮してしまい、光を振りまきながらわたしの周りをぶんぶん飛び回り「『高い高い』なのー」と笑っている。

う、うらやましくなんか、ないんだから！

別にわたしもやってもらいたいなんて、ちっとも思ってないんだからね！

デンタヴィス家の家長である未来のお義父さんは、そんな子どもたちの様子を見て「はははは、元気でなによりだ」と大人の魅力が溢れるイケメン顔に笑みを浮かべ、その隣でオレンジの髪の毛をつやつや光らせた未来のお義母さんが「本当にお兄ちゃんが大好きなんだから」とにこやかに言う。

いいのか、両親？

お宅のお子さま方の様子は、ちょっと普通ではないと思うが？

「ミチルさま」

この光景に衝撃を受け手をつないだままになっているわたしに、リーナさんが言った。

「義姉はマイゼルトを産んだ後に体調を崩し、まだ幼いシャマイラとマイゼルトを母親代わりになって育てたのがカインなのです。ええ、父親代わりではなく、母親代わりに」

「うん、そのニュアンスの違いはよくわかるよ」

カインロットさんは、世話焼きおかん系のイケメンだもんね。わたしにしてくれるように、お母さんを求めて夜泣きする妹と弟を、背中をとんとんして寝かしつけたのだろう。悪い夢を見て泣いていたら、お膝に乗せて揺すぶってやったのだろう。「よしよし、いい子だな、怖くないぞ」と言いながら。

「今では義姉もすっかり元気になったのですが、カインはいつまでもシャマイラとマイゼルトが小さな子どもに見えているようですし、ふたりとも、違和感を感じてはいるものの、あの通りカインに懐いています」

問答無用で『高い高い』をした兄に向かって、なにやら文句を言っているが、その頭を大きな手でくりくりと撫でられて嬉しそうな顔になってしまい、全然迫力が出ない。

「ちなみに、シャマイラは十五歳で、マイゼルトは十四歳です」

「ええっ、若っ！」

背は高いし二十歳近くにも見えるのに、ハイティーンじゃないのか！

これで十四、五歳だから、わたしは十一に見えちゃうんだね。

でも、いいなあ、うらやましいなあ。

……お姉ちゃん、元気にしてるかな……。

わたしは兄弟が戯れる姿を見て、五つ年上の、わたしを可愛がってくれたお姉ちゃんを思い出し、胸がきゅっとなった。

「お姉ちゃん……わたしが死んじゃって泣いてるね……お姉ちゃん……」

会いたいな。

わたしが目に涙を浮かべてうつむくと、目の前に影が落ちた。

「ミチル、どうした？」

いつの間にか近寄ってきていたカインロットさんが、膝をついてわたしの顔を覗き込んだ。

「まさか、馬車で気分でも……」

「悪くなってないです！　ちょっと……日本のお姉ちゃんのことを思い出しちゃったの」

「……そうか。そんなに瞳を潤ませて……良い姉だったのだな」

「はい」

カインロットさんは悲しげな顔をした。しかし、すぐに表情を変えると、わたしに向かって「これからは俺を本当の兄だと思え！」と妙に元気良く宣言した。

え？　あなたはわたしの夫になるのでは？

と聞く間もなく、わたしはカインロットさんに抱き上げられてしまった！

うわーん、だから、初顔合わせの場で抱っこは避けたいんだってば！

「ミチル、『高い高い』は……」

「しなくていいです！　そして、カインロットさん、わたしを今すぐ下ろして……」

言いかけて、視線がわたしに集まっていることに気づいて口をつぐんだ。わたしの存在に気づいたデンタヴィス家の皆さんが、カインロットさんに抱っこされたわたしの姿を、ぽかんとした顔で見ているのだ。

どうしよう、きちんと挨拶して好印象を持ってほしかったのに、小さな子どものようにカインロットさんに抱っこされた姿を見られてしまった！

「いや……そんな、お兄さま……」

最初に口を開いたのは、シャマイラちゃんだ。

「いやよ……」

ふるふると震えながら、泣きそうな顔をしている。わたしがカインロットさんに抱っこされている姿が、そんなに気に障ったのだろうか。まずい、初対面でこれは……。

「俺たちのせい……なのか？」

呆然と呟き首を振るのは、マイゼルトくんだ。

「俺たちが……兄離れしたせいで……」

はい？

「こんなことになるなんて……思わなかったの……ああ、どうしたらいいの？」

両手で顔を覆い、床に崩れ落ちるシャマイラちゃん。

「姉上！　どうしたらいいのですか？」

弟は姉に駆け寄り肩に手を置くが、その手は明らかに震えているし、苦悶に満ちた表情になっている。

「マイゼルト……こんなことって……」

え？

意味わかんないんですけど？

どうしたの？

「兄上が……兄上が……」

はい？　カインロットさんが？

「お兄さまが……幼女をさらってきてしまうなんて！」

「兄上がとうとう犯罪を！」

……幼女？

わたし？

ちょっと待たんかい！

しかし、デンタヴィス家父が「そんな、精霊を連れているから確かに『精霊に愛されし者』だが、まさか、こんな幼女と結婚……ぐふぅ」と奇妙な声でうめく。

デンタヴィス家母が「お嫁さん？　よね？　カインロットがお嫁さんを連れてくるのよね？　お子さんのいる女性……なのね、あら、お嫁さんはどこにいるのかしら？　あらあら、わたくしに孫ができたということ？」と変な解釈をしている。

姉弟はというと「お兄さまがあああああ」「兄上があああああああ」と悲痛な声を出して涙を浮かべ、自分を責めている。

カオスである。

そして、当のカインロットさんは、「ほら、可愛いだろう。名前はミチルというんだぞ？　仲良くしてやってくれ」などと、さらに誤解を生みそうな甘々お兄ちゃん声を出しながらわたしを抱っこして、揺すぶっている。

カオスに気づけよ！

「俺の嫁だ」

嬉しそうな顔で頬ずりをするデンタヴィス家長男。

「ぐふぉぉぉぉっ！」

「え？　わたくしの孫でしょ？　違う？　え？」

「兄上が幼女とおおおおおおおお」

「いやあああああお兄さまあああああ」

カオスを炎上させるなよ！

「ちょ、カインロットさん！　リーナさん！　なんとかして！」

「どうかしたか？」

「ものすごく誤解されているから、わたしたち！」

わたしは、抱っこしているカインロットさんの服をつかんで、ゆさゆさ揺すった。

「誤解？　そうか？　あー、俺はこの、異世界から来たミチル姫と結婚することにしたからな。もうエステイリア王家にも了解を得ているから、問題ない」

自分にロリコンの疑いがかかっているなどとはまったく思っていないカインロットは、きりっとした顔で断言した。

「俺の妻だ」

その言葉に、デンタヴィス家の皆さんは驚く。

「国ぐるみの……犯罪？」

「やっぱりこの子が結婚するの？　まあ、大丈夫なのかしら、お父さまとお母さまはなんとおっしゃってるの？　迷子？」

「やはり兄上が幼女とおおおおおおおおお」

「いやああああああお兄さまあああああ」

「カインロットさん、全然収まらないじゃないの！　リーナさん、リーナさん」

頼みの綱のリーナさんに必死で呼びかけると、またしても魂をどこかに飛ばしそうになっていたリーナさんがようやく口を開いた。

「ええと……そうですわね。ミチルさま、ご挨拶をいたしましょうか。カイン、ミチルさまを下ろしなさい」

「ああ」

ようやく下ろしてもらえたわたしは、ドレスの皺を伸ばして身づくろいした。

今日は、少しでも大人っぽく見せようと、ロイヤルブルーの生地に清楚な白いレースがついたドレスを着て、リーナさんに髪を結ってもらい、ほんのりお化粧もした。部屋に来てわたしを見たカインロットさんは、なぜか口元を押さえてよろめいていた。わたしのアダルトな変身ぶりに驚いたのだろうと思っていたのだが。

……全然効果がなかったみたいだね、もう笑うしかないや、てへっ！

デンタヴィス家の皆さんが、わたしに注目している。この家に輿入《こしい》れするわたしがどんな人物なのかを見極めようと、真剣にわたしを見守っているのだが……彼らの表情は、新しく家族に加わる長男の未来の妻に対するものには見えない。

ねえやめて、そんな、ロリコン男性にかどわかされた、なにもわからずに無邪気に笑う哀れな幼女を見る目でわたしを見ないで！

笑顔がひきつってくるのを腹筋に力を入れてこらえ、ドレスを持って膝を曲げる。この時のためにリーナさんに習ってがんばって練習した、正式な淑女の挨拶だ。やってみるとわかるけれど、この姿勢はスクワットの途中で止まっているようなものだから結構キツいのだ。

「デンタヴィス家の皆さま、はじめまして。ミチル・オオサワ・センパイと申します」

そうだよ、もう『センパイ』という『日本国における敬称』が、エステイリア国で正式に登録されてしまい、外せなくなっちゃったんだよ！

マヌケな名前だけど、それを笑うのは麻紀ちゃんだけだから、別にいいや。どうやらこの国において『センパイ』を名乗れるのは大変な誉《ほま》れになるらしいしね。

わたしは『精霊に愛されし者』『ミチル・オオサワ・センパイ姫』だ、わはははは、どんなもんだい！

そんなわたしの自己紹介を聞いたデンタヴィス家の人々の目が『わあ、ひとりでお名前言えたね』というものに変わったのを見て、わたしは耐えられなくなり、せっかく覚えたお作法通りの自己紹介をすっ飛ばすことにした。

「年齢は二十一歳、成人女性です。よろしくお願いいたします」

「……」

辺りに静寂が満ちた。

わたしは笑顔を作りながら言った。

「ミチル・オオサワ・センパイ、二十一歳成人女性、カインロットさんより二歳歳下の成人女性です」

「……」

「皆さま、わたしの住んでいた日本と、エステイリア国の歳の数え方は同じです。二十一歳成人女性のミチル・オオサワ・センパイをよろしくお願いいたします」

「……」

「若く見えるのは民族の特性で、わたしは立派に成人しています。カインロットさんとはたったのふたつ違いなので、」

は　ん　ざ　い　で　は　あ　り　ま　せ　ん。

わたしは一言ずつ区切り、玄関ホール中に響き渡る勢いで言った。

「安心してよろしくお願いいたします」

あまりにデンタヴィス家の皆さんの反応がなかったので、わたしに対して失礼だと思ったらしいカインロットさんが、数歩前に進み出てわたしの肩にそっと手を置いた。そして、励ますように笑いかけてくれてから、吹雪が吹き出しそうな冷たい表情に変わり、家族に向けて言った。

「ミチルが、『精霊に愛されし者』が、こうして頭を下げ挨拶をしているというのに、皆なぜなにも言わない？　デンタヴィス家の者がそのような失礼な態度をとるとはな。いいか、ミチルはエステイル神の力によって異世界からやってきた、『精霊に愛されし者』だ。突然の異世界転移で心細い……」

「幼女じゃなかったのですねえええええええええーっ！」

カインロットさんの抗議をまったくスルーしたシャマイラちゃんが叫んだ。

この氷結オーラを無視するとは、ある意味すごいね！

「ああ、良かった、本当に良かったですわ、ミチルさまは幼女ではない！　可愛いけれど幼女ではない！　お兄さまが心ゆくまで可愛がっても幼女ではない！」

ミュージカルだったら、歌いながらくるくる踊ってしまうところである。それほどの喜びが、シャマイラちゃんの笑顔から溢れ出ているのがわかる。

そして、最後の『お兄さまが心ゆくまで可愛がる』くだりに、一抹の不安を覚えるのだが……。

わたし、なにをされちゃうんだろう？

そして、マイゼルトくんは背筋をぴんと伸ばしたまま床に膝をつき、右手で拳を作って胸に当てた。騎士らしくてかっこいいポーズである。

「ああ、神よ！　偉大なるエステイル神よ！　ありがとうございます、幼女のようで幼女ではない婚約者を、我らが愛する兄上にお与えくださったことを心より感謝いたします」

心からの神への祈りであった。

内容がおかしいけど。

「神よ、感謝いたします」

マイゼルトくんの隣にひざまずいて両手の指を組み合わせ、聖女のごとき清廉可憐な美少女も祈りに加わった。

『兄離れしたために、カインロットさんをロリコンの道に追いやった』という罪の意識から解放されたのだろう。ふたりはエステイル神に心からの祈りをささげて安堵の涙を流した。

「慈悲深き神よ、こんなに可愛くて、それなのに幼女ではないお義姉さまをくださいまして、ありがとうございます」

やっぱり祈りの内容がおかしいね。

あと、お義姉さんよりシャマイラちゃんの方がずっと可愛いからね。

「……ああ、なるほどな！　そうか、そういうことなのか、いやはや、安心した……」

そう言って、デンタヴィス家当主のお義父さんは大きく息をついて汗を拭いた。さり気なく「慈悲深き……」と呟いているのは、心の中でエステイル神に感謝をささげているのだろう。お姉さん神さまは大人気である。

お義母さんは「まあ、やっぱりお嫁さんなのね、可愛いお嫁さんがカインロットのところに来るのね。良かったわ、嬉しいわ」と、にこやかに言った。

よかった、お姑さんは優しそうだよ、きっとお嫁さんをいじめたりしないよ。

わたしはここまで膝を曲げっぱなしなので、脚に負担がかかり、ぷるぷるしてしまっている。早いとこ挨拶を終わらせたい。小声で、斜め後ろに控えているリーナさんに尋ねた。

「ねえ、リーナさん、残りの自己紹介はどうしよう」

「もうそれで結構だと思いますわ。ミチルさま、大変素晴らしい自己紹介でした」

リーナさんが力強くうなずきながら褒めてくれたよ、えへへ。

わたしは、そうっと起き上がったけれど、運動不足の脚にはすでに限界だったらしい。

「あっ」

わたしはよろめいてしまい、また足をぐきっとしてしまう。そのまま倒れそうになったが、素早く伸ばされたたくましい二本の腕がわたしの身体を支えた。

「ミチル、大丈夫か？」

もちろん、過保護お兄ちゃん騎士のカインロットさんである。

「ありがとう。また足をぐきってしちゃったよ」

失敗失敗、という感じで『てへっ』と笑う。するとなぜか、ほんのり頬を染めたカインロットさんは口を開けてわたしの顔を見て、それからわたしの頭に頬を押し当てながらきゅっと抱きしめた。

……えええええええ？

ただいま、ご家族との顔合わせ中なんですけど！

嬉しいんですけどね！

そして、カインロットさんはわたしを抱き上げた。今度はお姫さまだっこだ。

えええええええ？

「ミチルは異世界のやんごとない姫君だから、足が弱いのだ」

弱くない、弱くないよ！

カインロットさん、それは間違った情報だからね、ハイヒールを履き慣れてないだけだからね！

「ああ、お兄さまがあんなに楽しそう……」

「少々身体がお弱くて、お世話をする必要がある『精霊に愛されし者』とは、なんて兄上にぴったりな花嫁なのだろう」

ちょっと、ふたりとも！

ふたりの言ってることを合わせると『お兄ちゃん、リアルお人形さんごっこができて良かったね』って内容に思えるんだけど、気のせいだよね？

偽りの結婚式

そして、明日はいよいよ結婚式なのです。
もちろんわたしと、お兄ちゃん騎士カインロットさんとのです。

デンタヴィス家の皆さんに大歓迎を受けたわたしが王宮に戻ると、一日でも早く婚姻関係を結んでほしいというエステイリア国からの要請で、一週間後に結婚式が行われることが決定していた。そして、披露宴と同時に、『精霊に愛されし者』としてのわたしが公式にお披露目されるのだ。

一週間なんてあっという間で、わたしはウェディングドレスを作ってもらったり、エステイリア国の常識をはじめとする基本的な知識を身につけたり、お作法やダンスを身につけたり、とにかく『救国の神子姫』である麻紀ちゃんよりも多忙な毎日を送った。ピエットくんの『いたいのいたいのとんでいけ』による癒やしがなかったら、とても元気ではいられないほどの多忙さであった。

だがしかし、ピエットくんはいたからな！

というわけで、わたしと麻紀ちゃんは人払いをしてピエットくんに癒やしてもらい、毎晩宴会

……ではなく、情報共有会を派手に繰り広げたのだった。

「ミチル！　お前は今夜も……」

秀麗な顔の騎士さまが、眉間に皺を寄せてわたしを叱る。

「だってえ、一日中がんばったんだもん！　ちょっとくらい女子会を楽しんだっていいじゃない。ねー」

「ねー」

酔っぱらい女子が二名、テーブルにぴたんと張りついてむふむふ怪しく笑う。

「ちょっとではないではないか。まったく、男だってこんなに毎晩は飲まんぞ」

「飲まなきゃやってらんないでしょ、こんな状況！　異世界にふっとばされてさ、変な名前つけられてさ、勉強させられてさ、挙げ句の果てに結婚しろだなんてさー」

毎日大忙しの『精霊に愛されし者』がぶうたれる。

「女をなんだと思ってんのよ、まったくさー。『王子さまと結婚できればそれでいい』なあんてことを、すべての女子が考えてるなんて思うなよー」

キラキラ王子にいろいろ思うところがありそうな麻紀ちゃんも、ぶつぶつ文句を言う。

「不本意な結婚を強いるのは……それは申し訳ないとは思うが、しかし」

真面目な騎士であるカインロットさんは、酔っぱらいの戯れ言にも律儀に対応する。

「そうしなければ、ミチルを守ることができないから……」

「ちょっとお兄ちゃん！　そこを聞きたいんだけどさ！」

わたしはテーブルから起き上がり、カインロットさんの言葉を無視して、ビシッと指さしながら言った。

「お兄ちゃんはさ、大沢ミチルを守りたいの？　それとも、『精霊に愛されし者』を守りたいの？　そこんとこが曖昧なんだよ」

「曖昧、なのか？」

「そうだよ！　お兄ちゃんは騎士の義務でわたしを守って結婚するんでしょ。つまり、相手がわたしじゃなくても結婚するってことじゃないの、『精霊に愛されし者』だったらさ！」

「そーだそーだー」

麻紀ちゃんが合いの手を入れる。

「いや、そんなことは……その、だな、俺は、ミチルだから……」

『氷の牙』さんがうろたえてます。

しかし、わたしは追及の手を緩めない。

「女の子にとっては一大事の結婚を、義務でされるなんてさ！　せっかくの、せっかくの、乙女が夢見る結婚なのに……」

だんだん泣き声になってきたわたしを見て、カインロットさんは慌てた。

「いや、ミチル、俺は」

「わたしを守るからなんて言うから期待したらさ、本当に結婚したい男が現れるまでの偽装結婚だなんてあっさり言ってさ、もう信じらんない！」

「それは仕方がないだろう、なぜって……」

「明日は嘘っこの結婚式だから、嘘っこの誓いをするんでしょ。まったくもう、こんな顔して」

わたしは、言い訳するために近づけていたカインロットさんの顔を、両手で挟んだ。

「こんな、サラサラの綺麗な髪して、宝石みたいな目をして、かっこいい顔して、花嫁をうっとりさせておいてさー、全部嘘っこ！　誓いのちゅーだって、するふりなんだよ」

「そ、それは」

わたしがイケメンの顔を撫で回すと、カインロットさんはなぜか「この顔は、お、お前の好みなんだな、そうか、よし！」と赤い顔をする。

「こんなにその気にさせておいて、本当に結婚するつもりもないくせにわたしの心をもてあそんでーっ！　お兄ちゃんのバカバカバカぁっ！」

「俺は決して、そんなつもりでは……ミチル、いったい俺にどうしろと……」

「わたしは一回も真実のちゅーもしないで人生が終わるんだ！　お兄ちゃんにもてあそばれて、わたし、わたし……」

完全なる絡み酒である。カインロットさんにわたしをもてあそぶつもりなどないことくらいわかっているのに、酔っぱらって興奮したわたしは止まらない。

「もてあそぶなどと、誤解だ、ミチル、俺は決してやましいことなど考えて……」

「知ってるもん、わたしは麻紀ちゃんと違って女らしくない、座敷わらしだもん！　お兄ちゃんが全然その気にならないことくらい……」

「……おい、待て。お前はなんで、俺の気持ちをそう決めつけるんだ。ミチル、いい加減にしろ」

さすがのクール騎士も、酔っぱらい女の理不尽な絡みに耐えかねたのだろう。カインロットさんは低い声で言った。しかし、酔いが回ったわたしはそれに気づかず言いつのる。

「だって知ってるもん！」

「お前はわかってない！」

「知ってるもん！　知ってるもん！」

「だから、話を聞け！」

「知ってるもん！　知ってるもん！　知ってるもん！　知ってるも」

わたしの言葉が途切れた。

正しくは、言葉を呑み込まれた。

カインロットさんの口の中に。

……。

……なんと。

……ちゅーされてますがな！

「あーまったく、人の部屋でイチャコライチャコラしやがって！　やってられんわー」

やさぐれた神子姫が、ぐいっとグラスをあおって「ぷはー」と息をつくまで、わたしの唇はカインロットさんの唇にくっついていたのだが。

「……？　ミチル？」

はい、大沢ミチル、イケメン婚約者にちゅーされながら酔いつぶれました！


「う……あたまいたい……きもちわるい……」

おはようございます。

毎度お馴染み酔っぱらいです。

今日もばっちり二日酔いです。

「ピエットくん……ピエットくんはどこ……」

ベッドに起き上がったわたしは、痛む頭に響かないようにそろそろと動いた。枕元のテーブルに置かれたジュエリーボックスからペンダントを取り出して身につけ、ピエットくんを呼ぶ。

さすがに寝ている時まで精霊に見守られていたら気が休まらないため、夜は石のついたペンダントをしまって、ピエットくんが現れないようにしているのだ。

「ミチル、おはよう！　けさも『いたいのいたいのとんでいけ』なのね」

幼児の可愛らしい声も、二日酔いの頭には凶器なのだ。わたしは息も絶え絶えにピエットくんに頼んだ。

「……おっしゃる通りでございます」

身長十五センチの幼児に敬語でしゃべる、ちょっと気弱な二十一歳成人女性なのである。毎朝毎朝、二日酔いのケアをさせて申し訳ない。


ピエットくんの素晴らしい隠し芸（?）で、二日酔いを完治させたわたしは、リーナさんの手伝いで着替えをし、軽く朝食をとった。そして、麻紀ちゃんから『センパイ、サーセン！　結婚式の朝なのにサーセン！』という大変丁寧な手紙を受け取った。ピエットくんの出動を要請する手紙である。

昨日の女子飲みは、最後の打ち上げ花火だと思ってふたりとも遠慮なく飲んだからね、麻紀ちゃんも酷い二日酔いに苦しんでいるのかもしれない。

わたしなんて、途中からの記憶がないよ。

誰か警備の騎士さまに頼んで、麻紀ちゃんの部屋に行こうかな、と思っていたら、思いがけず本日のもうひとりの主役がやってきた。

「あ、カインロットさん、おはようございます」

わたしはきちんとご挨拶できる、礼儀正しい座敷わらしなのである。

やだもう、カインロットさんったら今朝もかっこいいんだから！

アイスブルーのサラサラ髪が朝日に輝いて、エフェクトいらずの麗しさだよ！

しかも、今朝は超ご機嫌らしく、わたしに向ける笑顔がキラッキラ過ぎて、そのあまりの美形っぷりに鼻血を出しながら「ああッ！　もうダメえッ！」とふかふかの絨毯に倒れそうになっちゃったよ。

ううん、お兄ちゃんったら罪な人。

わたしはそっと鼻を押さえた。

地味な騎士の制服を着ていてこれだけかっこいいんだもん、もしかするとわたしのウェディングドレス姿よりも、カインロットさんの盛装の方がみんな楽しみなんじゃないかな？

クールイケメン騎士の花婿装束とか……きゃあ！

この人の隣に立って、礼拝堂の祭壇の前で永遠の愛を誓い合っちゃうとか……きゃあ！　きゃあ！　きゃあ！

今から楽しみすぎて鼻血出して、本番では純白のウェディングドレスに薔薇の花びらのように散らしちゃうよ！

妄想をたぎらせたわたしは、両手でしっかりと鼻を押さえながら恥ずかしさでもじもじした。

「え、えっと……」

「ミチル！　ああ、ミチル、昨夜は、その、昨夜のことは……」

おやおや、どうしたことでしょう？

わたしよりも礼儀正しいエステイリア国の騎士さまが、朝の挨拶をすっ飛ばしましたよ！

「カインロットさん？」

わたしが口をぽかんと開けて背の高い騎士さまを見上げると、素敵なお兄ちゃん騎士さまは言葉に詰まったように唇を震わせ、目を逸らしてから言った。

「その、だな、昨夜お前が言った、あのことだが……その前に、俺の振る舞いについて、その、あれは……」

昨夜わたしが言ったこと？

ええと、昨日の夜は、いつものように麻紀ちゃんと飲んでいて、かなりいい感じに酔っぱらって
……あれ？　どうやって部屋に戻ってきたんだろう？

うわあ！

さてはわたし、またしてもなにかやらかしたんだね！

酔っぱらってやったことは覚えてないけど……きっとそれは、クールなはずのカインロットさんを全力で困惑させるような恐ろしいなにかなんだね。

「申し訳ありません！」

わたしは頭を深く下げた。

この期に及んで「こんな女とは結婚などできん！」と『氷の牙』さまに言われてしまったら、わたしは知らない男の人と結婚しなければならなくなるんだよ！　困るよ！

結婚するなら、お兄ちゃんがいいの。

心から謝罪して、なんとか嫁にもらってもらわなければ。

「……ミチル、それはどういう意味だ？」

丁寧に謝ったというのに、カインロットさんはなぜか戸惑ったような表情でわたしに聞いた。

「ですから、この通り、昨夜わたしがしたことを謝っているんです。わたしはまたカインロットさんに迷惑をかけたんですよね？　すみませんでした、あれはお酒に酔っての気の迷いなんです」

すると、カインロットさんは今度は驚愕に目を見開いた。

「気の迷い、だったのか⁉　あれは、お前の本心ではなく？」

「はい、本当に本当にごめんなさい！　前にもやっちゃったから、二回目ですよね。なんか、独身最後の飲み会だなあって思って気が緩んで、飲み過ぎました。もうしません、もうカインロットさんにご迷惑をおかけしません。王宮から離れちゃうから、これからは麻紀ちゃんと頻繁に会うこともないので、大丈夫だと思うんですけど……カインロットさん？」

ここで、わたしはカインロットさんの様子がおかしいことに気づいた。

なに、その落ち込みようは？

酔ったわたしはそんなに酷いことをしてしまったのだろうか？

「あの……」

「気の、迷い……だったのか……」

うなだれ、しばらく唇を嚙みしめていたカインロットさんだったが、「失礼する」と言ってまたしてもバルコニーに出ていってしまった。そして手すりをつかみ、空を仰ぐ。

んもう、やることがいちいちかっこいいよ！

風に髪を揺らして、青い瞳が空を見上げる。

「俺はエステイリア国の騎士、カインロット・デンタヴィス。『精霊に愛されし者』を守るためにこの身を捧げることが、俺の騎士としての使命であり喜び。ああ、なのになぜ、この胸の奥がこんなにも……」

よく聞こえないけど、お兄ちゃんがなんかかっこいいことを言ってる！

わたしがニマニマしながら素敵な騎士さまに見とれていると、心配そうなリーナさんに声をかけられた。

「ミチルさま、カインロットさまにどのようなことをなさったのか、全然覚えていらっしゃらないのですか？」

「うん、ぜーんぜん覚えてないの」

「いったいなにがあったのかしら」

「本人に聞いてみたら？」

まったく記憶のないわたしが軽く言うと、リーナさんは「それもそうですわね」とにこりと笑い、カインロットさんの隣に聞きに行った。

そして、しばらくしてから部屋の中に戻り、そのまま床に倒れ込んでしまった。

「リーナさん、どうしたの？　大丈夫？」

「カイン……不憫な子……」

「え？」

「でも、ちゃっかりとやることをやって……あの子ったら……」

「え？　え？」

リーナさんの言ってることがわかんないよ。

「ミチルさま、今後、記憶をなくすほどの飲酒は、絶対におやめくださいませ」

「えー、お酒飲むの楽しいのにー、なんでー？」

わたしが、ピエットくんを見習ってあざとくこてんと首を傾げると、リーナさんはふかふか絨毯から身体を起こして「可愛い顔をしてもダメです！　め！」と言った。

うわーん、リーナママに叱られちゃったよ！

わたしはそんなに酷いことをしたの？

いや、お兄ちゃんに捨てられるのはいや。

やがて、冷静さを取り戻したお兄ちゃんもバルコニーから戻ってきた。わたしを見て、なんだか寂しげにため息をつく。

いやあああああああ、捨てられちゃう！

わたしは目に涙を浮かべながら、両手の指を祈るように組み合わせてカインロットさんの顔を見つめて言った。

「お兄ちゃん、ごめんなさい！　捨てないで」

「ミ、ミチル？」

「お願いだから、結婚して、お兄ちゃん！　お願い！　わたし、お兄ちゃんと結婚したいの！」

するとカインロットさんは片手で顔を覆い「うぐうッ！」と変な声を上げると、「もう無理だッ！いくら騎士でも、我慢の限界というものが……」と言いながら、リーナさんの隣にがっくりと膝をついた。手が絨毯をかきむしる。

そして「カイン、しっかり！　あなたはデンタヴィス家の跡取りでしょう？　負けてはダメ！煩悩に負けてはダメよ！」とリーナさんに激しく揺すぶられる。

「叔母上、俺は、俺は……」

「カインロット・デンタヴィス！　気をしっかり持つのですよ！　『氷の牙』のふたつ名を持つあなたが、こんなことに負けてどうするの!?」

「くっ、俺は、しかし俺はもう、これ以上は……」

わたしはカインロットさんの言葉を耳にして、ショックで固まっていた。

「お兄ちゃんが、今、……無理、って言った？　わたしと結婚……してくれない……の？」

わたしは力なく呟いた。

涙がぽろんとこぼれた。

カインロットさんが、無理って言ったよ。

わたし、とうとう愛想をつかされてしまったんだね。

お兄ちゃんの優しさに甘え過ぎたんだね。

「ふ……ふえええええ」

「ち、違う！　泣くな、ミチル、泣くな！」

とっくに好きになっていたカインロットさんに拒否されたわたしは急に心細くなり、子どものように泣いてしまう。

「違うんだ、ミチル、ミチルーーーーーーッ！」

絶叫しながら素早く立ち上がったカインロットさんに横抱きにされ「おおよしよし、泣くな泣くな、いい子だから泣くな、ミチルは俺の嫁だ、絶対に俺の嫁だ、離さないからな、大事にするからな、だからもう泣くな」とあやされておでこやほっぺたに散々ちゅっちゅされてしまう。

「カインロットさん……」

「ミチルの勘違いだ。俺は一瞬たりとも、ミチルとの結婚をやめたいなどと思ったことはない。むしろ俺は……とにかく、泣くな。ミチルは今日、俺と結婚する。わかったか？」

「……うん」

「俺の花嫁はミチルだけだ。いいな？」

「……うん」

「神に誓って心変わりなどしない。絶対に、絶対に、俺と結婚させる。たとえミチルが嫌だと言っても俺と結婚させる。デンタヴィス家に連れていく。わかったな？」

「うん、わかった。……あの、あのね」

「なんだ？」

おでこにもうひとつちゅっとして、この上なく麗しいお兄ちゃん騎士さまは、わたしに優しく笑いかけた。

「わたしもね、絶対にカインロットさんと結婚したいの。お兄ちゃんがいいの」

「……くっ！……か、かわい、すぎ……俺の息の根を止めるつもりなのか……」

「カイン！　しっかりなさい！　カインロット・デンタヴィス！」

なぜかハアハアと息を荒らげたイケメン騎士さまは、わたしの頭に激しくすりすりと頬ずりをして「……俺の、嫁、これは俺のものだ……」と呟いたのだった。

そして、なんだか変なスイッチが入ってしまったカインロットさんは、わたしに頬ずりするのみならず、頭の匂いまでクンクン嗅いだりもしながら「俺の……嫁……」とわたしを抱っこしたまま離さなかった。

子犬を飼ったばかりの男の子なのか？

それを見ていたリーナさんは「カインったら……すっかり残念な感じになって……」としばらく絨毯に倒れ込んでいたけれど、「はっ、花嫁衣装！」と声を上げると起き上がった。

「カイン！　カインロットさま！　ミチルさまのお支度がございますので、もうお離しください」

「もういい、このまま家に連れていく」

「バカなことをおっしゃらないで！」

リーナさんがとうとう、お兄ちゃんの頭を拳でどついた。

王家の奥さまが、いきなり拳でお仕置きである。

「ミチルさまには『救国の神子姫』のお部屋に行くご用事もあるのですよ。時間がございません。女性にとって、生涯の思い出となる晴れ舞台ですわ、充分に美しくなる権利がございますので。ほら、カイン、可愛くするからとっとと離しなさいと言ってるのよ！」

「もう充分可愛い！　ミチルはこのままでも充分可愛いから、叔母上、俺はこのままで……ぐっ」

もう一発どつかれて涙目になったお兄ちゃん騎士さまは「ふう、いい拳だ」と言って頭を上げた。

さすがはリーナさん、調教もお上手である。

「カイン……いい子だからね……そのおててをね……」

カインロットさんは、背後から黒いオーラを噴き出しながら腕を振りかぶるリーナさんから、ずさっ、と音を立てて後ずさった。

「わかった、ミチルを神子姫のもとに連れていけばいいんだな！　よし、俺に任せるがいい」

「下ろしなさい！　カインロットさま、ミチルさまをここに下ろして！」

「俺が抱いていった方が早い！　では叔母上、失礼する！」

そして、王宮を疾走するカインロットさんにしがみついてわたしは麻紀ちゃんの部屋に行き、ピエットくんの癒やしの力で温泉玉子みたいにぐてんとした麻紀ちゃんの二日酔いを治し、あっという間に部屋に戻ってきたのだった。


「カインロットさまはご自身のお支度を」

なんとかわたしをその腕から奪い取ったリーナママが、駄々っ子カインロットさんを部屋から追い出そうとする。

「男にはたいした準備はいらないから大丈夫だ。だからもう少し」

両手をわきわきさせて、再びわたしを取り返そうとする『氷の牙』。この氷……は、デロデロのドロドロに溶けているような気がするんだけど、気のせいかな？

むしろ、こちらの方が氷の名にふさわしいようなしっかり者のリーナさんが言った。

「ミチルさまには、たーっぷりと準備がございますので、後ほど。さあ皆さま、カインロットさまをお送りして」

「はい、リーナロッテさま！」

「おい、俺はまだ……」

リーナさんに忠実な侍女さんやメイドさんがわらわら寄ってきて「ささ、カインロットさま、あちらに」「本日はおめでとうございます、あちらに」「可愛らしい花嫁さまですわね、あちらに」とカインロットさんを部屋から押し出して、無事に身支度が始まったのだった。


そしてわたしは今、真っ白なウェディングドレスに身を包み、カインロットさんの隣に立っている。エステイリア国では、花嫁衣装の色には特にこだわらないということだったけど、わたしは日本のものと同じように白いドレスにしてもらった。

カインロットさんに「白いドレスにはね、あなたの色に染めてくださいっていう意味があるんですよ」と話したら、彼は一瞬硬直してからみるみる顔を紅潮させて「お、俺の色とは、つまり？……もしやミチルは俺に……いや、勘違いするな、カインロット・デンタヴィス！　妄想にとらわれるな、気をしっかり持て、俺は誇り高きエステイリア国の騎士だ！　……だが、ミチルが白を選んだということは、だな、やはりそういう気持ちが……」と見るからに挙動不審になった。

わたしが「ねえお兄ちゃん、どうしたの？」とピエットくんばりにこてんと首を傾げたら、カインロットさんは手のひらで顔を覆って「ぐうっ！」とうめき、またしてもバルコニーに出て空を見上げてしまったのだった。

瞳の色と同じだから、お兄ちゃんは空が大好きなのかな？

手すりをぐっと握って空を見上げる騎士の制服姿のカインロットさんは、絵になるくらいにかっこいいので、わたしは部屋の中から凛々しい横顔をうっとりと見つめた。

んもう、んもうっ、お兄ちゃんったら本当に素敵！


というわけで、わたしは純真無垢な花嫁にふさわしい真っ白なウェディングドレスを身にまとい、毎晩『救国の神子姫』と酔っぱらいまくっていることなどおくびにも出さずに、盛装したお兄ちゃん騎士さまの隣でかしこまっている。

ちなみに、髪を結い上げてドレスを着たわたしの姿を見たとたん、カインロットさんはまたしても鼻を押さえて辺りを見回したが、礼拝堂にはバルコニーがなかったためなんとか我慢したようだ。

そのうち、バルコニーでなにをしているのか聞いてみようっと。

んふふ、それにしても、このお兄ちゃんの凛々しさかっこよさときたら！

あんまり見つめると目が潰れてしまいそうなので、わたしはちらっちらっと見て素敵な騎士さまの姿を楽しんだ。

うーん、眼福眼福。

光沢のあるグレーの生地に金の飾りがついた礼装用の騎士服を着たカインロットさんは、今日はアイスブルーの髪をきちんと撫でつけ、この上なく麗しい美形顔を惜しげもなくさらしているので、居並ぶ女性たちが気を失って倒れるんじゃないかと心配になる。わたしの鼻も、血を噴き出すんじゃないかと心配だ。

そして、祭壇には神官長のお爺さんと、『救国の神子姫』である麻紀ちゃん。麻紀ちゃんは「なんの罰ゲームでイチャイチャバカップルの愛の誓いを間近で見にゃあならんのよ！」とやさぐれていた。しかし、神官長に「神子姫さまのお立場として、祭壇にお立ちになっていただく必要がございますので、なにとぞよろしくお願いいたします」と拝まれるし、キラキラなアイズラン王子に「マキ、次に祭壇の前に立つのはわたしたちで、その時には『精霊に愛されし者』に祝福してもらうのだぞ？」と手の甲にちゅーされたので、渋い顔で「わかった、わかりました！　ミチル先輩のためならお飾りでもなんでもやりますよ」と承諾した。

麻紀ちゃん、君は自分がちゅー慣れしてきていることに気づいてるかい？

アイズラン王子は、さりげなく麻紀ちゃんの肩や腰に手を回して身体を密着させて、時折捕食者の色を瞳にたたえて麻紀ちゃんを見ている。

なるほどね、見かけと違っておなかの中が黒そうだね！

そして、絶妙なタイミングで麻紀ちゃんの肘がアイズラン王子のみぞおちに沈むと、彼は顔をしかめながら喜びを隠せていない。

なるほどね、王子は変態さんだね！

式は順調に進み、わたしたちは祭壇の前で神への誓いを行うことになった。わたしたちの結婚は、あくまでも『精霊に愛されし者』のわたしを守るための偽装結婚なのだが、それゆえにわたしたちは『熱愛の果てに身分の差があるにもかかわらずスピード結婚した』ことを周囲に納得させなければならない。この結婚が嘘だとか、わたしを利用するためだとかに思われてはならないのだ。

「それでは、エステイル神の御前で誓いの口づけを」

だから……だから、誓いのちゅーも、ちゃんとやらなくちゃいけないんだよ！

どうしよう⁉


わたしの緊張などお構いなしで、式は順調に進んでいった。

来た。

とうとうこの時が来た。

わたしはごくりと唾を呑み込もうとし、口の中が緊張のあまりからからに渇いていることに気づいた。

わたしが強張った顔をして祭壇のところにいる麻紀ちゃんを見ると、エステイリアの皆さんに崇められている『救国の神子姫』さまは、神聖な儀式の最中だというのに小さく『ぷっ』と噴き出した。

「おもろ」

こ、こやつめ！　人事だと思って面白がってやがるうううっ！

「ミチル……」

鼻の頭にしわを寄せて、『救国の神子姫』に向かって変な顔を作って見せていると、隣に立つ我が花婿のカインロットさんが小さく囁き、わたしの肩に手をかけて向き直らせた。

うおおおお、細マッチョな身体で礼服を着こなして、いつもよりも何割かかっこよさが増しているお兄ちゃん騎士さまの顔を見上げたら、めっちゃめちゃ緊張してきたよ。口から心臓が飛び出して、今わたしの周りを楽しそうにぶんぶん飛んでいるピエットくんと一緒に飛び回りそうだよ。

ええと、過呼吸を起こした時に初めてのちゅーは済ませてるから、ファーストキスじゃないし、今回も半ばパフォーマンスなんだからファーストキスとはカウントしない。

しないけどさ。

うわあ、顎に指先をひっかけられたよ、顎クイだよ！

かちかちに固まってしまい、クイッとされても持ち上がらないわたしの顔を、お兄ちゃんは首を傾げて微笑みながら、今度は両手で優しく包んだよ！

うわあ！

うわあ！

「ミチル、怖いことはしないから、力を抜け」

不甲斐ない花嫁に向かい、青い瞳の氷の王子さまが囁いた。

いやもう神さま、この場で腰を抜かしてもいいですか？

わたしの顔は、きっと真っ赤っ赤になっていたに違いない。

王子さまは身を屈めると、わたしの方に顔を寄せて、ちゅっと……。

え？

ちゅっと、おでこに、キスをした？

いいの？

この国では、誓いの口づけはおでこにするものなの？

わたしがぽかんとした顔でカインロットさんを見ると、彼は「仕方がない、ミチルはまだまだ大人になり切っていないのだからな」と少し寂しげに笑った。

熱愛の挙げ句スピード結婚したはずの『精霊に愛されし者』と『氷の牙』の誓いの口づけが、おでこちゅーであったのを見た参列者たちに、ざわめきが起こる。

「なにやらかしてんですか、おかん騎士さん！　そりゃまずいっしょ！」

すかさず、麻紀ちゃんの突っ込みが入る。

「ったく、困ったことになるのはミチル先輩なんですからね、ほら、とっととやり直して、今ならごまかせるから」

「いや、嫌がる娘に口づけるなど、騎士たるもの、決して行《おこな》ってはな……」

「堅いわ！　ほら、早く！　早く！　やり直しなって！」

「しかし……」

見たところ『救国の神子姫』VS『氷の牙』の戦いは膠着しそうだし、今はのんきに討論してるわけにはいかない。

お兄ちゃんごめんね、お兄ちゃんの優しさを踏みにじるけど、わたしは自分の身が可愛いダメな座敷わらしなの。

わたしはぐいっと背伸びをしてお兄ちゃんの首にかじりつくと、唇と唇を合わせた。

ちゅっ。

えへ。

お兄ちゃんとちゅーしちゃった。

ほんの一瞬の口づけだったけど、参列者たちからは『ほおおおおおお』と満足そうなどよめきが起こり、ピエットくんは大喜びで金の光を振りまきながら飛び回る。

「ミ……チル……」

深いブルーの瞳がころんと転がり落ちそうになるくらい、カインロットさんは目を見開いた。

あれ、もしかしてショックだったのかな？

偽装結婚の相手とはお口にキスしたくなかった？

わたしは血の気が引くのを感じた。

やだ、お兄ちゃんに嫌われちゃった？

「あの……ごめんなさ……んんんんーっ!?」

慌てて謝ったわたしの口が、覆われた。

カインロットさんの唇で！

なんで？

なにが起きたの？

「ミチル、俺たちは神に誓ったのだからな！　もうお前は俺の……」

「え、お兄ちゃん、どうしたの、おにんんんんんーっ！」

離れたと思った唇が再びくっついた。

しかも、お兄ちゃんたら、お兄ちゃんたら、わたしの唇を舌の先でれろれろしてるううーッ！

「お兄ちゃん、カインロットさん、ま」

待ってって言いたかったのにーっ！

いやあああん、なんでお兄ちゃんの舌が口の中に入ってくるのーっ！

そいでもって、口の中もれろれろするの一っ！

後頭部はカインロットさんの大きな手のひらでがっしりとつかまれているので、誓いにしてはディープ過ぎる口づけから逃げられない。わたしは、息をするのも苦しくて、「ん……」となんだかあやしい鼻声が出てしまう。

礼拝堂の真ん中で、こんなえっちな声を出すことになるとは思わなかったよ！

「おかん騎士、やり過ぎ！　誰もそこまでやれとは言っとらんわ！　このエロ騎士、額に墨で『中庸』って書いたろか！」

麻紀ちゃんがちょっとおかしい口調になって止めようとしても、カインロットさんの熱い口づけは止まらない。

「おお……おお、エステイル神よ！　なんとかしてください！」

神官長のお爺さんが、神頼みをした。

わたしからも頼みます、神さま、なんとかしてください！

その途端。

「おおおおおお、あの光は」

「神の祝福だ」

「エステイル神が、この結婚に祝福をくださっている。愛し合うふたりへのはなむけだ」

そう、固く抱き合っている（っていうか、一方的に抱きしめられているんだけど）わたしたちは、天から降り注ぐまばゆい光に包まれていたのだ。

エステイル神、グッジョブ！

わたしはカインロットさんの胸を拳でぽかぽか叩き、長すぎる誓いのキスの終了を促した。お兄ちゃん騎士さまはちゅっと音を立てて唇を離して、ほんのりと赤く染まった妙に色っぽい顔でわたしを見て言った。

「これで俺たちは夫婦だ」

うわあああああああああああ、甘くて腰に来た！

わたしがかくんと腰砕けになると、カインロットさんはわたしを抱き止めてそのままお姫さま抱っこをしてしまった！

「カ、カインロットさん、あの」

「ミチルが転ぶといけないからな。今日の靴も歩きにくいのだろう？　いい子だから、今日からは俺が贈った靴だけ履くのだぞ？」

額にちゅっと口づける。

「おに、お兄ちゃん、お兄ちゃん」

やり過ぎ！　お兄ちゃん、やり過ぎや！

「俺たちが深く愛し合っていることを、国中に周知させねばならんからな、ミチル、わかるな」

そう言って、今度はほっぺたに唇をつけると、お兄ちゃんったら、しばらくはむはむしてるううううーッ！

「あの『氷の牙』が、あんな振る舞いをするとは……素晴らしい、真実の愛を見つけたのか」

「まるで別人のようではないか！　あれが愛を知るということなのだな」

「さすがはエステイル神が祝福するだけある、なんとも深い愛情だ」

うぎゃああああああああああ、めっちゃ肯定的や！

これがエステイリア・クオリティーなのか⁉

はむはむしていた唇がわたしの唇に戻ってきて、最後に音を立てて離れた。

礼拝堂に響く、リップ音。

わたし、恥ずかしさのあまりに、気を失ってもいいですか？

「けっ、やってらんねーわ、だからここに立つのはやだって言ったのに」

やさぐれる『救国の神子姫』である。

麻紀ちゃん、胸焼けさせてすまん！　本当にすまん！

しかし、不可抗力なのだあああああーッ！


いやはや、恥ずかしさのあまりに、礼拝堂の真ん中で死ぬかと思ったわ。

エステイル神はかなり気が利いていて、わたしをお姫さま抱っこしたままのカインロットさんが礼拝堂を出るまで、祝福の光を降らせていろいろごまかしてくれた。

主にちゅーとかちゅーとかちゅーとかをだけどね。

この騎士さまはいつでも仕事に全力投球なのはいいんだけど、ちょっとちゅーしすぎや！

……べ、別に、嫌なわけじゃないけどさっ。

さらに、石の精霊幼児のピエットくんも、わたしの周りを飛び回って金の光を大放出してくれた。

人々は精霊の姿を目の当たりにして「ありがたや、ありがたや」と大喜びで拝み出すし、すっかり歩くイルミネーションと化して昼間だというのにまぶしく光るわたしたちは、細かいことは気にされずにおめでたい存在として人々に認められたようなので一安心である。

そんな結婚式だけでも、部屋の片隅でひっそりと体育座りをしてみんなの様子を眺めているのがふさわしい座敷わらしにとっては、いっぱいいっぱいの出来事であった。

溢れんばかりの光に包まれたカインロットさんは、元々が非常に、むしろ非情なくらいに整った美貌のクール系青年だというのに、輝くアイスブルーの髪をいつもとは違った素敵な髪型にセットして、晴れの日にふさわしいきらびやかな正装をしている。

そう、本来ならば、一〇メートルは離れた柱の陰からこっそりと覗かなければ、恋する乙女の心臓が潰れてしまいそうなかっこよさなのだ。

そんな人にお姫さま抱っこされてみるがいいよ！

もう、至近距離にある顔が麗しくて、とてもじゃないけど正視できないからさ！

うっかり目が吸い寄せられると、勘がいいもんだからこっちをちらりと見て、目元でふっと笑いかけ、おまけにほっぺたにちゅっとかされちゃうんだよ！

これが、このイケメン過ぎる生き物が、今日からわたしの、お、夫、なのであるよ！

照れくさくて恥ずかしくて、死にそうにもなるでしょうが。

それなのに。

ああ、それなのに。

「ひえぇぇぇぇ、パレード！　パレードなの!?」

悲鳴のように叫ぶのは、わたし。

ちなみに、カインロットさんの腕から無事に下ろされてはいるものの、「仲の良い様子を示さねばならんからな」と真面目な顔で言う真面目な騎士さまにぴったりと身体を寄せられ、腰を抱かれている。

「わーい、パレードなのー」

くるくる回って喜ぶのは、お祭り好きな精霊幼児。

「ねえ、待ってよリーナさん。確かわたしたちは王宮の高いところにあるバルコニーで、お祝いにやってきた人たちに手を振って、それで終わりだったはずだよね？　それすらこっぱずかしいから、できるだけ短い時間にしてって頼んだよね？」

しかし、リーナさんはわたしの抗議などものともせずに、にっこりと笑いながら言った。

「ミチルさま、エスティリア国民は皆、『精霊に愛されし者』の姿を一目見ようと楽しみにしているのですよ」

なにを今さら、といった様子でリーナさんが言うけれど、わたし、聞いていませんからね！

「だけど、まさかパレードをするだなんて。王家の人ならともかく、なんでわたしたちが……。しかも、なんなのこのめっちゃ目立つパレード専用の馬車は⁉」

「ほほほほほ、さすがはミチルさま、お目が鋭い。この日のために急いで作られた、特注品の馬車でございますよ」

そこにあるのは、某テーマパークのパレードもびっくりの、やたらと車高が高くて華やかに飾り付けられた馬車であった。なんと、馬が六頭で引っ張るのだ。そして、白い馬で揃えられていて、みんなお花で飾り付けられている。花は白がメインで、あとは淡いピンク色やブルーやイエロー、そしてステンドグラスのように透き通ってキラキラ光る例の花もふんだんに使われていて、お祝いムードを盛り上げている。

急いで作った割に、完成度が高いね。

などと感心している場合ではない。

「それではミチルさま、これをどうぞ」

「うおっ、ま、魔女っ子ステッキ⁉」

先端に魔石が付けられた、五〇センチくらいの長さのステッキをリーナさんに渡され、わたしは思わずうわずった声をあげる。

なんという、女子の心をくすぐるアイテムを作ってくれちゃうのだ！

「簡単な転移魔法が仕込まれておりますので、パレードの途中でお振りください」

「なにか起こるの？」

「お試しになって大丈夫ですよ」

わたしは、ワクワクしながら魔女っ子ステッキを振ってみた。

うわあああああ、先端からお花が噴き出して、空をくるくる舞ってから降り注いでくるよ！

「すげー！　魔法、すげー！」

興奮して、思わず淑女らしからぬ言葉で叫んでしまう。

「花はたくさん用意してございますので、歓迎する皆さんに向けて心おきなく降り注いで差し上げてくださいませ」

「おっけー、任せて！」

わたしはノリノリでガッツポーズをとると、ピエットくんも「ぼくもくるくるするのー」と言って、張り切って金の光を振りまきながら飛び回った。

あ、あれ？

わたし、パレードする気満々になっちゃってるよ！


リーナさんをはじめとする王宮の人たちにうまく乗せられてしまったわたしと、与えられた役割を任務としてこなす真面目な騎士さま（任務、なんだよね？　この、やたらと密着する身体とか、油断をすると降ってくるキスとか、本当に愛してる花嫁に向けるような甘い微笑みとかは、全部この偽装結婚に信憑性を出すためのお芝居なんだよね？）は、パレード専用の馬車に仲良く乗り込んだ。ただ笑って手を振っているだけだったら手持ち無沙汰になっちゃったかもしれないけれど、魔女っ子ステッキがあったおかげで、わたしは花を振りまきながら自然な笑顔でパレードをすることができた。沿道の皆さんが、ピエットくんの光と花吹雪を浴びて、それはもう喜んでくれたものだから、こっちも楽しくなってどんどんサービスしてしまう。

「ミチルさま、大変お疲れさまでございました。素晴らしいパレードにしてくださいまして、ありがとうございます。今日のひと時は、エステイリア国民にとって良き思い出になったと思われますよ」

「それなら良かったです。あのステッキは魔法のせいかいくら振っても疲れなかったし、すごく楽しかった」

なによりも、お祝いに来てくれた人たちの笑顔で元気をもらえたよ。エステイリア国の人たちはみんないい人だ。

そして、今度は王宮での披露宴に出て、あいかわらず距離の近いお兄ちゃんと一緒に愛想を振りまき、「あの『氷の牙』が笑顔を見せている！」と皆さんに衝撃を与えて、今日の結婚式は無事に終了した。

「それでは、参りましょう」

リーナさんとお兄ちゃんに連れられて、わたしは今日から過ごすデンタヴィス家へと向かったのであった。

先日デンタヴィス家へは、リーナさんももちろん一緒に行ってくれたのだが、今日で正式にわたしの侍女の仕事は解任され、新たに相談役としてわたしと関わっていくことになっている。

リーナさんのかわりに、アネットさんとヘルマさんというふたりの侍女をデンタヴィス家が用意して、仕事に慣れるように王宮にいた時からわたしのお世話をさせてくれていた。ふたりとも身分の高い令嬢で信頼が厚く、わたしの事情も詳しく知っているお嬢さんたちだ。

馬車が着き、カインロットさんにお姫さま抱っこされたわたしがデンタヴィス家に入ると、玄関ホールにはたくさんの花が飾ってあり、デンタヴィス家の皆さんが勢揃いしていた。

「ミチル・オオサワ・センパイ姫……いや、今日からはミチル・デンタヴィス・センパイ姫だな。デンタヴィス家にようこそ！」

ロマンスグレーのイケメンお義父さまが、魅力的な声で出迎えてくれた。

「ミチル姫、お待ちしてましたわ。ああ、本当にカインロットがお嫁さんを連れてきたのね！　嬉しいわ、堅物で浮いた噂のひとつもない息子に、一生独身かと思っていた息子に、お嫁さんが来るなんて……」

ええと、堅物なだけが理由でしょうか？

あ、そこ、おさわり禁止事項ですね。

「ああ、お兄さまに、幼女じゃないお嫁さんが……」

「成人された、幼女じゃない義姉上ができた……できたのだ……」

あ、そこ、おさわり禁止事項にさわってますね。

「カインロットさん、下ろしてください」

言わないと絶対に下ろさないお兄ちゃんの服をつかんで、くいくいと引っ張って小声で言う。

「挨拶します」

「…………………ああ」

ちょ、なにその長い間は！

床に下ろしてもらえたので気を取り直して、わたしはドレスを上品に持って、膝を曲げながら頭を下げた。

「わたくしはこの度、ミチル・デンタヴィス・センパイとなりました。皆さま、どうぞ末長くよろしくお願い申し上げます……？」

脚にまったく負担がかからないので首を傾げる。

「……あっ！」

「俺の妻は足が弱いからな、今日の良き日に痛めたりしたらいかん」

「ええ、そうですわね！　カインロット、大切になさい」

「はい、母上」

にこやかに頷き合う母と息子。

やーん、わたしの腰が後ろからお兄ちゃんに持ち上げられて、バレリーナのようになってるよー、なんたる過保護っぷりでしょう！

わたしが脱力すると、お兄ちゃんにぷらーんとぶら下げられてる感じになる。

「あのね、全然弱くないですからね」

「ああ」

ねえ、ごく自然に縦抱っこするのはやめてくれませんか？

誰か、誰か、この過保護お兄ちゃんを止めて……くれる人が誰もいないいいいいいいいーッ！

全員に温かい目で見守られているうううううううーッ！

デンタヴィス家、親切すぎて使えねえええええええーッ！

リーナさんが、ひっそりと絨毯に沈んでいた。


「さあ、今日は疲れたでしょう？　ふたりのお部屋はあちらに用意してありますわ。ほらカイン、これが鍵よ」

お義母さまが、頬に手を当てて可愛らしく「うふふ」と笑い、お兄ちゃんに鍵を渡した。

「わたくしたちの気持ちなの。ゆっくりしてちょうだい」

「母上、これは？」

「離れにあなたたちのお部屋を用意したのよ。ああ、カインロット、本当に良かったわ！　それではまた明日の朝に」

「お兄さま、失礼いたしますわ。お義姉さま、明日ゆっくりお話しいたしましょうね。楽しみにしていますわ」

「兄上、義姉上、僕も失礼いたします」

「また明日とは……え？　父上？」

「すまん、カインロット！　言えなかったのだ！　あんなに喜ぶ妻と子どもたちに、あのことを言える人間がこの世にいるだろうか！　すまん、また明日な！」

そそくさと去る当主の後ろ姿を奇妙な顔で見送るお兄ちゃん。

「どういうことだ？　俺の部屋の隣にミチルの部屋を用意したのではないのか？　リーナ、聞いているか？」

「いいえ。とにかく離れに行ってみましょう」

そう言って、わたしたちは侍女たちと共に離れとして建てられた小さな家に行き、扉の鍵を開けて、絶句した。

「こ、これは……すごい……」

「なんということだ、これは絶対に母上とシャマイラの趣味だ！　父上は、この結婚が偽装結婚だということを母上たちに言えなかった、そういうことなのだな！」

そこは、ロマンチック過ぎる意匠で整えられた、乙女心を非常にくすぐる、新婚さん御用達《ごようたし》の家になっていて。

おそるおそる寝室を覗くと。

「うぎゃあああああああああああ！」

カインロットさんに抱っこされたまま、わたしは頭を抱えて叫んだ。

そこには、大きなフリフリで飾られた、天蓋つきのピンク色をしたダブルベッドが、どおおおおおおん！　とばかりに置いてあったのだった！

これはまずいやろ！

デンタヴィス家の皆さんが心を込めて用意してくれた、新婚さん仕様のハネムーンルームである寝室で、わたしとカインロットさん、そして、リーナさんが立ちつくした。一方、デンタヴィス家の侍女のアネットさんとヘルマさんはまったく動揺することなく、せっせと就寝の準備をしている。このふたりはわたしたちの結婚が偽装だということを知っているはずなのに、「たいそう雰囲気のある、素敵な新居ですわね」「まあ、浴槽に浮かべる花が用意されていましてよ」などとうふふふと笑いながら働いている。

「……どうやらカインの『迫真の演技』で、アネットとヘルマは本当に恋愛結婚をしたのだと思ってしまったようですわね」

「うん、お兄ちゃんの『迫真の演技』でね。真に迫っていた……というよりもむしろ、やりすぎ感があったもんね」

わたしとリーナさんがカインロットさんをじとーっと見ると、お兄ちゃんは視線を泳がせてから「居間のソファーなら大丈夫、横になれるだろう、うん」などと言って寝室から出てしまった。

「まあ、確かに」

リーナさんはため息をついた。

「お義姉さまたちの喜びようを見たら、兄はこれが偽装結婚だなんてことをとても言い出せなかったのでしょうね」

「ねえリーナさん、カインロットさんはすごくモテるんでしょ？　どうして今まで結婚できな……あ、やっぱりいいや」

「お待ちくださいミチルさま、それは決してあの子に特殊な性癖があったからではありませんの！ええ、カインはちょっと妹弟思いの、少々過保護ではありますが、優しい良い子で、真面目で、頑固なところもあるけれども、その、普通の性癖ですのよ！」

リーナさんが力説すればするほど、あぶないものを感じてしまうんだけど……。

「とにかくですわね、明日にでも本当のことを話して、お部屋を用意し直してもらいますわね。今夜はカインをその辺に転がしておいてください。あれでもエステイリアの誇り高い騎士ですし、それなりに精神力の強い子ですので……」

あ、あれ？

どうしてそこで、リーナさんまで視線を泳がせちゃうのかな？

「お支度が終わりましたので」

「わたくしたちはこれで失礼いたしますわ。ささ、リーナさまもご一緒に」

「ミチルさま、カインロットさま、それではまた明日」

「リーナさま、ご一緒に」

「カインーッ、わかってるわね!?」

アネットさんとヘルマさんに両腕を取られながら叫ぶのは、リーナさん。

「ささ、ご一緒に」

いつも身の周りのことはなるべく自分でやるようにしているので、侍女さんたちはさっさと下がっていった。心配げなリーナさんを引きずるようにしながら。

「……」

「……」

リビングから戻ってきたカインロットさんと、無言で見つめ合ってしまう。

あれ、なんだろう、なんで緊張しちゃうんだろう。

目の前に、ピンク色のラブラブダブルベッドがあるからだろうか？

「……ふたりきり、になったたな」

なぜか目を逸らして、カインロットさんが言い、それを聞いたわたしは顔が火照るのを感じた。

そうだよ、ふたりきり、なんだよ！

いつもリーナさんがいるから、カインロットさんとお部屋でふたりきりになったことなどないのに。

うわあ、どうしよう⁉

「ミチルー、ここがあたらしいミチルのおへやなの？」

おお、精霊幼児がいたではないか！

わたしはほっと胸を撫で下ろす。

「ぼく、このおやしきのせいれいにあいさつしてくるから、もうきょうはペンダントをしまっておいてね。じゃあ」

おい幼児、君もか！　君も行ってしまうのか！

そんなわたしの心の叫びは届くことなく、フットワークの軽い精霊幼児は消えてしまった。

「あ、あはは……ピエットくんが行っちゃったね」

「ああ、そうだな」

お兄ちゃんが近づいてきた。

「ミチル……」

「な、な、なに？」

え、待って！　ちょっと待ってね！

違うよね、わたしたちはあくまでも偽装結婚したんであって、だから、だから、そんな……。

カインロットさんは、あたふたするわたしの前で腰を屈め、青い瞳を優しくきらめかせながら言った。

「ひとりで背中を洗えるか？」

そこかよ！

さすがはお兄ちゃんだな！

「洗えます！　お風呂に入ってきます！」

自分の自意識過剰さに恥ずかしくなりながら、わたしは浴室に駆け込んだ。

服を脱いだわたしは薔薇の香りのする石鹸を泡立てて、身体の隅々までよく洗った。

いや、別に、このあとどうこうするとかじゃないけどね、ベッドがひとつしかないからね、もしかするとお兄ちゃんと一緒に寝るかもしれないじゃん。

そうしたら、変な匂いとかしたらいやじゃん。

あ、わたし、いびきをかいたらどうしよう？

今日は結構疲れたから、いびきをかいちゃうかもしれない！

うわあ、カインロットさんに聞かれたら、恥ずかしくて死んじゃうよ！

ええと、確か、横を向いて寝ればいびきをかかないんだよね、うん。

などと乙女な心配をしつつ身体を磨き上げたわたしは、薔薇の花が浮かんだ浴槽につかり、ほこほこになって用意された寝衣を着た。

「お先にお風呂、すいませーん」

すっかりリラックスしたわたしがカインロットさんに声をかけながら居間に行くと、ソファーに座っていた彼は「ああ、ゆっくりと……」と言いかけてそのまま絶句した。

「お兄ちゃん？　どうしたの？」

「ミチル……その格好は……か、かわい、すぎ……くっ！」

「え、なに？」

そして、片手で顔を覆うと「湯を使わせてもらう！」と言って足早に浴室に行ってしまった。

「変なお兄ちゃん」

わたしは、髪にブラシを当てようと寝室にあるドレッサーの前に座り、鏡を見て絶句した。そこには、新婚さん御用達のフリフリも愛らしい、しかし身体のラインがあからさまにわかってしまうネグリジェを着た座敷わらしが、こぢんまりと座っていたのだ。

わああ、油断したよ！

侍女さんが用意してくれるものを着ることに慣れていて、いつものようにネグリジェを着たけれど、この姿をカインロットさんに見られることは考えてなかった。

だって、いびきのことで頭がいっぱいだったんだもん。

カインロットさん、見苦しいものを見せてごめんね！

色気のかけらもない座敷わらしのネグリジェ姿なんて見せられては、さすがの『氷の牙』も反応に困っちゃったよね……。

わたしは上からガウンを着て、そのまま意気消沈してピンク色のベッドに潜り込んだ。

カインロットさんはお風呂から出てくると、「ミチル、もう寝たのか？」と言いながら寝室の扉を開けた。

「ううん、起きてるけど……あれ、お兄ちゃんの寝間着はないの？」

カインロットさんが、普段着っぽく白いシャツにグレーのパンツを履いていたので、ベッドの上に身体を起こしたわたしは首を傾げて言った。

騎士の服装以外のお兄ちゃんを見るのは初めてだ。脚がすらっと長くて、肩にはしっかりと筋肉がついていて、美しい逆三角形の上半身で、素晴らしくかっこいい！

お兄ちゃん、素敵！

わたしがイケメン青年にデレてにやけていると、お風呂上がりのお兄ちゃんはふいっと目を逸らして「その、俺は騎士だから、いついかなる時もお前を守るために、すぐに剣を持てる服装をしていようと思って、だな」と言った。

「ええっ、夜は休みなよ！　いくらお兄ちゃんでも、それじゃあ疲れちゃうでしょ」

「心配ない、騎士の精神力はこのくらいのことでは揺らがない！　揺らいではいかんのだ！」

なぜに、精神力なの？

お兄ちゃんの言う騎士道は、時々よくわからないや。

「うーん……じゃあ、もう寝ようよ」

「ああ。おやすみ、ミチル」

「おやすみなさい……って、ちょっとちょっとお兄ちゃん、どこに行くのよ！」

カインロットさんが出ていってしまったので、わたしはベッドを下りて居間へと追いかける。

「お兄ちゃん」

「お前はベッドで寝ろ。俺はここで休むから」

カインロットさんがソファーに横になったので、わたしはその手を引っぱって起こそうとした。

「ちゃんとベッドで寝てよ。だいたい、ここはカインロットさんちなんだから、遠慮しないでよ、わたしが居候みたいな立場なんだから」

「しかし、本当に結婚したわけではないのに、そのようなことをするわけには……」

カインロットさんのその言葉は、予想外にわたしの胸をえぐった。

本当に恋愛結婚したわけではないのだ。

これはみんな、お芝居なんだ。

わたしは唇を噛みしめて立ちつくし、そして、寝室に戻った。

ベッドの上の毛布を一枚つかんで、居間に戻る。そして、部屋の片隅に行き、ふわっふわの絨毯の上に横になり、丸まった。

うわ、なにこの寝心地の良さ！

やっぱり脇役のわたしには、晴れ舞台よりも部屋の隅っこが似合うんだな。

デンタヴィス家の絨毯サイコー！

毛布にくるまってそのまま眠ろうとしたら、ソファーから起き上がったお兄ちゃんが「お前はなにをしているんだ」と近づいてきた。

「わたしはここで寝るから、お兄ちゃんはベッドを使ってよ」

「ダメだ、ミチルがベッドで寝ろ」

「やだ！　ここで寝る」

「しかし」

「やだ！　やだったらやだ！」

わたしが毛布を抱き込んで居心地よくくるんと丸まり「おやすみなさい、お兄ちゃん」と言うと、カインロットさんはため息をつき、わたしの身体の下に手を差し込んで毛布ごと抱き上げた。

「わかった。仕方がない、一緒にベッドで寝よう。『精霊に愛されし者』に風邪をひかせるわけにはいかんからな」

そして、わたしとお兄ちゃんは、ピンク色のダブルベッドで仲良く寝ることになったんだけど。

いびきをかかないようにと横を向いたわたしの視界に入ったのは、カインロットさんの広い背中だった。白いシャツを着たその背中は、わたしのことをきっぱりと拒否しているように見える。カインロットさんは、決してこちらを向くことはないのだろう。わたしたちはあくまでも偽装結婚をしていて、礼拝堂でした誓いの口づけも嘘っぱちなんだから。

全てが、神さまぐるみの、詐欺なんだから。

でもね。

いつかお兄ちゃんに本当のお嫁さんが来て、その時には背中なんて見せないで奥さんを抱きしめて、あの綺麗なブルーの目を優しく細めて笑うんだなって思ったら、すごくすごく胸が苦しくなってきて……。

「う……ひうっ……」

わたしの喉から変な声が出てしまった。ぐすんと鼻をすする。

「ミチル？　どうした？」

子どもの泣き声に敏感なカインロットさんは、優しく声をかけてくれたけれど、背中を向けたままだった。

「お兄ちゃんが……こっちを向いてくれない」

本当の気持ちを言えないわたしは、子どものように訴えることしかできない。

「こっちを向いてくれない……」

「……」

お兄ちゃんは、なにも答えなかった。寝室の中に、わたしのすすり泣く声が響く。

「……ミチル、俺は今、お前を見ることができない」

「どうして？　やっぱり後悔しているから？　いくら騎士として『精霊に愛されし者』を守る使命があるからって、結婚なんかしてしまって後悔しているの？」

「……そうだな」

ショックだった。わたしの全身から血の気が引いて、暗い穴に落ちていくような気がした。

「大丈夫だと思っていたのだ。あくまでもお前の騎士として守っていく、それができると思っていたのだ。しかし」

カインロットさんは、呻くように言った。

「俺は今、酷く醜い顔をしている。だから、お前の方を向くことができんのだ」

「カインロットさん？」

「ミチル、寂しい思いをさせてすまん、しかし……」

「お兄ちゃんは、醜い顔なんてしないよ、いつだってお兄ちゃんは優しくて、かっこよくて」

「違う！」

カインロットさんは大声で叫ぶとがばっと身を起こし、そのまま寝ているわたしの両脇に手をついて、覆い被さった。目の前に、お兄ちゃんの顔がある。獣のように目をぎらつかせた、カインロットさんの顔が。

「俺はミチルが思っているような、高潔な人間ではない！　優しいお兄ちゃんではないんだ、俺は、ミチル、俺は……お前に対して醜い欲を持つ、ただの男なんだ」

美しい顔を苦しげに歪めて、カインロットさんは言った。情欲と苦悩をたたえたその表情を、カインロットさんは醜いというけれど。

わたしにはこの世で一番美しく見える顔だった。

本当の気持ち

仰向けでベッドに横たわるわたしに覆いかぶさるようにして、強い光をたたえた青い瞳でわたしを見つめるお兄ちゃん……カインロットさんは、今まで見たことのない『男の人』の顔になっていた。彼は、わたしが怯えないようにと、この顔をずっと隠していたのだろうか。

突然異世界に来てしまってもう帰れないわたしが、追いつめられることのないように、甘く優しく真綿でくるむように過保護に扱ってくれたお兄ちゃん騎士さま。クールで女性に目もくれない、貴族のお姫さまたちからの好意をまるで受け取らず、恋人も婚約者もいなかったデンタヴィス家の長男が、わたしにだけは惜しまずに笑顔と優しさをくれた。幼く見えるわたしに、自らの手で育てた妹さんを重ねているのだとばかり思っていたのだけれど。

だからこそ、カインロットさんの幸せのために、『精霊に愛されし者』出現の騒ぎのほとぼりが冷めた頃には、単なる妹分として、彼が想い人と結婚できるように妻の座からそっと身を引こうと思っていたのだけれど。

握りつぶすはずだった想いを、口にしてもいいの？

「カインロットさん」

わたしは、辛そうな顔で見下ろしてくるカインロットさんの頬に、そっと右手を当てて言った。

「わたしにとっては、やっぱりカインロットさんは優しくてかっこいい騎士さまですよ。全然醜くなんてないです。わたし、この顔のカインロットさんも好きですから」

「ミチル!?」

彼の表情が、わたしの言葉でわずかに緩む。

「カインロットさんは、この世界に放り出されたわたしを優しく面倒見てくれました。いつも側にいてくれて、いろんなことを教えてくれて、綺麗な物をたくさん見せてくれました。カインロットさんが自分の時間を犠牲にして、わたしのことを気にかけていてくれたことに気づいていました。でも」

わたしはそっと手を下ろす。

「それは、カインロットさんが護衛兼相談役の任務のために、そうしていてくれたのだと思ってました。だって、カインロットさんはとても真面目で……護衛対象を守るために、結婚までしてくれちゃうくらい真面目だから」

「それは……ミチルでなかったら、そんなことは言わなかった。俺はミチルを守ってやりたかった。できることなら、一生……」

わたしの胸が、言いようのない感情で、きゅううううっと苦しくなった。

「そうしてカインロットさんがいつも側にいてくれたから、わたしはこの世界で毎日笑顔で過ごすことができたの。寂しくなったらお兄ちゃんがいてくれて、わからないことがあったらお兄ちゃんが教えてくれて……お兄ちゃん、って呼んでたけどね、本当はわたしは……」

わたしを守ってくれる騎士さまの両腕を、わたしはぎゅっとつかんだ。

「あのね、あのね、わたしは……カインロットさんがくれた靴を履きたいの。これからもずっと、カインロットさんがくれる靴だけを履き続けたいの」

「……ミ……チル」

「わたしは地味だし、麻紀ちゃんみたいに綺麗じゃないし、ドレスを着て踊るよりも部屋の隅っこにいてみんなのことをひっそりと見ているのが性に合ってるし、酔っぱらってカインロットさんに迷惑をかけるし、カインロットさんにちっともふさわしくないけど、でも、それでも」

気持ちが高ぶって、わたしの目から涙がこぼれる。

「わたしに背中を向けないで！　いつか他の女の人のところに行ったりしないで！　別の人に靴なんてあげちゃいやだ！　お兄ちゃんの嘘のお嫁さんじゃいやなの、わたし、わたし、妹なんかじゃないの、わたしがなりたいのはカインロットさんの本物のお嫁さんなの！」

ふえええええええん、と泣き出したわたしを、カインロットさんは素早く抱き上げて膝の上に乗せた。そして、きつく抱きしめる。カインロットさんの身体は震えていた。

「これは、夢ではないのだな？　ミチルは俺と本当の結婚をしたいと、そう言ってくれているのだな？」

「お嫁じゃんにじでえええええ」

泣きじゃくって、口がへの地になってうまく喋れないけれど、わたしはカインロットさんのシャツをきつく握りながら訴えた。

「ほがのおどごのとごろにやるなんで、いわないでええええ、りごんじないでごごにいざぜでええええええ」

泣きながらの絶叫は、冷静に聞く者がいたら噴き出していたに違いない。けれど、カインロットさんは大真面目に言った。

「すまん、ミチル……すまん。お前をこんな風に泣かせてしまって……けれど……」

カインロットさんは、固く抱きしめたわたしに激しく頬を擦り付けながら「可愛い、ああ、可愛い」と言いながら滅茶苦茶にわたしの身体を撫で回した。

「俺は、嬉しくてたまらない！　ミチルが可愛い、たまらなく可愛い！　お前の気持ちを知って、ミチル、俺は……俺はもう、絶対にお前を離さない！　どんな男が現れようとも、王家からの命令を受けようとも、お前を誰にもやらないからな。お前は俺のものだ。俺だけのものだ。お前を俺から奪おうとするものは、すべてこの手で滅ぼしてやる……」

『氷の牙』は恐ろしいことを言ったが、わたしもカインロットさんを奪おうとする者が現れたらすべてこの手で滅ぼしてしまいそうなので、なにも言えない。

「お前に靴を贈る男は未来永劫俺だけだ。一生お前を愛し、お前を守り、生涯を共にする。ミチル」

カインロットさんがわたしを抱きしめる手を緩め、顔を覗き込んだ。

「お前を俺の本当の妻にすると、今、神に誓ってもいいか？」

わたしはこくんと頷いた。涙を拭い、しゃくりあげながら必死で言う。

「わたし、も、誓います。カインロットさんを、本当の、夫に、すると。ずっと、一緒にいたい、好き、カインロットさん、好き」

「ミチル……愛している」

わたしたちは唇をそっと合わせた。

ほのかな金色の光がわたしたちを包み込む。
それは本当の『結婚の誓い』だった。

カインロットさんは、唇同士が合わさるだけの誓いのキスを終えると、胸にわたしを抱き込んだ。身体中がカインロットさんに包まれ、カインロットさんの鼓動が聞こえる。恋愛初心者のわたしよりもふたつ年上で、落ち着いた男性であるカインロットさん。しかし、その胸はわたしと同じくらい速く打ち鳴らされていた。

一方、このようなシチュエーションに不慣れなわたしは、ドキドキが限界である。大好きだけど手の届かない人だと思っていたお兄ちゃんと、思いがけず両想いだった嬉しさ、妹扱いとばかり思っていたのに、ひとりの女性として見られていたという恥ずかしくてくすぐったい気持ち、そして、勢いよく『本当のお嫁さんにして』と言ったけれど、本当のお嫁さんが旦那さまとどういうことをするかに思い当たった衝撃と、カインロットさんと自分がこれからそういうコトをいたしてしまうらしいという照れくささと……。

ほら、もういっぱいいっぱいじゃん！

特に、最後のやつ！

初夜！

これって、新婚初夜！

心の準備なんてぜんっぜんしてない状態での、初夜だからね！

うぎゃあああああああ、どうしよう⁉

……延期ってありなの？

「……ミチル」

わたしをしっかりと抱きしめているカインロットさんが、わたしの髪を優しく撫でながら言った。

「何度も確認して申し訳ないが……ミチルは成人女性、なのだな？」

「うん」

「妻になる、という意味が、わかっているんだな」

「……うん」

「では、ミチル……いいか？」

いいかっつーのは、やっぱりそういうことですね！

ああ、いよいよなのですか？

さすがのわたしも、真剣なカインロットさんの問いに『まだ心の準備ができてないから、やっぱりまたねー、てへ』とか答えることはできなかった。本当は、手をつなぐところからゆっくりとお付き合いしてとか、言えなかった。

だって、新婚初夜のベッドの上だよ？

お兄ちゃんたら、顔こそ見えないけど、わたしの頭の匂いを嗅いで、ちょっとハアハアしてるんだよ？

女大沢ミチル改め、ミチル・デンタヴィス・センパイ、ヤる時はヤるっすよ！

「はい、ひと思いにお願いします！」

気合いの入ったわたしのちょっとずれてる返事に、やっぱりちょっとずれてるカインロットさんが答えた。

「初めてだと、ひと思いにやると痛いぞ?」

「へ?」

カインロットさんは身体を離してわたしの顔を心配そうに覗き込んだ。

「お前に負担をかけたくないから、ゆっくりと、ミチルの身体が整うまで念入りに、じっくりと身体中を可愛がって、柔らかくした上に充分に俺を受け入れる用意が整ってから、少しずつ俺の……」

うわあああああああん、カインロットさんが大真面目にすごくえっちなことを言ってるううううーッ!

わたしは、恥ずかしくて火照る頬を押さえ、涙目になる。しかし、カインロットさんはわたしが行為の痛みに怯えたと思ったのだろう。

「いや、それほど痛まないように気をつけるから。大丈夫、やり方は心得ているし、そら、ここに香油が置いてあるだろう? 初夜に使うようにと家の者が気を利かせたのだろう。これは滑りをよくするし、痛みを抑える効果もある。大丈夫だ、俺が指でこの香油を念入りにたっぷりと擦り込んでやるからな」

ひっ、ひえええええええーッ!

お兄ちゃん、どこに擦り込むかわかって、そんな力強さのある真顔で言ってるの!?

『キリッ』としたクールイケメン顔で言ってるの?

お兄ちゃんの指で念入りにえっちな香油を擦り込むのは、わたしの、あ、あ、あの場所に、うひゃああああああーッ!

ダメぇ、ダメダメ、想像しただけで恥ずかしくて爆発しそう！

顔を覆っていやいやするわたしを怖がっているのだと勘違いしているお兄ちゃんは、わたしの背中をなだめるように優しくさすりながら言う。

「大丈夫だからな、俺に任せるがいい。なるべく痛くないように、ゆっくりとミチルの……」

カインロットさんと、目が合った。

「ミチルの……に……俺の……」

真っ赤になっているわたしの顔を見て、カインロットさんの顔もみるみる赤くなる。

「あ……い、いや、だから、俺はそんな、違う！　ミ、ミチルにいやらしいことを言って、恥ずかしい思いをさせようとしたのではなく、ミチルがなるべく楽に俺の……」

しどろもどろになるイケメンクール騎士。

そんなイケメンクール騎士による無自覚言葉責めに大ダメージを受け、完全に目を潤ませるわたし。

「俺の……いや、その、だから靴を」

「靴……」

『あなたの靴に足を入れるから、あなたの○○○をわたしの○○○に入れて欲しいの♡』

「きゃっ」

思わず悲鳴を上げてしまう。

「あッ……」

なにを想像したのか、カインロットさんはわたしから目を逸らすと右手で鼻を強く押さえた。

「いやあん、お兄ちゃんのえっち！」

「ちがっ、俺は、くうっ！」

新婚初夜にもかかわらず、顔を両手で覆ってそう叫んでしまうわたしと、そんなわたしの様子になぜか興奮するカインロットさんであった。


おかしい。

なにかが間違っている。

思い描いていた旦那さまとの初めての夜は、ベッドの上でこんな風にふたりして身悶えるものではなかったような気がする。

わたしが恥ずかしがるのがいけないの？

ちゅーするところまでは、結構ロマンチックにいけたのに。

よ、よし、原点はちゅーにあり！　なのだな。

熱い決意を胸に、わたしは顔を隠していた手を外してカインロットさんの顔を正面から見据えた。

「カインロット・デンタヴィスさん！」

「あ、ああ！」

「ふつつか者ですが、不肖大沢ミチル改めミチル・デンタヴィス・センパイ、つっ、妻として、しっかりとおつとめさせていただきます！」

「お、おつとめ……」

わたしは驚くお兄ちゃんの頭をつかみ、唇を押しつけた。

ちゅーである。

しかし、わたしにできるちゅーはここまでなのである。

あとは……カインロットさんは確か、唇をれろれろしていたね、よし！

わたしは舌を伸ばして、カインロットさんの素敵に整った唇をれろれろっとなめてみた。

カインロットさんはそのまま固まっていた。

ううむ、これでは新婚さんにふさわしいガツンとしたパンチがないね。

わたしはもう一度舌の先でがんばってれろれろしてから、今度はカインロットさんの唇を自分の唇で挟んでさらにれろれろした。

すごいがんばったよ！

どう？　ねえどう？

すごくない？

わたしはキラキラした瞳でカインロットさんを見た。

カインロットさんはギラギラした瞳でわたしを見た。

「ミチル……」

「ねえ、今のは上手にんんんんんんーっ！」

わたしの言葉はカインロットさんの口に呑み込まれて終了した。

「ミチル、もう俺は、ミチル！」

「カイんんんんんーっ！」

口づけられたまま、わたしはベッドに押し倒された。

「ミチル、可愛い、可愛い、食べてしまいたい、ミチル」

もうハアハア状態のカインロットさんは、ちゅーちゅーペロペロした上にお口の中までベロベロとかよくわからないいろんなプレイで、わたしの限界を越えるキスをした。身体を押し返そうとした腕はカインロットさんの腕で易々と封じられて、わたしはベッドに張りつけになったような姿で彼の熱い口づけに翻弄された。

「カインロットさ」

「ミチルうううううう！」

「ひゃん！」

唇を腫れるほどなぶられたあと、今度はカインロットさんの口に耳を含まれて舌でれろれろされたので、わたしは変な声を出してしまった。

「ひゃうっ、やあん、耳ダメ、ダメぇ、ふあん」

身体をよじらせて逃げようとしたら、カインロットさんに耳をかじられてしまう。

「ミチルの耳が可愛い、耳まで可愛い、ミチル、好きだ、ミチル」

「やあん、バカバカお兄ちゃんのえっち！　耳を食べちゃやだあ」

「こんなに可愛いミチルが俺のものだ、全部俺のもの、耳も俺のものだからこういうことをしても」

「ああっ、舐めないでぇ、舌を中に入れちゃいやあん」

「ミチル、ミチル、可愛い」

「ひゃあああああああん！」

耳をなぶり尽くしたお兄ちゃんが今度は首筋をペロペロし始めたので、わたしは暴れながらなんだかえっちな声を出してしまった。そのひとつひとつを確認しながら、青い瞳とアイスブルーの髪をした氷の貴公子は、背筋がぞくりとするほど色っぽい声で囁いた。

「ミチルはここがいいのか？」

「ん？　ここもか？　そして、ここ？」

「どこもかしこも甘くて感じやすくて、ミチルは本当に可愛いな」

「大丈夫だ、お兄ちゃんのモノがお腹に入るように、ミチルの可愛い身体をたくさんペロペロして柔らかくしてやるからな」

「あん、あん、ああん！」

「そうか、そんなにお兄ちゃんに舐められるのが好きなんだ。お兄ちゃんもミチルが大好きだから、身体中を舐めてやろうな」

「あんもう、ああん、やあっ、ペロペロしちゃいやあん」

「可愛いな、ミチル、こんなに目を潤ませて、可愛い、ああこれが邪魔だ！」

荒く呼吸するケモノ系の騎士と化したカインロットさんは、わたしの着ているガウンと寝衣を力任せに引き裂いてしまう。

興奮した騎士、コワい！

しかし。

愛情深く、気がつかないうちにわたしにものすごーく執着していたカインロットさんの本当のコワさを知るのは、これからであった。

「カインロットさん！　カインロットさん！」

ベッドに押し倒されて、顔の脇に置いた手の指を絡め合わせて釘付け状態のわたしは、鎖骨の辺りを舐められてあんあん言わされる合間に、お兄ちゃんの名を呼んだ。

顔を上げたカインロットさんは、とろけるような笑みを浮かべながら低く囁いた。

「そんな他人行儀な呼び方をするな。カインと呼べ。もしくは」

サファイアの瞳をきらめかせたイケメン騎士は、右手でわたしのおでこの髪をかき上げて、そこにちゅっと口づけを落とすと言った。

「『あなた』でもいいぞ？」

「あっ、なっ、なっ」

「そうだな、俺はミチルのただひとりの夫なのだから、誰も呼ばない呼び方で呼ばれたいものだな。どうだ？」

酔っぱらっていた時の記憶がないわたしは、『あなた』などというこっぱずかしい呼び方を連呼したことなど忘れていたので、口をぱくぱくする。

「そ、それは、えと……」

「どうした、ミチル？　お前は俺になにをしてもらいたいんだ？　遠慮なく言うがいい、どんなことでも応えてやろう。愛する花嫁のためだからな」

ちゅっ。

もはやデコちゅーはデフォルトのようだ。

甘い！

クール騎士はいったいどこに行っちゃったの⁉　と叫びたいほどカインロットさんが甘い！

今までも甘いお兄ちゃんだと思っていたけど、今夜は濃縮シロップを煮詰めすぎてジャリジャリしちゃってるくらいに甘いよ！

しかも、わたしのことを『愛する花嫁』とか言っちゃってるし……。

座敷わらしは怪談話のヒロインになれても、溺愛ラブロマンスのヒロインには不向きなんだよ。こんなことを言われても、どう返したらいいのかわからないよ。

「あのですね……」

しかも、最初にカインロットさんを呼んでおいてなにを言おうとしたのか忘れちゃったよ。

「言ってみろ、可愛いミチル」

ちゅっ、とまたキスが降ってくる。恥ずかしさのあまり「ふにゅしっ」とねこがお腹をくすぐられたような変な声を出してしまうと、またしても「可愛いな」と言われてしまう。

なんでも可愛いんだな！

こ、これがカインロットさんの新婚さんバージョンなのだね。

わたしについていけるだろうか？

ここは調子を合わせてわたしも口をあひるにして『うっふん、あなた♡』とか言わねばならんのだろうか？

……無理や！

うっふん、却下！

「ええと、ええと……その、わたしはこういう状況に慣れてないので、できればもう少し初心者向けにしてほしいかな、と……例えば、ぎゅっと抱きしめる、とか？」

恐る恐る提案させていただく。

そう、服をびりびりに破かれて上半身を裸に剝かれてペロペロなんてマニアックなプレイは、新婚さんの初夜にはふさわしくないと思うのだ。ようやく両想いが成就したのだから、まずは優しく抱きしめてもらいたい。

わたしのごく真っ当な要求に、カインロットさんは満足げに頷いた。

「ああ、俺と身も心も一体となりたいのだな、可愛いミチル！　俺もだ、俺もミチルのことが好きすぎて、身体が離れているのが我慢ならない！」

「そんなんんんんーっ」

そのまま、熱く口づけてくるカインロットさん。

ちょっと、予想外に濃い反応なんですけど！

わたしは、ちょっとこう、ぎゅっとしてほしいだけなんですけど。

ところがカインロットさんはなにを勘違いしたのか、シャツを脱ぎ出した。

うわあ、見事な胸の筋肉だよ素敵、じゃなくて、うわあああ、グレーのパンツも脱いじゃった、あぁっダメ、それは脱いじゃダメだよ、出ちゃう出ちゃうすっぽんぽんはダメえぇぇぇーっ！

「お兄ちゃん、待って！　それは待って！」

さすがにそれは、新妻座敷わらしが正視できないよ！

わたしは下履きに手をかけたお兄ちゃんに飛びつき、白い布地をひっつかむと、すでに半ケツ出しの状態だった筋肉質のお尻をしまった。

「出さない！　これは出さない！　まだ出さない！　了解？」

「………了解した」

いわゆるパンツ一丁になったお兄ちゃんが、それ以上の露出を思いとどまってくれたので、わたしはほっとした。同時に、布越しに手に当たった硬いなにかを見てしまい……そっと目を逸らした。

そろそろと手を引っ込めて、なにもなかったように振る舞う。

「ミチルはまだまだだな。これでは満足に抱き合えない」

「なにがまだまだ……きゃあっ、やん、お兄ちゃんのえっちーっ！」

「そら、腰を上げろ」

「脱がせるの上手だよーっ」

「お着替えに慣れているだけだからな」

まだ下半身は引き裂かれた布で守られていたのに、カインロットさんはわたしを横抱きにして、するすると寝衣のなれの果てを脱がせてしまい、やはりパンツ一丁にしてしまった。

パンツは両手でぎっちり握って死守したからね。

しかし、胸が手薄だった！

「やだ！　お兄ちゃん、見ちゃダメ！」

わたしが胸を隠してもじもじしていると、カインロットさんは「いかんな……『お兄ちゃんのえっち』とか『見ちゃダメ』とか言われると、なんだか妙に気持ちが……」と言いながら鼻を押さえていたが、やがてわたしを抱き寄せた。

肌と肌とが触れ合って温かい。

ううん、熱くて、そこから溶けてしまいそうだ。

「お兄ちゃん……じゃなくて、あ、あ、あなた?」

「ミチル、いい子だ」

カインロットさんはそう言いながら、大きな手のひらをわたしの身体にゆっくりと這わせた。ソフトタッチで円を描くように優しく撫でる。

「ミルクのように滑らかな、美しい肌……ミチルは綺麗だな」

綺麗なのは、カインロットさんの方だ。薄明かりに浮かび上がる、アイスブルーの髪をしたたくましい騎士は、ハリウッド映画の中の俳優さんよりも素敵なハンサムさんだ。

それなのに、隙のなさそうな美形の中身はわたしにだけ優しく甘いお兄ちゃんで。

今日からは、わたしの旦那さまで。

「カインロットさん……本当にわたしでいいの?」

日本では中肉中背で、童顔で地味な女子大生だったわたしは、男性も女性も身長が日本より一〇~十五センチほど高いエステイリアでは、幼女に見えるちびっ子だ。

王家に由来する家柄の貴族の長男で、女性に大人気の騎士さまの妻にふさわしいとは思えないのだが、嫁にしてしまっていいのだろうか?

「それは……どちらかというと俺が聞かねばならないことだな」

カインロットさんはわたしの肌を撫でながら、目を細めて言った。

「デンタヴィス家は、エステイリアではそれなりの力があるとはいえ、所詮は下級貴族だ。『精霊に愛されし者』を迎えられる身分かと問われれば、返答に詰まるし……ミチル、お前はこの世界では各国の王家と肩を並べられる、いや、それ以上の身分の稀なる女性なのだ。だから……」

カインロットさんは、わたしの頬を手で覆うようにして、目を覗き込んできた。

「改めて懺悔《ざんげ》させてもらうが、俺は高潔な男ではない。ミチルのためだと言い訳をしながら、心の奥では他の男にお前を渡さないために結婚を急いだ。偽装結婚だ、真の夫が現れたら離縁する、そんなことをまことしやかに言っていたが……たぶん、俺は……」

カインロットさんは、青い瞳に優しいだけではない光を宿して言った。

「そのような気配があったら、俺はその男をこの世から抹殺していただろう。そして、お前が逃げ出さないように、屋敷の奥深く、誰の目にも触れない場所につないで閉じ込めていたかもしれんな……」

狂気にも似たその光はわたしの背筋を寒くさせたけれど、同時にわたしをひどく満足させた。

「俺が怖いか？　お前の夫は、ただの優しいお兄ちゃんではなく、執着に捕らわれた危険な男かもしれんぞ？」

「ううん」

わたしは笑顔で首を振る。

「それなら、わたしもカインロットさんを逃がさないから。この世界で妖怪みたいに一生くっついて離れないよ、他の女の人が近づいてきたら遠慮なく蹴散らすよ。もしかしたら、精霊の力を操ってカインロットさんを奪おうとする邪魔者を消すかもしれないからね。その覚悟はできている？」

カインロットさんは、口を開けてぽかんとした顔をしていたが、やがて大笑いし始めた。

「望むところだ！　ミチル、俺を一生お前に縛りつけていてくれ！」

「がってん承知！　泣いて頼んでも離してやらないよ」

「ミチル、可愛いな。俺だって、泣いて頼んでも離さないぞ……」

そう言うと、カインロットさんはまたわたしの身体を撫で回す。ただ撫でられているだけなのに、わたしの身体には少しずつ熱がたまり、カインロットさんが触れた肌からは経験したことのない感覚が湧いてきて、身体の芯を疼かせた。ふああっ、というため息のような声が出てしまう。

「ミチル？」

「手が……お兄ちゃんの手が、気持ちいいの……」

「感じやすい良い身体だ」

彼の手はなぜか胸のあたりを巧みに避け、脇とか背中とかおなかとか脚とか、普通だったら触れてもなんとも感じないところを這い回る。ただそれだけのことなのに。

わたしは、どこを触れられても快感を感じてしまい、脚をもぞもぞとすり合わせた。

下腹が疼く。

初めての行為なのに、もうすでに熱いなにかが溢れ出てきている。

「あん、カインロットさん」

「どうした？」

「お願い……」

胸も、触ってほしい。

もっと激しくまさぐってほしい。

でも、恥ずかしくてそんなことをお願いできない。

わたしは涙で目を潤ませて、視線で『もっと』と訴える。

「ミチル、どうしてほしいか言ってみろ」

お兄ちゃんの瞳に、獲物をいたぶる獣のようななにかが宿った。

「でないと、ずっとこうして可愛がっているが」

「ああん、やあん」

「俺の手が気持ちよいのだろう？　そら、どうだ？」

「あああん！」

ポイントを外されて、気持ちいいけれど満足できなくて、もどかしくて、わたしは身をよじって悶えた。

「違うの、お兄ちゃん、意地悪しないで、ああっ」

「可愛いミチルに意地悪などするものか」

唇が美しい笑みを作る。

「俺はこんなに可愛いミチルのお願いならなんでも聞いてやると言っているのだ。さあ、どうしてほしい？」

「やあん、お兄ちゃん、いじめないでぇ」

「物足りないのだろう？　さあ、お兄ちゃんにしてほしいことをこの口でおねだりしてみろ。ん？　ミチルはどこをいじられたいんだ？」

とうとうこらえきれなくなったわたしは、泣きながらお兄ちゃんにねだった。

「お願いだから、おっぱいも触ってぇ！」

お兄ちゃんの別の顔

パンツ一丁というあられもない姿で、恥ずかしいおねだりを男性にしてしまったわたしは、泣きべそをかいたままお兄ちゃんを見た。クール系イケメン騎士であるカインロットさんは、その美しい顔に慈愛に満ちた笑みを浮かべて「ミチルはお利口さんだな」と褒め、わたしに覆いかぶさりながら頭を撫でた。

「そんなに真っ赤な顔をして、おっぱいと言うのが恥ずかしかったのか?」

涙目のわたしは、至近距離にいるお兄ちゃんの顔から目を逸らして頷いた。

恥ずかしいに決まっている。好きな男の人に、そんな、『おっぱいを触って』などと頼むなんて! でも、わたしが恥ずかしがるほどご機嫌になったお兄ちゃんは、さらにいやらしいことを言ってくる。

「そうか、はしたない言葉で俺におねだりしてしまうくらい、おっぱいにいたずらしてほしかったのか。わかった、ミチルが満足できるように、俺の手でミチルのおっぱいをたっぷりと可愛がってやるからな」

そしてお兄ちゃんは、わたしのほのかな膨らみを両手の指先でさわさわとソフトに触った。小さな円を描いたり、つつーっと指先を滑らして、くすぐるように膨らみを撫で回したりして、あくまでも優しく触った。そして、真ん中の色づいた部分にはかすりもしない。

「ああ……んっ」

何度も何度も円を描いて触れられ、わたしは物足りない気持ちで身悶えて、お兄ちゃんに目で訴えた。どんどん気持ちよくなる指先のタッチがもどかしくて、もっと強く、握るように揉んでほしいのに、胸の表面ばかりを優しく撫で回されて、もう下腹が疼いてたまらない。

「あん、もう、お兄ちゃん、お兄ちゃん」

鳴き声を上げるわたしに、カインロットさんはにこやかに言う。

「どうした？　おっぱいを可愛がっているぞ。ぷにぷに柔らかくてすべすべのいいおっぱいだな。こうか？　こうするのが好きか？」

「あふっ、ちが、もっと、ああっ……」

そんなんじゃイヤ、物足りないの、もっと激しくいじめて！

そんな思いが湧き上がり、わたしはお兄ちゃんの腕にすがった。

「ねえ、お兄ちゃん、お願い」

「そら、気持ちいいだろう、腰がゆらゆらしているぞ……ああ、もうこんなに乳首を硬くしこらせてる。わかるか？　おっぱいの先をコリコリにして、ミチルはえっちな子だな。ほら、お仕置きだ」

「ああああん！」

お兄ちゃんに尖りを指で弾かれたわたしは、びりっとした快感に身体を貫かれて、身体を弓なりに反らした。『お仕置き』は何度も繰り返されて、その度に身体が魚のように跳ねてしまう。

「やあん、あん、もう、許して！」

「ミチルは乳首をいじられるのが好きなのか。じゃあ、こうしてやろう。これはどうだ？　気持ちいいか？」

今度は両方の尖りを指先できゅっと摘まれた。

「ああん！　あっ、あっ、やあっ」

「なるほど、こうやってクリクリいじり回されるのがいいんだな。そんな風に腰を振ったりして、いやらしい子だ」

カインロットさんは余裕の表情なのだが、その青い瞳の奥には見たことのない情熱が渦巻いている。そして、わたしの表情をじっと見ながら親指と人差し指の先で胸の頂《いただき》をこね回した。

「ちが、お兄ちゃんが、お兄ちゃんがするから、ひゃん」

ふわあん、ひゃあん、と奇妙な声を出しながら、感じやすい胸の先をいたぶられたわたしはベッドの上でのたうち回った。

「そうか違うのか。じゃあ、ここはもうやめよう」

ぶるん、と乳首をひっぱって離され、快感に動いたわたしの身体の奥からなにかがこぼれ落ちた。

カインロットさんは、今度は乳首にまったく触れずに白い膨らみを撫で始めた。

「そら、もう乳首には触らないからな。優しく可愛がってやろうな」

わたしはその触れ方のもどかしさに脚をすり合わせながら、涙目でカインロットさんをにらむ。

「……おやミチル、なんでそんな顔をするんだ？」

「もう！　お兄ちゃんの意地悪！」

口をへの字にして泣きべそでにらむと、カインロットさんは口元を手で押さえながら「『お兄ちゃんの意地悪』だと……たまらんな……」と呟いた。そして、わたしの鼻の頭をつついて、にっこりと笑った。

「ミチル、お兄ちゃんが教えただろう？　ちゃんと言葉にしてみろ。ミチルは俺にどこをいじってもらいたいんだ？　ん？」

ものすごく優しくて意地悪なお兄ちゃんは、そう言うとおでこにキスを落とした。そして、わたしの耳を噛むようにして「どこ？　ほら、教えて？」と甘く囁く。

うわあああああん、ドSイケメン騎士の思い通りになんてなりたくないのに、なりたくないのにいいいいいっ！

胸をやわやわと揉まれて首筋を舐められたらもう我慢ができなくて、わたしは小さな声で言った。

「ううっ……おっぱい、の、先の……」

「ああ、先の？」

顔から火を噴きそうなわたしの顔を嬉しそうに見ながら、手を止めずにカインロットさんが言う。

「おっぱいの先の、どこだ？　がんばって言ってみろ」

「……ち……乳首をもっと……いじってください……」

恥ずかしくてたまらないおねだりをさせられたわたしは、おなかの中がきゅんきゅんして熱が溜まってしまった。

「よし、いい子に言えたな。じゃあ、お兄ちゃんが乳首をたくさん可愛がってやろうな」

そう言うと、カインロットさんはわたしの膨らみを両手で握った。

「あん、え、な、なに？」

カインロットさんはわたしと目を合わせながら、舌を伸ばして胸の先をペロリと舐めた。

「ああん！」

「ミチルのおっぱいは美味しいな」

そう言うと、サラサラのアイスブルーの髪が額に乱れかかるカインロットさんは、舌の先を尖らせてチロチロとおっぱいの先を舐め、片方の手でもうひとつの先をこねた。

「ああっ、ああっ、あん、やあん」

半裸の男性に見られながら、胸の先を舐められているというあまりにもいやらしいビジュアルに、頭の中が羞恥心で焼き切れそうになる。

「やあっ、ペロペロしないで、お兄ちゃん、おっぱいペロペロしちゃやだあっ」

「ペロペロでは物足りないのか。ミチルはいやらしくて可愛いな。それなら、こうだ」

カインロットさんは大きく口を開けると白い膨らみごと胸の先を頬張り、甘く噛んだり口の中で転がしたりして、尖って硬くなった胸の先を激しく可愛がり始めた。

「ああん、ああん、お兄ちゃん！」

胸の先からおなかの中までビリビリと快感が走り、わたしはいやいやしながら甘ったるい喘ぎ声を出した。

「ああ、とても美味しいな。俺以外の男にはミチルのおっぱいを吸わせてはならんぞ。これは俺のものだ」

痛いほど胸をつかまれ、胸の先をちゅうううううーっと吸われる。反対側の尖りも、コリコリッと潰される。

「いや、もうダメ、変になっちゃうの、お兄ちゃん、お兄ちゃあん！」

お兄ちゃんに身体を押さえつけられて、淫らな言葉責めとおっぱい責めをされたわたしは、とうとう限界を超えてしまった。

「あああああああーっ！」

そして涙をこぼしながら、絶頂に達してしまったのであった。


「可愛いな、ミチルのイキ顔は可愛すぎる……」

エステイリア国でも有名なクールイケメン騎士は、深いブルーの瞳に愛情を込めてわたしを見つめ、めっちゃいやらしいことを言った。

エロいのか、カッコいいのか、どっちかにしてほしい。

「こんな顔を他の男になど絶対に見せられん。興奮した男に顔を舐められたり、いろいろといやらしい真似をされてしまう心配があるからな……ダメだ、ミチルのすべては俺のものだ、そんな男がいたら、眼球をえぐり出してくれる」

今度はめっちゃ物騒なことを言っている。

エロいのか、カッコいいのか、あぶないのか……おそらく、カインロットさんはその全部なのだろう、ここは潔く諦めよう。

ベッドの上で脱力して荒い息をするわたしの身体を、またしてもさわさわと撫で回しながら、カインロットさんは「可愛いな、柔らかいな、すべすべだな」と言った。美しい顔に満面の笑みを浮かべているのに、その表情を見ると背筋がぞくっとするのはわたしの気のせいなのだろうか？

「待って、お兄ちゃん……少し、休ませて……」

あんあん喘ぎまくって、なにをしたわけでもないのに、わたしは疲労で身体の力が抜けてしまっている。

「ああ、好きなだけ休めばいい」

撫でている手が時々止まり、わたしの身体のあちこちをもぞもぞにぎにぎと揉んでいる。

「……カインロットさん、手」

「俺の手のことは気にするな。少しばかりマッサージをして、ミチルがリラックスできるようにしているだけだ」

なんの他意もない奉仕である、爽やかな騎士の顔はそう言っているが、手の動きはそれを裏切っている。優しく円を描くその動きは、うんと無理をすればマッサージだと言えなくもないが、すっかり敏感になっているわたしの肌には別の意味を持って感じられた。

「あの、カインロットさん、どうぞお気遣いなく……あん」

ついついえっちな声を出してしまう。

「ミチル、俺たちは夫婦なのだからな。遠慮は無用だぞ。そら、こうして揉みほぐして……」

親切そうに言ってはいるが、我が旦那さまの瞳は妙にギラギラしている。

「ここをこう揉むと、どうだ、いいだろう」

「あっ、ダメ、おっぱい揉んじゃダメ」

「リラックス、ほーらリラックスだぞー、ミチルー」

そんな風にいやらしくおっぱいを揉まれて、リラックスできるわけないよ！

カインロットさんのえっちなマッサージを受けたわたしは、またしても身体に官能の火がついてしまう。皮膚を刺激されているだけなのに、身体の中が熱い。特におなかが変な感じになって、脚の付け根が疼く。

「あっ、んんっもう、なんかまたむずむずしてきちゃったよ、お兄ちゃんのえっち！」

わたしは胸を触るカインロットさんの手をつかんで、押しのけながらにらんだ。

「お兄ちゃんの……ふっ、ミチルは俺を煽るのがうまいな」

にらまれたのに、なぜか鼻息が荒くなるカインロットさん。

彼のツボがどうなっているのか、わたしには今ひとつわからないよ。

「違っ、煽ってるわけじゃ……あっ、やだ、そこは」

口元になんとなくいやらしく見える笑いを浮かべたカインロットさんは、そっとわたしの手を取り除くと肌をくるくる撫でながら今度はさり気なく下着の中に手を差し込んできたので、わたしは悲鳴を上げて下着を押さえた。

「待って、ここは待って！」

しかし、手を止めることができない。

「お兄ちゃんやめて、やめてったら、あんっ、やっ、そんな、そこはダメなの」

カインロットさんの指がもぞもぞと下着の中を進み、脚と脚の間に入り込んできた。

「いやあん！」

わたしが思わず脚で手をはさみつけると、そのわずかな隙間で指がうごめいて快感を与えてくる。

「あ、あ、あん、ああん」

「ぬるぬるになっているな。ミチルのここはちゃんと大人で、夫を迎える準備を始めているぞ」

くちゅくちゅと音を立てて、カインロットさんの指先がひっかくようにわたしの秘密の場所で動く。くりっ、くりっ、とひっかかる部分を何度もいじられて、たまらなくなったわたしは荒い息をしながら身をよじった。

「あ、あん、やだあ、そんなにいじらないで、も、やあん、ダメ」

「ああミチル、なんて可愛い顔で鳴くんだ」

ぬるぬると滑る指がそこをくすぐる度に疼くような感覚が大きくなり、わたしは喘ぎ声を上げた。

「ああん、えっち、お兄ちゃんのえっち、ダメぇ」

「たまらんなこれは……ダメ、ではない、なぜならば、俺はお兄ちゃんではなくお前の夫だからだ！」

そう宣言したクールイケメン騎士は、にやりと笑うとわたしの下着をするすると取り去ってしまった。

「やだ！　でもカインロットさんったら、脱がすのうまいね！」

思わず褒めてしまう。

硬派に見えるけど、意外と女性慣れしていたんだね。

「おむつがえもしていたからな」

そっちか！

人間、なにが役立つかわからないものだ。

などと冷静に言っている場合ではない！

「さあミチル、お前の夫に大切なところを見せるがいい」

爽やかに、しかし目を妙にキラキラさせながら、わたしの夫は言った。

「見せるなんてひゃあああああ」

色気に欠けた悲鳴を上げるわたしの両脚を、カインロットさんが大きく広げ、彼はそこに入り込んだ。

「やだあ、見ちゃ、うわあ、お兄ちゃんたら、いつの間にかパンツ脱いでるし！」

大きく開かれたわたしの脚の向こうに見えたそこには、すでに上向きな姿勢になった男性の大切なものがあり、それを見たわたしは赤面して視線を逸らした。

「どうしよう、そんなに大きいなんて」

初めて見る男性のその器官は、予想以上に巨大で、男の人は身体の真ん中にこんなものをつけてよく邪魔にならないものだと感心してしまう。

「カインロットさん！」

「どうした？」

「相談があります！　今夜、どうしてもそれを入れなければなりませんか？」

「……よくほぐす」

甘く優しく残酷に言うカインロットさん。

うわあああん、やっぱり入れるんだね！

この相談役は、役に立たないよ！

「案ずるな、この香油はどんなに貞淑な花嫁もみるみるうちに発情し、花婿をくわえ込んで離さなくなるという素晴らしい効き目があると評判の品だ」

なんてオープンな評判なんだ！

「あまりに効くので、新婚の際に国に申請すると結婚の祝いにひとつ支給される品だが……俺は申請した覚えがないな」

デンタヴィス家のどなたかが、念願のご長男の結婚のお祝いに喜び勇んで申請してくださったのですね！　それでは使わなければなりませんね！

「わかったよ、わたしも覚悟を決めました、その素晴らしいお薬を使って、くれぐれも痛くないようにお願いします、お兄ちゃ……あ・な・た」

もういい加減にお兄ちゃん呼びから卒業しようと、一言一言を区切りながら言った。

「絶対に痛くないように、お薬をしっかりと……」

塗ってください、と言おうとして、それがどうやって塗られるのかを思い出した。

「すいません、それ、自分で塗りますから……」

「ミチル、我が愛する妻よ」

あなた、と呼ばれたカインロットさんには、新たなスイッチが入っていた。

「これは夫たる俺の仕事だからな、俺が塗る」

「でも、わたし……」

開脚状態でもじもじするわたしに、カインロットさんは甘ったるい声で言った。

「どうした？　お前は俺に甘えていいんだぞ？　指先で痛くないように、そっと薬を塗ってやるから、そら、こんな感じに」

「あああん！」

大事なところをカインロットさんの指先がちょろちょろと往復したので、わたしは喘ぎ声を上げてしまった。

「痛くないだろう、ほら、全然痛くない」

わたしの反応を見て、ドSな本性を美しい笑顔の陰に隠した騎士は満足そうに言う。

「あっ、もう、自分でするからやめてえーっ」

「……ミチルは自立心のあるいい子だ。わかった、そこまで言うのなら自分でしてみような。大丈夫だ、難しかったら俺が手伝ってやるから安心するがいい」

そう言うと、カインロットさんはわたしを抱き起こして、背中を自分の胸にあずけるように座らせて脚を大きく開かせた。

「指にこれをつけろ」

「……え？」

右手の人差し指に、ねっとりとした香油がつけられた。

「まずはその香油を、まんべんなく塗り広げてよく擦り込んでから、可愛く濡れた穴に指をずぶっと入れて」

「ええっ？」

「差し込んだら、何度も入れたり出したりしてよく擦り付けるように塗るんだ。気持ちが良くなるまで、ちゃんと出し入れするんだぞ、ミチルはいい子だから言う通りにできるな？」

「えええええええーっ⁉」

それって、もしかして。

公開ひとりえっちですか⁉

「気持ちが良くなるまで擦るんだ。わかったな、ミチル？」

顔をひきつらせてカインロットさんを振り返ると、セクシーで美しい美形の騎士が、淫猥に舌なめずりをして笑った。

「そら、こうするんだ」

カインロットさんはためらうわたしの手を取り、秘所へと導いた。自分の指先がそこにぬるりと触れた瞬間、身体がびくりと跳ねた。

「カインロットさん、こんなの無理、できないよ」

彼に寄りかかり大股開きをしているという情けない姿勢のわたしは、早々に泣き言を言う。

「案ずるな、俺が手伝ってやるから……そら、そうしてよく擦り込むんだ」

わたしの手を包み込んだカインロットさんの手が、ゆっくりと上下に動き、わたしの敏感な濡れた部分に指を往復させる。

「そうだ、上手いぞ。よく擦り込めば効果が出てくるからな」

香油に含まれた薬効成分のせいか、脚の間のその場所は段々と熱くなる。むずむずと痒みのような疼きを感じてしまい、わたしは「んっ」「ふっ」と鼻にかかった声を漏らしてしまう。

「ねえ、なんだかじんじんしてきたみたいなんだけど、大丈夫なの？」

はふはふと息をして疼きを逃しながら閨事《ねやごと》の指導者を振り返ると、カインロットさんはなだめるように額にキスを落としてからついでに顔をぺろりと舐めたので、わたしは「ひょっ」とまぬけな声を出してしまった。座敷わらしの辞書には『色気』という言葉が抜けているようだ。

「どこがじんじんしてきた？」

「え、あ、その、香油を塗ったところ？」

「そうか。それで、その塗ったところのどこだ？　ミチルの可愛い指先が、えっちな薬をぬるぬるに塗りつけて、恥ずかしいくらいにむずむずしてしまったのはどこなのか、きちんとお前の夫に言ってみろ」

ひゃあああああ、カインロットさんがまたしてもドSモードに入りました！

唇で耳を挟んで舐めながら、ねっとりとした蜜のような声で囁く。

「そんな真っ赤な顔に潤んだ瞳をして……可愛い指でこちょこちょ自分でいじって、どこが気持ちよくなってしまったんだ？」

「なっ、やっ」

反則です！

そんなセクシーな声でいやらしいことをしながらいやらしい言葉を人の脳内に送り込むのは、いくらイケメンでも反則なのです！

座敷わらしの乙女心が崩壊します！

「言えないと、お仕置きだぞ？　うん？」

恐怖に震えるわたしを青い瞳で見据えながら、カインロットさんは舌先で唇をたどって返事を促した。

「お仕置きはイヤですううう」

情けないが、泣きべそになる座敷わらし。しかし、なぜかその顔がお気に召したらしいクールイケメン騎士は「そんなに可愛い顔を見せられたら、お仕置きではなくご褒美をやらなければならないな」と言ってわたしの頭をくりくり撫でた。

「いい子だな、この薬をたっぷり塗るといい、痛みなど微塵も感じないくらいになるまで」

どうやらお仕置きは免れたようだ、とほっとしたわたしは、お仕置きもご褒美も大差ないことをわかっていなかった。わたしの右手の指先にご丁寧に香油を足してくれたカインロットさんは、わたしの左手をそっと取るとこちらも秘所に導いた。

「そら、ここに指を当てて開くように……そう、引っ張るんだ。剝き出しになったこの粒に香油を塗りつけてみろ」

「うん……ここをこう？」

どこをどうすれば無事に巨大な例のモノと合体できるようになるのか、経験がないため見当がつかないわたしは、カインロットさんに指示されるままに左手で大切な場所を押さえて、指先についた香油をそこに現れた部分にためらいなく塗った。

「ひゃあああん！」

その途端、そこに不用意に触った途端、身体を走った強い快感で腰が動いてしまう。

「カインロットさん、カインロットさん」

「どうした、ミチル？」

「ここはたぶん、触ってはダメなところです！　なんだか変になります！」

ハアハアと荒い息をして衝撃を逃しながら言うと、カインロットさんもなぜかハアハアしながら言った。

「いや、全然ダメではない、きっとまだ触り方が足りていないのだ」

香油の効果が強まってきて、剝き出しにされたそこがむずむず疼いて辛くなってきた。でも、触ると身体がびりびりして怖い。なんだか恥ずかしいものを漏らしてしまいそうになるのだ。

「さあ、しっかりと押さえて小さな粒を出せ、そして、薬を塗れ。ほら、こうだ、塗って」

「やっ、ああっいやあああああっ」

「いいから塗るんだ」

「やあっ、やめ、やめてああああっ」

「塗るんだ、たっぷりと」

カインロットさんがわたしの右手を持って、その敏感な粒に香油をぬるぬるつるつると塗りつけて擦る。

「やあっ、もうダメぇっ、やめてえっむずむずするのおっ」

「辛くてもがんばれ、これも妻の大切な務めだ。なに、慣れれば気持ちよくなる」

「でもダメほんとにダメッ、あっやっ、やめて、やめてあああああああああーっ」

カインロットさんの手で強制的に、隠してあった粒を剝き出しにされた挙げ句、怪しい結合促進剤をぬるぬると塗られて充分過ぎるほどこすられて、わたしは湧き上がる快感に身体を貫かれてカインロットさんの腕の中で身体をびくんびくんと痙攣させた。

頭に血がのぼり、目の前が真っ白になる。

しばらく身体を突っ張らせていたわたしは、やがてぐったりと脱力した。

「よし、上手にイケたな。ミチルは立派な妻だ」

朦朧《もうろう》となったわたしにちゅっと口づけを落とすと、カインロットさんは今度は自分の指に香油をつけて「あとは俺が手助けするから、お前はゆっくりと休め」と言いながら、わたしの脚の間をぴちゅぴちゅ音を立ててこすり始めた。

「なかなか順調だぞ、ミチル」

「あ……んん……」

しかし、まだひくひくとうごめいているそこを、香油でぬるぬるする指でいじられたわたしは、またしても疼くような快感で腰をもぞもぞ動かし始める。

こんなんでゆっくりと休めるわけないよ！

「カインロットさん、カインロットさん、待ってください」

「どうした？」

「カインロットさんに触られると、なんだかむずむずが我慢できなくて辛いです」

我が夫は「それはいかんな」と眉を寄せた。

「どこがむずむずして我慢できないのだ？」

なぜか指の動きが加速したため、わたしはあんあん言いながら身悶えた。

「ああん、そこの中の、中まで、奥までずっとなのっ」

わたしはそこから熱い液体をこぼしながら腰を揺すった。たっぷりと塗られた香油の効き目が現れたのだ。さすがはエステイリア国お墨付きのえっちな香油である。今夜は初体験だというのに、腰を振っておねだりせずにいられないくらいに乱れてしまう。

「もう、辛いの、奥の方までもう、おかしくなっちゃうぅ……」

「よしわかった、中の方は俺に任せろ！　仕事を分担するぞ？　ミチルは引き続きここを擦るんだ、そら」

カインロットさんはわたしの手をびしょびしょに濡れた秘所に導いて触り続けるように促すと、自分はぐっと手を伸ばして、香油を付けた指先をわたしの中へと差し込んで進めた。

「あああああっ！」

身体の中に他人の手が侵入してくる違和感は、疼いてたまらなくなっていたところを直接こすられた快感で打ち消された。

「よくほぐれているな、いいぞ、ミチル」

指はくちゅくちゅと水音を立てて、リズミカルに出し入れされた。

「うむ、中も軟らかくなっている」

曲げた指先で中を探るようにかき回されて、わたしはカインロットさんの腕にすがりついて「ああーっ！」っと嬌声をあげた。

「気持ちいいのか？」

「いっ、きもちいっ」

もはや理性など溶け切って、ただ男性の指を身体に呑み込んで腰を振る。

「もっと、たくさんちょうだい」

「くっ、たまらんな！　よし、指を増やすぞ」

「うあああああん、ああん、ああん」

「いいのか？」

わたしは身体をベッドにあずけて、口の端から涎を垂らして喘いだ。

「いいいっ、いいいっ、あん、きもちいっ！」

「……さっ、三本にして、それから」

「あああん、お兄ちゃあん、気持ちいいのおっ！」

彼の鼻息が明らかに荒くなる。

「これはダメだ、さすがに有名な香油だけあるな、ここまでの効き目とは！　いかん、見ているだけでもう……」

「お兄ちゃあん、もっといっぱいしてぇ」

「うわあもう無理だ！　いくら騎士でもこれは我慢ならん！」

カインロットさんはわたしの脚を開くと素早く中心に彼の切っ先を当てた。

「ミチルーッ！」

ためらいなく腰を打ち出し、わたしはカインロットさんのモノで身体を貫かれた。

「あああああああああーっ！」

あまりの衝撃で、わたしは身体をのけぞらせた。

めっちゃくちゃ気持ちがいいのだ。

さすが香油！

初夜の花嫁を淫乱に変える香油！

効き目は抜群だ！

「ミチル、大丈夫か？」

さすがに心配そうな顔でわたしを気遣うカインロットさんが、深々と突き刺さったモノの動きを止めて尋ねた。

しかし。

「ああん、あなたの大きいのがお腹いっぱいに入ってるぅ」

「ミ、ミチル、」

「気持ちよくしてぇ、ごしごしこすって、太いお肉の棒でいっぱい突き刺して」

「な、な、なんてことを！　この香油はすごいな！」

「ああん、早くぅ、もう我慢できないの、あなたぁ」

「あ、な、あな、早くとかっ、そんなことを言われたら、俺も、俺ももうミチル、ミチル、」

「あなた、激しく抱いて、わたしをたくさん可愛がって、あなたの愛で狂うほどにメチャクチャにして！」

「うおおおおおおおおおーッ！」

カインロットさんの理性がぷつりと切れた。

しかし、とっくに理性が切れていたわたし、すなわち新婚初夜の花嫁は、素晴らしい効き目を誇る香油に助けられて夫の愛の証をたっぷりその身で受け止めて、何度も何度も絶頂に達して、あられもない姿で歓喜に鳴き叫び、それに興奮した夫がさらに熱い熱情を身体の奥底に叩きつけるように注ぎ込み……。

まあ、思い出すと「うぎゃあああああああ！」と叫んでベッドの上を転がりたくなるような、めくるめく愛の一夜を過ごしたのであった。

さて、以上がわたしの異世界トリップの顛末である。

わたしを『本当の嫁』にしたカインロットさんは、その後は子育て中の猛獣と化したかのように、侍女はおろか家族すらわたしに近づけずに、ひたすらわたしの世話を焼いた。

ピエットくんにもやきもちを焼く大人げない夫は、ペンダントをつけさせてくれなかったので、カインロットさんの激しい愛の後遺症を、わたしは自力で治さなければならなかった。

『救国の神子姫』である麻紀ちゃんが、神さまの後光をキラッキラに背負いながら、よく効く回復薬を『先輩に飲ませなかったらコロス』という脅し文句と共に妙に据わった目をしてカインロットさんに渡さなかったら、わたしはベッドから一歩も出ることができなかったかもしれない。

そして、カインロットさんの甘い甘い愛に包まれて、時にはシロップの海で溺れそうになりながら、細かいことは気にしないわたしと彼とで幸せな夫婦生活を送っている。

いまだにシロップで足を滑らせたリーナさんが、絨毯に沈み込むのはご愛嬌である。

「ではミチル、行ってくる。身体を冷やすなよ、無理はするな、気分は悪くなったらすぐに医者を呼べ、そして、俺に知らせるんだ。いいな?」

「はい、あなた。お仕事がんばってくださいね」

「……ミチル……」

「お仕事をがんばるカインロットさんって、す・て・き♡」

ハートマークの効果的な使い方をマスターしたわたしは、麻紀ちゃんが聞いたら「けっ」と言ってやさぐれそうな言葉で夫を送り出す。

「仕事を終えたらすぐに戻る」

そう言うと、カインロットさんはとても優しい顔をして「母上と一緒にいい子で待っていられるな？　そうかそうか」とわたしのお腹を撫でた。生まれる前からの、激甘パパっぷりである。

行ってらっしゃいのキスを交わし、夫を送り出すと、わたしは宝石箱からペンダントを取り出して身につけた。

「おはよう、ピエットくん」

「ミチル、おはよう！　赤ちゃん、おはよう！」

オーロラ色の精霊幼児に守られて、今日もわたしはのんびりマイペースで過ごす。なにしろ脇役だから、麻紀ちゃんみたいに忙しくないのだ。

わたしはリーナさんにもらった安産のお茶を飲みながら、愛する夫の子どもを身ごもっているお腹を撫でた。

日本の家族は失ってしまったけれど、わたしは異世界で愛する人に出会い、新しい家族を作っていくのだ。

派手な仕事じゃないけどね、とても幸せ。

うん、脇役って、最高だね！

番外編　騎士の本心（カインロットSIDE）

「カインロット、大変なことになったぞ。なにかの手違いで、異世界から幼い少女が召喚されてしまったらしいのだ」

今日は非番であったが特に用事もないし、大抵の休みはそうしているように、今日も騎士団の鍛錬所へ稽古に来ていた俺は、シャワーを浴びてさっぱりしたところで隊長に捕まった。

「手違いだと？　ああ、そういえば、今日は『救国の神子姫』の召喚を行うという話だったな」

服に手を伸ばした俺の腕を、隊長が摑んだ。

「そうだ。神子姫はもちろん予定通りに無事に召喚できたのだが、なぜか少女の姫君まで姿を現されたということで、皆が動揺している。なのでカインロット、お前に急遽任務が命じられた。国王直々の命令だ」

「……隊長、話の流れがまったくわからんのだが」

任務と聞いた俺は、私服ではなく騎士服を身につけながら隊長に尋ねる。

「召喚の手違いで、なぜ一介の騎士に過ぎない俺が任務に呼ばれるのだ？　俺には魔力も不思議な力などもないぞ」

隊長は俺の言葉に眉をひそめて言った。

「お前の場合は、存在自体が不思議だと思うが……実はだな、召喚された少女は、どうやら神子姫よりも位の高い姫らしいのだ」

「神子姫よりも上の身分、だと？」

神の使いであり、エステイリア国の行く末を左右する重要人物である神子姫の、さらに上をゆく身分の姫などという存在が現れた？

いや、それは驚くべきことであるが。だがなぜ、そこに俺が関わるのだ？

「これはデンタヴィス家の案件だと、リーナロッテさまがおっしゃったそうだ。その姫の護衛兼相談役として、デンタヴィス家のカインロットがあたるべきであると。そして、リーナロッテさまも、側仕えの侍女として姫に就かれるそうだ」

「叔母上が？　王弟殿下の妻である叔母上が、あえて侍女として……そういうことか。わかった、すぐに任務に就く」

デンタヴィス家として動け、そういうことなのだな。

俺の方は納得したのだが。

「……しかし……お前に子どものお守《も》りが務まるとは思えん……リーナロッテさまはなぜ……」

こちらはまだ納得がいかない様子でなにやらぶつぶつと呟く隊長を放置して、俺は異世界から来た姫の護衛という責任重大な任務に就くために、指示された部屋へと向かった。

叔母上の案内で姫の部屋に入り彼女を一目見た俺は驚いた。

まさしく少女だ。俺の十五歳の妹よりもずっと幼い、まだ十歳にも満たないようなこんなにも幼い子どもが召喚に巻き込まれて世界を渡ってしまったとは、なんという無慈悲な運命だろう。

黒いさらさらした髪にまん丸な黒い瞳をしたあどけない娘は、突然現れた異世界の男に驚いたのか、ピンクの薔薇の蕾のような唇を開いて俺を見ていた。まるで人形のような愛らしさだ。そしてどうやら、自分になにが起きたのかがまだよくわかっていないようだ。

俺はこの可愛らしい異世界の少女を哀れに思い、胸が痛んだ。

「あ、えっと、こちらこそ、お世話になります」

俺の挨拶に対して少したどたどしい口調で答えた姫は、ふっくらした頬をほんのりと染めながら笑った。まるで可憐な一輪の薔薇が花開いたように、無邪気な笑顔だ。

正直言って俺は、整っているとは言われるが子どもに好かれるような容姿ではないし、気の弱い者には恐れられることもあるような、武骨な騎士だ。愛想笑いもできないし、女性と気の利いた会話をすることもない。付いたふたつ名は冷酷無比な『氷の牙』、騎士団で敵に回したくない男ナンバーワンと言われている。そんな俺に向かって、彼女は無防備な笑顔を惜しげもなく向けてくる。

くっ、なぜだか俺の胸がきりりと痛む！

こんな幼い娘がたったひとりで異世界にやってきたのだ。わけがわからず、心の中は不安に満ちているだろうに、この子は健気にも俺に微笑みかけて甘くて滑らかな声で話しかけてくる。

なんとしてでも守ってやらねば。

この子を守るのが、カインロット・デンタヴィスの使命なのだ！


まったく驚いた！

てっきり年端のゆかない幼女だと思っていた異世界の姫は、こんなに可愛らしい外見だというのに成人した娘だというのだ。しかも、俺とはたったのふたつしか歳が違わないという。

いかんな、この姫はあまりにもいたいけで愛らしすぎて、いろいろと危険だ。この子がこの世界のことを把握し、安全に暮らせるようになるまでは、片時も目を離さないようにして守ってやる必要がある。もちろん、それが俺の騎士としての務めだからだ。

幸い俺は、妹と弟をこの手で育てた経験がある。それを生かしてこの幼女……いや、少女……ではないのか？　女性と言ってしまって良いのか？　とにかく、ミチルを安心させて、俺になんでも頼っていいということを教えて、このエステイリアで幸せに暮らせるようにしてやらねばならない。いや、だからもちろん、騎士としての務めだから、だ！

しかし、ミチルに「お兄ちゃんなの？」と言われた瞬間に……正直、俺の胸の奥からなにやら妖しい衝動が噴き上がり、危うく鼻血が出るかと……いや待て、カインロット・デンタヴィス！　騎士としての！　任務なのだこれは！

ただそれだけのはずなのに。

ああ神よ、なんでこんなにちんまりした可愛い生き物が、異世界からやってきてしまったのだ⁉

段々と俺に気を許してきたミチルは、非常に可愛い。どう見ても妹のシャマイラよりも幼い外見だし、何度も俺を『お兄ちゃん』と呼びそうになっては慌てている姿を見ると、あまりの可愛らしさに顔が緩んでしまいそうになる。成人しているというが俺よりもふたつ年下なのは確かだし、俺はミチルの兄代わりになって守っていくことに異存はない。むしろお兄ちゃんとして、ミチルにはもっと心を許して甘えてほしいと思う。

そんなミチルは、見かけによらず酒を飲むのを好む。

好むのだが。

「俺は世話役として情けないぞ！」

あえて厳しい声で叱ると、この可愛い生き物は「うわー、ごめんなさーい」とまん丸のあどけない瞳で俺を見ながら言う。酔っているせいか潤んでいる目は、つやつやに光ってくりんくりんで俺の心の奥底を射貫くように……いや、違う。俺はこんなことで動揺しないぞ。

なんとか部屋に送り届けようと身体を支えると、ミチルはくすぐったがって笑い出し、俺は妙齢の女性の身体をくすぐるなどという不埒な真似をしてしまったことに気づいてうろたえた。しかも、この姫は身悶えながら「そんなとこさわっちゃいやーん」などと甘い声で言うのだ！

なんなのだ、この凶悪すぎる攻撃は！

俺は激しいダメージをくらったことを悟られないように、厳しい態度を保とうとするが……ダメだ、顔が火照るのを止められん！　口元が勝手に緩む！

そんな俺を見上げて、ミチルは無邪気に笑う。可愛い。可愛すぎる。

こんな顔を他の男に見せるわけにはいけない。絶対に悪い男が寄ってきて、無垢なミチルに害をなそうとするはずだ。ミチルを変態の餌食にするなどということは、この俺が許さん。

酔ったミチルは立ち上がることもできないようなので、俺は背負っていくことにした。背中の温かさと柔らかな重みに加えて、ミチルが甘えて顔を俺にこすりつけてくるその感触に、俺は一生この重みを背負っていくのもいいなどと考えてしまう。妹も弟も、最近では少し俺に対してよそよそしい振る舞いをするのだ。もちろん、昔のように俺に背負われたりすることもない。今後もこんな風に甘えてくることもないだろう。彼らが一人前になるのは兄として嬉しいことなのだが、そこに寂しさがないと言ったら嘘になる。

しかし、ミチルはどうだ？　この異世界の姫が、成人女性だというのにこんなに愛らしく甘えてくる姫が、ずっと俺の背中で身体を預けてくるならば、俺は……。

かわいそうなミチル。

親を恋しがって、泣きはらした目で俺を見上げるミチル。

元の世界での生が終わったことを知って取り乱すミチル。

屈託のない笑顔で俺に手を差し伸べて「お兄ちゃん、抱っこして」と言ったミチルの悲しみを、俺は放っておけなかった。なにも知らずに俺に靴をねだる無垢なミチルを、兄として守らなければならない。もしかすると、これは運命の出会いなのだろうか？

ならば、運命に従うのみ！

俺はミチルの唇を塞ぎ、そして抱きしめる。

お前の居場所はここだと、身体に刻み込むために。

胸が苦しい。

ミチルは『精霊に愛されし者』だったのだ。伝説の存在、世界の宝。

単なる騎士の手に入るような女性ではない、至高の存在。

ああ、ただの姫にしては彼女は愛らしすぎると思っていたのだ！

俺はこの世界の兄として、保護者として、騎士として、ミチルの側にいて彼女を守り続けていたかったのだが、『精霊に愛されし者』は世界中から望まれる存在だから、エステイリア国の下級貴族である俺の立場ではずっと側にいることがかなわない。そう、彼女は他国に嫁ぎ、他の男のものになる可能性が高いのだ。

とんでもない！

そんな、ミチルのことをなにも知らない男に、ミチルを任せることなどできるわけがない。ならば、俺が絶対にミチルから離れられない場所に立ってしまえばいいのだ。そう、俺の目にかなう男が現れて、ミチルがそいつに心を惹かれる時が来たならば、俺は潔く身を引こう。それまではずっと、ミチルの夫の位置で彼女を守っていこう。

ミチルが、真の夫にふさわしい男と出会うその日まで、守り続ける。

……そんな男がこの世にいればの話だがな……。


そして、可愛いミチルは今日、俺のものになった。

俺の仮初めの妻に。

耐えられると思っていたのだ、彼女を騎士として敬愛して守っていくことができると思っていた。なのに、彼女とふたりきりになり、まろやかな身体の線を透けた布越しに見てしまったら、俺は、清廉な騎士カインロットと言われる俺は……。

身のうちに抑え込んでいた獣が目覚めてしまった。

そして、獣は愛を叫んで猛り狂った。
ミチルを愛している。
兄としてではなく、彼女をひとりの女性として愛している。
今まであえて押し殺していた感情が、行き場を失い溢れてきてしまう。
愛する女性のそのすべてを欲しがって、獣が吠える。
同じベッドで背中合わせに眠るミチル。
俺は果たして、この生き地獄に耐えられるのだろうか。
長い夜になりそうだ。
そう覚悟をし、唇を噛みしめた時。
ミチルがすすり泣き……夜が、本当の夜が、始まった。

番外編　いえ、だから、成人女性ですってば！

「お義姉さま！　ミチルお義姉さま！」

デンタヴィス家の居間でわたしを涼やかな声で呼び止めるのは、夫であるカインロットさんの妹、シャマイラ姫である。十五歳の彼女は、オレンジ色にピンク色のメッシュが入った華やかで美しい髪を持つ、正統派のお姫さまだ。そのまんまおとぎ話に出しても全然おっけーのぴかぴかキラキラした女の子で、地味で座敷わらし的なわたしより頭半分は背が高い。しかも、十五歳なのに見た目は二十歳に近いくらいの成熟した女性だ。

そんなシャマイラちゃんに『お姉さま』などと呼ばれるのは大変おこがましいのだが、実際彼女はわたしの義理の妹なのだし、見た目はともかくちゃんと年下なのだから仕方がない。

「ごきげんよう、シャマイラさま」

せめて年上らしく落ち着いた所作でとご挨拶したのに、シャマイラちゃんは「あらいやだ、お熱でもあるのかしら」とおでことおでこをこっつんした。

お兄ちゃんの教育の賜物だな！

美少女のアップはうっとりするほど魅力的だったが、美少女の視界いっぱいに座敷わらしが映っていることにはっと思い当たり、わたしは身体を引いた。

「シャマイラさま、わたくしは発熱などしておりませんことよ」

デンタヴィス家に嫁いで数週間になるが、わたしには費用はエステイリア国持ちで家庭教師がつき、この世界の一般常識とか淑女の基本的マナーだとかを勉強させてもらっている。このよそ行きの言葉も、家庭教師に習ったのだ。この教育は最近ようやく始まったのだが、遅れたその理由は、結婚して変なスイッチが入ってしまった『氷の牙』が、新婚さん御用達のラブラブ♡仕様の離れからわたしをなかなか出してくれなかったからだ。

豹変したカインロットさんに驚いたデンタヴィス家の人たちは、わたしの身体を気遣ってくれた。けれども、同時に「ああ、慈悲深きエステイル神よ！　カインロット・デンタヴィスが成人女性を愛せるようにお導きくださってありがとうございます！」と本音がだだ漏れの神への感謝をしながらだった。『救国の神子姫』である麻紀ちゃんが「いい加減に先輩を解放しないと神の力で（ピー）もぎとるぞオラ！」と圧力をかけてくれなかったら、一年くらいはあそこから出してもらえなかったかもしれない。

デンタヴィス家、役にたたねえええええーッ！

ま、それはともかく。

「で、どうなさったのかしら」

本日は既婚女性の落ち着きを醸し出す落ち着いたグリーンのドレスを着て、先生に教わったとおりに艶然と（してるつもりで）微笑むわたしに、シャマイラちゃんは言った。

「お義姉さま。淑女たる者、自分の魅力を存分に引き出す装いを研究することが大切ですわ」

「え、これ、似合わない？」

あっという間に素に戻ってしまったわたしは、両手でスカートの部分を摘まんで持ち上げて言った。すると、シャマイラちゃんは言った。

「それはそれでお似合いですわ。落ち着いた色合いのドレスを着られますと、似合うのですが、なんだか余計におませなお人形さんのように見えてきて……」

シャマイラちゃんは、両手をわきわきさせながら「お着替えをしたくてたまらなくなりますの」と言った。

「わあ、ちょっと落ち着こうね！」

身の危険を感じて後ずさると、義理の妹は口元に手を当てて「冗談ですわ」とお上品に笑った。

「実はこれから、お菓子を作ろうと思いますの。エステイリアでは、お菓子作りも淑女のたしなみですわ。お義姉さま、よかったらご一緒しませんこと？」

美味しいものが食べられそうなので、わたしはシャマイラちゃんの誘いに乗って、後についていったのであったが。

「まあ、お似合いですわ！　似合うと思ってはいましたがここまでとは。本当に可愛らしいわ」

「えと……ありがとう。ねえ、ドレスにエプロンを着けるだけでよかったんじゃない？」

わたしはキラキラのおめめでわたしを見るご機嫌な義妹に、小さく言った。

「お菓子を作るのに、ここまでの格好をする必要は……」

しかし、貴族のお嬢さまは背筋をぴんと伸ばして、説得力のある声で言った。

「いいえ、お義姉さま。粉でドレスを汚さないように、このように気軽な普段着に着替えられた方がよろしいんですのよ」

「でも、このフリルがたっぷりと付いたヘッドドレスは……」

わたしは頭に乗せられたフリフリ乙女チックな白いヘッドドレスを指さした。

「もちろんそれは、お義姉さまの髪がお菓子作りの邪魔にならないようにするためです」

ううむ……そう言われるとなにも言い返せないのだが、それなら結んだ方が良くない？

わたしは鏡の中の自分を見て、うなった。

空色の膝丈のドレスに白いエプロンを着けて、頭にはこれまた白いヘッドドレスを着けた、真っ黒なストレートヘアのわたしは、どう見ても人妻には見えない。そう、黒髪版の不思議の国のアリス風、といった感じだ。幼さ全開で妙にロリロリしているが、本当にこれでいいのか？

「あら、お菓子作りにぴったりなドレスね。できあがりを楽しみにしなくてはね」

通りすがりのお義母さまがうふふと笑いながら言ったので、いいのだろう、うん。


「ただいま」

「あっ、カインロットさん！　お帰りなさい」

シャマイラちゃんときゃいきゃいはしゃぎながらアイシングで可愛らしくデコレーションしたカップケーキを持って、わたしは旦那さま（きゃ！）をお迎えした。しかし。

「うぐうっ！」

わたしの麗しの旦那さまは、澄み渡った空のような濃いブルーの瞳をこぼれ落ちるかと思うくらいに見開き、口元を押さえて奇声を発した。

「ミ、チル、その、その、それは」

「これはカップケーキですよ！　カインロットさんのために作ってみました。えへ」

ちょっと恥ずかしくなって照れ笑いして首をすくめると、愛しのダーリンは「ふぐおうっ！」と奇声を発し、そのまま「すまん！」と言いながらバルコニーへ出てしまった。デンタヴィス家のバルコニーは、庭が眺められる、気持ちが落ち着く空間なのだ。カインロットさんはよくそこに立って空を眺めている。その姿にうっとりと見とれるのが、わたしの楽しいお仕事だ。


「ただいま」

「あ、マイゼルトくん、お帰りなさい。お仕事お疲れさま。今日はマイゼルトくんにもケーキを焼いたのよ」

わたしが笑顔で義弟をねぎらうと、彼はお兄さんにそっくりな青い瞳をやっぱり見開き「むはうっ！」と奇声を発すると、ばたばたと駆けてバルコニーに出ていってカインロットさんの隣で空を見上げ始めた。

「兄上、あれは……」

「うむ。今日のはまた一段と……」

「姉上のセンスには脱帽ですが、せめてあらかじめ警告していただかないと」

「我々には攻撃力が強すぎるな」

兄弟がぼそぼそと喋る声が聞こえた。

最近はマイゼルトくんもカインロットさんと並んで空を見上げることがあるんだけど、瞑想法でもならっているのかな。

「うふふ、マイゼルトもなんだかんだ言って、お兄さまとツボが一緒ですわね」

シャマイラちゃんが満足げに笑った。

「さあ、お義姉さま。あちらのお部屋で一緒にお茶の支度をしてから、お兄さまたちをお呼びいたしましょうよ」

「そうだね。この服は着替えた方がいいかな」

「いいえ、そのままの方がお支度しやすいと思いますわ。動きやすいでしょう?」

「うん」

「エステイリアでは、子どもの頃は女の子も活発に動けるように、そのような短い丈のドレスを着ますのよ」

ふうん、そうなんだ。

あれ? ってことは、これは子供服?

「お義姉さま、お皿にケーキを綺麗に並べましょう。とてもよくできたと思いませんこと?」

「味見したら美味しかったよね」

「見た目もピンクと白のクリームで可愛らしくて、美味しそうですわね」

わたしの心に浮かんだ疑問は、女の子同士のお喋りで吹き飛んでしまった。


そして、その晩。

「カインロットさん、シャマイラちゃんが可愛い寝間着をくれたの」

わたしはちょうちんパンツ風の短いズボンに、フリフリがたくさん付いたキャミソールを着ていた。普段の寝衣がちょっと透けてる大人っぽいデザインだから、ちょっと雰囲気が出ないかな、なんて思っていたけれど。

「な、き、今日は、どうしたのかなっ」

なぜに小さな女の子に話しかけるような口調になるのだ、我が夫よ?

「すごく着やすくていいんだけど……ダメ?」

「い、いや、全然、ダメではないぞ、うむ、可愛い!　非常に可愛い!　凶悪なまでに可愛い!　し、しかし、それをこの手で脱がすのは少々、その、なんだ、罪悪感というか、禁断というか、そのような複雑な感情が、だな……」

「えへへ、お兄ちゃん、可愛い?」

褒められたところだけすくい取ってご機嫌になったわたしは、カインロットさんにぴょんと飛びついた。

「か……可愛い!」

そのまま身体中を激しく撫で回される。

「可愛い!　可愛い!　可愛いいいいいいいいいいいいいいいいいいいいーッ!」

変なスイッチが入ってしまった夫に一晩中可愛がり倒されて、翌日は腰が立たなくなったわたしであったが。

なにがいけなかったのかな?

異世界トリップの脇役だった件

著者　葉月クロル

2017年10月5日　初版発行
2021年4月30日　第2刷発行

発行人　神永泰宏

発行所　株式会社 J パブリッシング
〒102-0073　東京都千代田区九段北3-2-5 5F
TEL 03-3288-7907　FAX 03-3288-7880

製版　サンシン企画

印刷所　中央精版印刷株式会社

ISBN：978-4-86669-033-9
Printed in JAPAN